Para la absolutamente maravillosa Katy Loftus

JOSIE SILVER

UNA NOCHE EN LA ISLA

Traducción de
Matuca Fernández de Villavicencio

PLAZA JANÉS

Papel certificado por el Forest Stewardship Council®

Título original: *One Night on the Island*
Primera edición: noviembre de 2022

© 2022, Josie Silver
Publicado por primera vez en lengua inglesa por Penguin Books Ltd.
© 2022, Penguin Random House Grupo Editorial, S. A. U.
Travessera de Gràcia, 47-49. 08021 Barcelona
© 2022, Matuca Fernández de Villavicencio, por la traducción

Printed in Spain – Impreso en España

ISBN: 978-84-01-02756-7
Depósito legal: B-15.382-2022

Compuesto en La nueva Edimac, S. L.

Impreso en Rotativas de Estella, S. L.
Villatuerta (Navarra)

L027567

UNA NOCHE EN LA ISLA

Cleo
28 de septiembre

Londres
BUSCANDO MI FLAMENCO

—¿En serio quieres enviarme a una isla remota para que me case conmigo misma? —pregunto mientras noto el cálido rubor que sube por mi cuello.

Estoy sentada frente a la mesa de Ali, mi aterradoramente enigmática jefa de *Women Today*. A lo largo de los años me ha pedido que haga cosas bastante raras, pero esta sin duda es la más extravagante de todas.

—No estás legalmente obligada —dice, como si eso pudiera tranquilizarme.

—Oye, Ali. —Me pellizco el caballete de la nariz mientras elijo cuidadosamente mis palabras—. Una cosa es que una celebridad declare en una entrevista para *Vogue* que se ha «autoemparejado» y otra muy diferente que lo haga una columnista de citas a punto de cumplir los treinta.

Tartamudeo al pronunciar mi edad; la cifra se me enreda en la lengua. Para mí los treinta eran simplemente un año más hasta que cumplí los veintinueve y fueron pasando los meses. Ahora que faltan pocas semanas para mi cumpleaños, he empezado a experimentar toda clase de agobios inesperados y molestos. Estaba —estoy— decidida a no hacer de ello un drama, pero cada día que pasa siento como si alguien añadiera otra pesa a mis hombros, de esas pequeñitas de hierro que llevaban las básculas de cocina antiguas. Estoy desapareciendo bajo diminutas pesas de cocina invisibles, y mi jefa se ha dado cuenta. Porque Ali se da cuenta de todo. No llegó a directora de una de las revistas de moda online líderes del Reino Unido durmiéndose en los laureles; su meteórico ascenso aparece ampliamente documentado en el sector con envidia y enorme respeto. Me siento afortunada de trabajar para ella; incluso me atrevería a considerarla una amiga. Ali es una bola de energía de mirada láser que me aterroriza y me reta a hacer cosas que no quiero hacer. Como largarme a una isla remota de Irlanda de la que nunca he oído hablar para casarme conmigo misma.

—Si te digo la verdad, Clee, el fin de semana pasado me topé de nuevo con esa vieja entrevista de Emma Watson y no podía dejar de pensar en ti. —Demasiado emocionada con su idea para permanecer sentada, se levanta de la silla y empieza a pasearse de un lado a otro—. Una larga lista de citas desastrosas, a punto de cumplir los treinta, tratando de definir su lugar en el mundo como mujer soltera, presionada por los medios y por las expectativas de los demás… —enumera con los dedos mientras habla.

—Me da mucha pena Emma, en serio —digo—. Debe de ser traumático tener que morrearte con R-Patz para ganarte la vida.

R-Patz y su imponente físico dejaron una profunda huella en mí de adolescente. ¿Es de extrañar que me esté costando tanto encontrar el amor después de crearme expectativas tan poco realistas? He ahí tema para toda una columna.

—Nunca tuvo que morrearse con R-Patz. No minimices la contribución de Emma para hacerte sentir mejor, sabes que no voy desencaminada.

Tiro de un hilo suelto en el brazo de la silla.

—No es del todo justo decir que he tenido una larga lista de citas desastrosas. Eso forma parte de mi trabajo.

—Lo sé, lo sé. Te pagamos para deslizar a la derecha y abrir tu enorme y bello corazón. Te queremos por tu optimismo y tu fe en que encontrarás tu flamenco.

«Buscando mi flamenco» es el nombre de mi columna online, así llamada porque los flamencos se emparejan para toda la vida. Estuvimos barajando otros animales que también pasan toda su vida con una única pareja, pero «Buscando mi gibón» sugería traseros rojos y hurgamiento de orejas y «Buscando mi castor» no sonaba nada elegante. «Buscando mi flamenco» parecía adecuado, aunque con el paso del tiempo ha ido perdiendo gracia, en buena parte porque me han regalado tantas chuminadas relacionadas con los flamencos que podría abrir una tienda de chuminadas flamenquiles.

—Oye, Clee, tienes que hacer algo especial para celebrar tu entrada en la treintena. Cumplir treinta años es un momento trascendental en la vida de una mujer. —Ali interrumpe su discurso de esa manera que indica que se avecina algo malo—. Es eso o el tatuaje.

Suspiro; tendría que habérmelo esperado. El tatuaje se ha convertido en motivo de broma en las reuniones del equipo. Cada vez que me cuesta encontrar contenido para mi columna, alguien me mira de reojo y propone que me tatúe de forma permanente un flamenco en la piel, preferiblemente en un lugar difícil de esconder.

—Vale. Oye, siempre me ha gustado lo que Emma declaró sobre el autoemparejamiento —digo con cautela—. Lo entiendo. Estaba diciendo que se basta consigo misma, que está sola pero no desolada.

Ali asiente. No me interrumpe, sé que espera que yo acabe convenciéndome a mí misma. Se le da muy bien emplear los silencios para conseguir lo que quiere.

—Es una mujer independiente y dinámica que entiende que existe más de una manera de alcanzar una vida plena —continúo—. No es una fracasada porque no tenga pareja ni esté rodeada de un montón de niños, y el hecho de que sus dos hermanas y su hermano estén casados y con prole no le genera presión ni le hace sentirse obligada a defender su soltería en cada reunión familiar, aunque no deje de recibir invitaciones a bodas y bautizos. En serio, me alegro mucho por todos ellos, pero ¿realmente tienen que restregármelo por la cara, por el amor de Dios?

Freno en seco al percatarme de que he elevado la voz y que en algún momento he pasado de hablar de Emma Watson a hablar de mí. Además es injusto que incluya a mi hermano Tom en mi lista de agravios; es el único miembro de mi familia que nunca menciona mi menguante provisión de óvulos o el hecho de que no tenga pareja. Me separan más años de él que de mis otros hermanos, siete para ser exactos, pero es el más cercano en todo lo demás. Sería fácil asignarle el papel de figura paterna en mi vida, dado que yo era un bebé cuando murió nuestro padre, pero Tom era el que, en mi adolescencia, me pasaba los cigarrillos por debajo de la mesa y me cubría cuando llegaba tarde a casa por la noche. Según mi madre, los dos hemos salido a mi padre: pelo moreno y mirada traviesa.

Ali regresa a su silla, impasible ante mi discurso, y junta las yemas de los dedos como si estuviera pensando o rezando.

—A eso me refería exactamente —dice al fin—. Esta es una gran oportunidad para librarte de la presión de la gran fiesta sorpresa que tu familia está preparando para tu cumpleaños, una razón válida para escaquearte de forma educada de las bodas y bautizos inminentes y una oportunidad para tomarte un respiro por primera vez en tres años.

—¿Mi familia me está preparando una fiesta sorpresa?

Ali asiente.

—Tu madre me envió un correo la semana pasada para preguntarme si podrías tomarte un par de días y para pedirme una lista de todos tus «amigos de Londres» —dice haciendo el gesto del signo ortográfico con los dedos de ambas manos—. Utilizo comillas gestuales porque ella utilizó comillas literales. También mencionó que quería localizar a tus amigos del colegio a través de Facebook y a tus exnovios. Tu funeral en vida, básicamente.

Mis dedos tiemblan de ganas de escribir a Tom para pedirle que me lo cuente todo. Quiero a mi familia con locura, pero seguro que me conocen lo suficiente para saber que tener a los fantasmas del pasado abalanzándose sobre mí en una sala oscura sería una pesadilla. Prefiero hacerme el tatuaje del flamenco. En la cara.

—O sea que, básicamente, tengo que decidir entre una gran fiesta de cumpleaños o aceptar tu propuesta de autoemparejarme conmigo misma en una isla frente a la costa irlandesa de la que nadie ha oído hablar —digo, sintetizando la reunión.

—Isla Salvación —puntualiza Ali.

Su cara de satisfacción expresa lo encantada que está con el acertado nombre de la isla. Probablemente lo cambió ella acudiendo en persona al registro, o lo que sea que has de hacer para cambiar el nombre de una isla. Es la clase de artimaña que Ali utilizaría si creyera que le serviría para incrementar el número de lectores.

—Todos los gastos pagados —añade, como si fuera el argumento decisivo.

—¿No puedo autoemparejarme en mi piso?

—No.

—¿En las Maldivas?

—En ese caso no tendrías todos los gastos pagados.

—¿Hará frío?

Ali retuerce el rostro en su esfuerzo por transformar una mueca en una sonrisa.

—Vamos a ver, ¿quién ha escrito su mejor obra bajo una sombrilla de playa? Piensa en chimeneas inspiradoras y tazas humeando ambición.

—Esa frase se la has robado a Dolly Parton —refunfuño, nada contenta con la situación.

A Ali le brilla la mirada.

—Nada de *nine to five*, como dice la canción de Dolly, en Isla Salvación —dice recogiendo lentamente el sedal.

Sopeso mis opciones. El hecho de pensar que voy a cumplir treinta años dispara de nuevo mis niveles de ansiedad. Añade a eso una fiesta descomunal rodeada de gente que ya no conozco y que, sin duda, lucirá sus alianzas de boda como si fueran medallas, y mi corazón es el primero en agarrar su maleta.

—Irlanda me gusta —susurro mientras siento cómo la telaraña de Ali se cierra en torno a mí. Como siempre he sabido que ocurriría.

Asiente.

—La cabaña es preciosa, desconectada de todo. —Hace una pausa—. El sueño de todo escritor.

Está empleando palabras que sabe que hablarán directamente a mi corazón. Puede que en estos momentos sea una columnista de citas, pero gracias a confesiones avivadas por el vino, Ali sabe de la novelista que llevo dentro, de mis frágiles sueños de adolescente enterrados bajo la vida londinense. Aunque a regañadientes, admiro su manera de decir lo justo para despertar en mí un destello de esperanza.

—¿Cómo has descubierto este lugar? —balbuceo.

Ali suspira.

—Carole me envió la información. Uno de sus amigos hippies lo utilizó para un retiro de reiki, o para recanalizar la energía negativa, no me acuerdo. Ya la conoces, siempre creyendo que estoy al borde de una crisis nerviosa. —La cuñada de Ali, Carole, expresa su preocupación a través de regalos de cumpleaños y Navidad: vales para terapias con ventosas, manuales para ordenar tu vida, un gong tibetano que Ali aporrea de vez en cuando para captar nuestra atención—. Tómatelo como una luna de miel —dice retomando el tema—. O una… unimiel. —No se molesta en ocultar lo orgullosa que está de su ocurrencia.

—¿Hay wifi? —pregunto agarrándome a un clavo ardiendo. No puedo ir si no dispongo de medios para subir mi columna.

—Técnicamente no, pero ¿iba a enviarte yo a un lugar sin wifi? —Se estremece—. Tienen wifi en el pueblo, que está a unos diez minutos a pie.

Genial. Frío, humedad y nada de mirar Insta cuando estoy en el retrete.

—Ya la has reservado, ¿verdad? —digo con resignación.

Tarareando la marcha nupcial, introduce la mano en un cajón y desliza por la mesa un gorro rojo de lana con pompón.

—Vuelas el viernes.

Cleo
Cuatro días más tarde

En algún lugar del Atlántico
PRONÓSTICO: MUCHAS PROBABILIDADES
DE UN CONSEJO GRATUITO

Estoy a punto de morir y la culpa la tiene Emma Watson.

Si hubiera cobertura, llamaría a Ali y maldeciría como un marinero, lo cual resultaría de lo más apropiado, pues me hallo a bordo de un remolcador hecho polvo en medio del despiadado océano Atlántico. Es como estar en el barco pirata de un parque de atracciones, pero sin la sensación de seguridad o la diversión.

Isla Salvación, o por lo menos esa es la traducción del inglés. En realidad se llama Slánú, pero Ali me contó que casi todo el mundo la llama Salvación, seguramente porque así pueden sacar más partido a los paños de cocina y demás baratijas para turistas con la frase «Bienvenido a Salvación». Si tuviera fuerzas, le vería la ironía al nombre. En lugar de eso, me aferro a la barandilla resbaladiza que hay junto a mi banco y farfullo oraciones improvisadas para llegar a puerto sana y salva. Tirito dentro de mi inadecuado abrigo mientras el mar helado salpica y me abofetea la cara, deseando tener una capucha en lugar del empapado gorro rojo de lana que me regaló Ali.

—Fija la mirada en el horizonte, eso te aliviará el mareo.

Miro de reojo al otro pasajero del barco, molesta por su consejo gratuito. No logro comprender por qué estoy siendo zarandeada como una muñeca de trapo mientras él permanece pegado al banco de enfrente como si estuviera atado a él. Puede que lo esté. Tiene pinta de no salir nunca de casa sin un par de mosquetones en el bolsillo. Seguro que para divertirse se va de vacaciones con los GEO.

—¡Estoy bien, gracias! —grito para hacerme oír.

—¡Vale, lo decía porque estás un poco… pálida! —grita a su vez. No acabo de reconocer el acento. ¿Americano, quizá?

Creo que ha emitido un juicio precipitado sobre mí; me considera una persona débil y no apta para navegar en alta mar. Quizá sea ambas cosas, pero estoy hasta las narices de que la gente haga suposiciones sobre mí.

—Solo intentaba ayudar. —Se encoge de hombros al ver que no contesto—. Si vas a devolver, apunta hacia ese lado. Eso es todo.

Ya estamos. Jane declina la invitación de Tarzán de subirse a su liana y Tarzán se pica.

—¡Lo intentaré! —chillo por encima del estruendo del motor—. Disculpas de antemano si apunto mal y vomito encima de tu cara.

¡Madre mía! Hasta a mí me ha sonado un poco asqueroso lo que acabo de decir; me ha salido esa mala leche que solo aparece cuando temes por tu vida. Y porque lleva una parka que parece que haya necesitado un millón de gansos para rellenarla, y la capucha es más grande que la tienda que Rubes y yo nos llevamos a Glastonbury hace un par de veranos. Los ojos me pican por la sal del mar y apenas puedo ver nada. Por lo menos tengo los pies secos, que es más de lo que puedo decir del resto de mi persona. Me echo a temblar cada vez que nos elevamos sobre la cresta de una ola. Yo no he pagado para morir ahogada con el Hombre de Malvavisco en medio del Atlántico.

No caigo de rodillas y beso la arena cuando bajo del barco y planto los pies en Isla Salvación, pero por dentro siento que debería hacerlo.

—¿Sabe adónde se dirige? —El capitán me mira a través de

una larga maraña de pelo gris—. Lo digo porque he de volver al continente antes de que oscurezca.

Obviamente, no tengo la menor idea de adónde me dirijo, pero de igual manera que no le dices a tu peluquero que detestas el flequillo que acaba de machetearte, asiento y respondo afirmativamente. Se me queda mirando.

—De todos modos, solo puede ir en una dirección.

Señala con el mentón a la derecha, hacia un cielo cada vez más plomizo. Apenas se adivina la silueta del otro pasajero del barco adentrándose ya en la neblina con su inmensa parka roja. No es de los que pierde el tiempo, probablemente sea un lugareño que conoce la isla como la palma de su mano.

—Siga recto e irá a parar a la tienda de Brianne.

Dicho eso, el capitán da media vuelta y, alzando la mano en un gesto de despedida, se encamina de nuevo a su barco por la playa pedregosa.

Y ahora aquí estoy, sola en lo que parece el fin del mundo. Cuanto alcanzo a ver es una playa desierta frente a mí y, a mi espalda, campos empantanados que suben y se pierden en la niebla. No estoy tan asustada como debería, quizá porque hace solo diez minutos mi vida estaba en peligro de verdad. Inspiro una bocanada de aire irlandés, frío y gris, y me descubro ilusionada.

Los últimos meses he tenido la sensación de que había llegado el momento de algo nuevo. Tenía veintiséis años cuando me lancé a compartir la búsqueda de mi flamenco con la nación, y en aquel entonces era una manera estupenda y divertida de ganar dinero. Había llegado a Londres un par de años atrás, con gustos de rica y bolsillos de pobre, recién apeada del tren procedente de los suburbios del norte, y por lo que fuera, conseguí hundir mis garras lo suficiente para no comprar un billete de vuelta. Me abalancé sobre todas las oportunidades disponibles y metí el pie en todas las puertas, alentada por mi juventud y la firme certeza de que estaba lanzándome en la dirección correcta. Y poco a poco, de sofá a cuarto de alquiler, de trabajo cutre a trabajo algo menos cutre, al final me coloqué en el campo de visión de Alison Stone. Una mujer que clavó en mí su mirada láser y vio ambición y agallas donde otros, mi familia inclusive, veían ingenuidad y temeridad. Para ser sincera, probablemente Ali necesitaba una columnista de citas y yo aterricé en su despacho en el momento oportuno, pero daba igual porque había encontrado un nido y me aseguré de emplumarlo bien para que ninguna urraca que pasara por allí pudiera arrebatármelo. Durante los años que siguieron, Cleo Wilder se convirtió en una mujer en busca de su flamenco, y he vivido momentos realmente fantásticos; he conocido personas con las que he entablado una gran amistad, he estado en sitios que de otro modo no habría conocido y me he reído hasta que se me han saltado las lágrimas. También he llorado, por supuesto, porque en más de una ocasión ha aparecido alguien con pinta de flamenco que, con el tiempo, ha resultado ser un palomo pasajero. Pero si tuviera que describir con una palabra cómo me siento en este momento, diría «exhausta». Hasta mis órganos están cansados, y en algún lugar de esta isla hay una cama con mi nombre.

Mi máxima prioridad ahora mismo es encontrar la tienda de Brianne —la cual, según me informa con precisión el impreso de Ali, está tierra adentro—, recoger las llaves y dirigirme a mi nuevo hogar temporal. Otter Lodge, la cabaña de las nutrias. Suena a la clase de lugar que podría tener almohadas agradables, así que coloco un pie decidido delante del otro y parto en busca de la civilización.

La civilización resulta estar cerrada. El letrero de la puerta de la pequeña tienda de tablillas blancas me informa de que abre dos horas al día. Afortunadamente, también hay un sobre clavado con una chincheta en la puerta con las palabras «Llaves de Otter» escritas con rotulador azul. ¡Genial! Si hiciera eso en Londres, otra persona se mudaría allí y montaría una plantación de marihuana en menos de una hora. Agarro el sobre, lo giro y veo que alguien ha escrito un mensaje en el envés.

¡Hola! Siento que no hayamos coincidido. Aquí está la llave de la puerta principal de Otter Lodge; la llave de la puerta de atrás está debajo del caracol. Hay que seguir la carretera hasta que termine y subir la colina, que hace un poquito de cuesta. Desde la cima se puede ver el tejado abajo, delante de la playa. He dejado algunas cosas en la nevera. Seguro que nos vemos muy pronto. Un beso,

Brianne

Vuelco el contenido del sobre en la palma de mi mano: una llave plateada en un llavero con un sol de plástico. A eso le llamo yo ser optimista. Según lo que he leído en la guía, el sol es caro de ver en estos lares, pero cuando luce, esta y las islas vecinas se transforman en gemas azules y verdes esparcidas por el océano como las cuentas de un collar roto. Aunque por el momento no se espera que vaya a salir el sol; la previsión del tiempo anuncia nubes, viento y frío en los próximos días. No importa. No he venido a Salvación a ponerme morena.

Brianne olvidó mencionar que era una carretera larga, muy larga. O quizá no lo fuera tanto, pero arrastrar una maleta incómoda con los vaqueros empapados y el fuerte viento hacía que lo pareciera, y cuanto menos diga de mi ascenso por la colina (alias montaña), mejor. Y se quedó muy corta cuando afirmó que «hace un poquito de cuesta». Pero nada de eso importa ahora porque me encuentro en la cima, mirando hacia abajo, y el paisaje incluso en esta tarde gris es absolutamente mágico. En una dirección, verdes y ondulantes laderas, salpicadas de rocas, se extienden hacia el horizonte entrecruzadas por muros de piedra bajos e irregulares, con algún que otro refugio abandonado en faldas distantes; en la otra dirección, el terreno desciende hacia una cala festoneada de arena. Y ahí está, Otter Lodge, una pequeña construcción con la cubierta de tejas enclavada entre las rocas y rodeada de un ancho porche de madera, de esos que se ven en las películas americanas. Si no tiene sillas ahí fuera, pienso sacar una.

A lo largo de los años he descrito muchas cosas como imponentes, pero este lugar de verdad corta la respiración. Deposito mi trasero en una roca convenientemente colocada en la cima, e intento recuperar el aliento y absorberlo todo. Es espectacular. Mis ojos tienen delante una belleza majestuosa y solitaria. Me siento abrumada, como si acabara de entrar en los brazos abiertos de Isla Salvación. Escucho el sonido áspero de mi respiración entrecortada mientras el viento me envuelve con fuerza y entonces ocurre algo extraño, inesperado. Empiezo a llorar.

Mack
2 de octubre

Isla Salvación
¿CREES QUE SOY TU BOTONES?

La llave no está. Tres vuelos, dos barcos y casi cinco mil kilómetros, y a punto de alcanzar la meta me encuentro a cuatro patas sobre la tierra buscando la maldita llave. Estoy seguro de que Barney dijo que estaba aquí. «Debajo de una piedra al lado de la puerta», fueron sus palabras exactas. Me incorporo y subo los gastados escalones de madera hasta el ancho porche que rodea la casa. Cuando llego a la puerta muevo el pomo y compruebo que está cerrada con llave. Exactamente tal y como estaba cuando probé hace dos minutos. Suspiro y me acodo en la barandilla del porche contemplando la bahía mientras sopeso mis opciones. Podría forzar la entrada. Tengo derecho a estar aquí, y reemplazar una de las hojas de vidrio de la puerta no sería muy caro. Pero sería más que nada un incordio porque en Isla Salvación apenas son cien habitantes y dudo mucho que haya un cristalero entre ellos. Descarto la idea y opto por rodear el edificio. Puede que haya una ventana abierta. En caso contrario, en fin, quizá sea demasiado tarde para ir en busca de la civilización, no tengo garantías de que pueda regresar aquí antes de que anochezca.

No es la primera vez hoy que me alegro de que el dependiente me convenciera de que me comprara esta estúpida parka; si no me queda más remedio, puedo pasar la noche en el porche. He dormido en sitios peores; hace unos años, mientras realizaba un proyecto sobre los sintecho en las calles de Nueva York, fui terriblemente consciente del lujo que representa tener una vivienda. Realicé uno de mis mejores trabajos durante aquellas noches gélidas, pero el estómago se me encoge cada vez que miro las imágenes de esos rostros demacrados y famélicos. Aprendí lo delgada que puede ser la línea entre el éxito y el fracaso, cómo por unos pocos giros erróneos de la rueda de la fortuna puedes acabar en un colchón en el portal de una tienda con todas tus pertenencias en una sola bolsa de plástico. He oído que dos de las personas que conocí han pasado a mejor vida desde entonces, y no me cabe duda de que hasta la última de ellas se cambiaría por mí ahora mismo, con o sin llaves. La rueda de la fortuna ha girado y me ha dejado en el porche de Otter Lodge, y necesito poner al mal tiempo buena cara.

Rodeo la cabaña por un costado, y me detengo un instante a admirar el coraje de quienquiera que decidió construir este pequeño fortín en medio de la nada. El edificio está hecho de austera piedra gris, seguramente obtenida de los aledaños, nada que ver con la cabaña de madera que alquilamos en el lago Michigan hace un par de años. Me vienen al pensamiento los chicos: las piernas flacuchas de Nate dentro de sus descoloridas bermudas rojas, Leo una cabeza más alto que su hermano y mucho más callado. Bajando felices del coche y saliendo disparados hacia el lago con los rayos del sol iluminando sus rubias cabezas. Pedaleando con ellos por sombreados bosques mientras Susie nos pedía a gritos que fuéramos más despacio. Y aquí estoy ahora, solo y cerrando la puerta a esos recuerdos.

«Concéntrate en el aquí y ahora». Busco la manera de entrar.

Las pesadas nubes acaban de reventar sus costuras, el viento convierte la lluvia en cuchillas. Corro de ventana en ventana pero están cerradas a cal y canto, indiferentes a mis sacudidas. Doy un suspiro mientras un plan comienza a forjarse ya en mi cabeza. La mochila de almohada, la esquina frontal del porche es la que está mejor protegida de los elementos. La puerta de atrás también está cerrada con llave. «Un momento, hay una puerta de atrás». Y ahí está, el destello plateado bajo un caracol de piedra a la izquierda. Lo aparto y casi se me escapa una carcajada de alivio. Estaba buscando en la puerta equivocada, nada más. Todos los pensamientos acerca de mi supervivencia resbalan de mis hombros cuando introduzco la llave en la cerradura y noto un gratificante chasquido al girarla. Estoy dentro.

No sé qué esperar; no he mirado ninguna foto en internet y Barney no me envió los detalles. Para mí, Otter Lodge es un lugar para comer, dormir y trabajar. Un lugar donde ordenar mis ideas. No obstante, cuando abro la puerta y entro, me llevo una agradable sorpresa. Es uno de esos sitios abiertos, la cocina en un recodo y un sofá ancho delante de una chimenea de pizarra que se come casi todo el espacio. Al fondo una cama antigua de bronce con colchas de pelo y mantas escocesas que le dan un toque acogedor.

Me quito la parka mojada y, agachando la cabeza, cruzo la única puerta interior para descubrir un cuarto de baño pequeño pero aceptable, sin ducha pero con una honda bañera de cobre que lleva mi nombre. Primero, sin embargo, necesito comer algo. A Susie siempre le gustaba decir que soy un hombre que necesita un plan para funcionar. Su burlona evaluación de mi personalidad puede que contenga algo de verdad y mi plan ahora mismo es comer, bañarme y acostarme temprano. «Puede que una cerveza en algún momento», pienso estirando mis doloridos hombros cuando salgo del cuarto de baño. La puerta de atrás gira sobre sus bisagras y eso me recuerda que debo recoger mis cosas del porche y cerrar la escotilla para la tempestuosa noche que se avecina.

Oigo un chillido y me quedo inmóvil, convertido temporalmente en un idiota por el sobresalto. Hay una mujer en mi cabaña.

—Perdona, me has asustado —dice la mujer con la mano sobre el corazón. Luego, como no consigo articular palabra—: Eh... hola.

—¿De dónde sales? —Porque he visto antes a esta mujer.

Se quita su empapado gorro rojo y se me queda mirando.

—De Londres.

—No, me refería a...

—Un momento —me interrumpe entornando los párpados—. ¿Tú no estabas en el barco? ¿«Si vas a devolver, apunta hacia ese lado»?

Pasa de su acento original a uno americano espantosamente forzado.

—Ah, y tú eres la chica encantadora que se ofreció a vomitarme en la cara. —Finjo una sonrisa.

Suspira.

—No estoy de humor para soportar los comentarios irónicos de… —agita la mano hacia mi linterna frontal, levantando una corriente de aire en el proceso— un cíclope.

Y yo no estoy de humor para tener compañía, pienso mientras me arranco la banda elástica del cráneo. Además, ¿qué hace aquí? ¿Se ha perdido?

Me mira unos instantes y se baja la cremallera de su abrigo absurdamente fino.

—Oye, te agradezco que hayas venido para ver cómo estoy, pero no necesito nada. He arrastrado mi maleta por la montaña, soy capaz de encender un fuego y puedo aclararme con los interruptores. No necesito una visita de bienvenida.

—¿Crees que soy tu botones?

Sonríe con determinación, visiblemente atascada entre intentar ser educada y querer enviarme a la mierda.

—¿El casero, entonces? ¿Un amigo de Brianne?

—Señorita, iba en el mismo barco que usted. Pregúntame de dónde vengo.

—No necesito saberlo.

Por Dios, ¡qué obtusa!

—De Boston.

—No te lo he preguntado.

—Bueno, ahora ya lo sabes, lo que quiere decir que los dos sabemos que he viajado muchísimos más kilómetros que tú para estar aquí, y te alegrará oír que yo tampoco necesito una visita de bienvenida. —Observo cómo la luz comienza a colarse por las aristas de su exasperación.

Nos quedamos mirándonos, el silencio roto únicamente por la lluvia que golpea la ventana, y por fin su actitud se suaviza.

—Esto es Otter Lodge.

Asiento.

—Lo sé.

—Y lo he alquilado a partir de hoy.

—Yo también —digo.

Se frota la frente con el pulpejo de la mano, fuerte y rápido, como si masajeara mis palabras para convertirlas en algo que le suene mejor.

—Es imposible.

—Te doy mi palabra.

Se inclina, abre el bolso y hurga hasta sacar un fajo de papeles perfectamente doblados.

—Mira, aquí lo dice bien claro. —Despliega las hojas sobre la encimera de madera de la cocina y desliza el dedo por el papel seleccionando los detalles relevantes—. Otter Lodge, reservado a partir del 2 de octubre. Pagado. De Brianne, la administradora de la finca. Y, además, tengo la llave.

Con un destello triunfal en la mirada, agita una llave entre los dedos.

—Yo no necesito un trozo de papel —digo—. Esta cabaña es mía. Y aquí está mi llave. —Agito la mía.

—Tu cabaña —declara sin inmutarse. Es evidente que no me cree.

Trago saliva.

—De mi primo, para ser exactos.

También en eso exagero un poco; en realidad Barney es mi primo segundo. Nunca nos hemos visto en persona. La cabaña era de su tía, la prima de mi madre, y ahora pertenece conjuntamente a Barney y a su hermana, que vive en Canadá. Sí me mencionó que la alquilaba a veces, pero no tengo ni idea de quién es Brianne.

—Tengo correos que lo confirman, pero mi móvil se ha quedado sin batería.

—Qué oportuno.

No sé muy bien cómo lidiar con esto. Son las cinco de la tarde pasadas, ya ha oscurecido y está claro que ninguno de los dos conoce la geografía de Isla Salvación. Es peligroso marcharse ahora, más aún con este tiempo. La tienda es el edificio más cercano, sin duda cerrado desde hace ya un buen rato, y aparte de eso, el único asentamiento en la isla se encuentra en el norte. Otter Lodge está lejos, en el extremo sur de Salvación.

—Puede —digo—. Pero es verdad.

Se hace un silencio tenso. Mi plan de cerveza, baño y cama empieza a desintegrarse ante mis ojos, y eso no me gusta nada. Se saca el móvil del bolsillo y lo aporrea unos segundos antes de alzar la vista al techo. Diría que está contando en silencio, como hace uno cuando no quiere explotar.

—No pienso volver a subir esa montaña hoy —declara enderezando los hombros.

—Te entiendo —digo—. Yo tampoco. Aunque, técnicamente, es una colina.

Aprieta los labios de su amplia boca, igual que hace Nate cuando las cosas no salen como él quiere.

—Los dos no podemos tener razón —dice—. Y yo sé que la tengo.

¡Por Dios!, es exasperante. Sigue enfrascada en su rabieta mientras yo busco una manera de solucionar esto.

—Los dos tendremos que pasar la noche aquí.

Suelta un gruñido muy poco elegante.

—Ah, no, ni pensarlo.

—Muy bien. —Cruzo los brazos—. Ya sabes dónde está la puerta.

Que conste que no espero que se vaya con este tiempo, solo necesito que entienda que tampoco es una opción para mí.

Lanza una mirada a la puerta.

—Y echaré la llave en cuanto te marches.

Aguardo un par de segundos.

—No voy a marcharme.

26

—Pero… ¡tienes que hacerlo! —estalla como una niña.

Suspiro y me frotó los ojos. Sé que esto debe de ser más duro para ella que para mí. No soy tan burro como para no ver que cualquier mujer recelaría de pasar la noche con un tipo del que no tiene ninguna razón para fiarse.

—Estoy casado, si eso te tranquiliza. —Me saco la cartera del bolsillo de atrás y le muestro la foto de Susie con los niños—. Mi mujer y mis hijos.

—¿Por qué iba a tranquilizarme eso? —espeta.

—¿Porque alguien me considera un hombre lo bastante decente para casarse conmigo?

Pasea deliberadamente la mirada por la cabaña.

—¿Tú la ves por aquí para que pueda confirmarlo? Si es que existe.

—Existe —farfullo, cabreado. Existe…, solo que está a cinco mil kilómetros de aquí con mis hijos.

—No puedo hacerlo —dice—. Eres un desconocido y un hombre y… —Agita el brazo—. Y eres grande.

Me encojo de hombros. Poco puedo hacer a ese respecto.

Se presiona la frente con los dedos.

—Para que lo sepas —dice—, practico el krav magá.

Evito una sonrisita, pero dudo mucho que esté diciendo la verdad y practique el sistema de defensa personal que utiliza el ejército israelí.

—Vale.

—Podría bajarte los humos si fuera necesario.

—No te hará falta, en serio —digo. Pienso en Susie y en cómo querría que alguien actuara con ella si se encontrara en esta situación—. Oye, esta noche dormiré en el porche. No estoy diciendo que tengas razón ni que vaya a irme, solo que entiendo que fuera está oscuro y no nos conocemos. Podemos arreglar esto a la luz del día.

Me mira con una expresión de indecisión dibujada en su rostro.

—Necesito pensar —murmura abriendo la puerta para salir.

Se oye el rumor de un trueno a lo lejos al tiempo que el viento intenta arrancarle la puerta de las manos. Vuelve a cerrarla. El tiempo está empeorando por momentos. Apoya la espalda en la puerta y traga saliva—. ¿Dónde está el cuarto de baño?

Me hago a un lado para dejarla pasar y suelto un suspiro de alivio cuando desaparece de mi vista. ¡Dios, me muero por una cerveza!

Cleo
2 de octubre

Isla Salvación
ATRAPADA EN EL CULO DEL MUNDO
CON HAN SOLO

No sé qué hacer. Bueno, sí lo sé. Sé que no me queda otra que compartir Otter Lodge con un americano al que no conozco. Con el espantoso tiempo que hace, si dejo que duerma en el porche, como se ha ofrecido a hacer, puede que la palme. Y aquí estoy ahora, escondiéndome en el cuarto de baño, sentada en el retrete con mis horribles vaqueros chorreando y apiñados alrededor de mis tobillos enrojecidos, deseando con todas mis fuerzas estar en mi piso de Londres. Al cuerno con la naturaleza virgen.

Enfurecida, me quito las botas y los vaqueros y los lanzo contra la pared. «¡Dios mío, qué buena pinta tiene esa bañera!». La cabaña estará en medio de la nada, pero alguien con un don para el diseño interior ha hecho maravillas aquí. No pude echar un vistazo como es debido al salón por culpa del americano de más de metro ochenta que estaba plantado en medio, pero ahora, sentada aquí, reparo en los relajantes colores neutros, en la bañera de cobre de cantos curvos, en los exquisitos productos de baño, en la vela gruesa y el frasco de cerillas largas. El suelo de pizarra, bendito él, está caliente bajo mis pies, y una pila de toallas blancas descansa sobre un estante de madera irregular que parece que haya sido arrastrado por el mar. Si quisiera buscar algo así en Pinterest, pondría «lujo rústico». Estoy impaciente por disfrutar de la cabaña sin un extraño en mi campo de visión.

—¿Te importaría acercarme la maleta? —le grito, confiando en que no intente ganarse más puntos negándose a hacerlo.

—Junto a la puerta.

Abro lo justo para asegurarme de que no está merodeando, meto la maleta en el baño y la abro en el suelo.

«Estoy casado, si eso te tranquiliza». Pongo los ojos en blanco al recordar sus palabras. ¿En qué creía él que estaba pensando yo para decir eso? ¿Acaso los asesinos son todos solteros? Lo dudo mucho. Ya puestos, ¿cómo sabe él que no le asesinaré yo? Compruebo tres veces que he cerrado la puerta con llave y echo un chorrito del lujoso aceite de baño mientras dejo correr el agua. El aroma a spa exclusivo y a vastas playas soleadas calma mis alterados nervios.

—Voy a darme un baño —grito mientras me quito el jersey.

Con cada prenda que me quito siento que un peso abandona mi cuerpo. No me gusta el invierno; no entiendo a las personas que dicen que prefieren la nieve a la canícula del verano. Yo estoy hecha para las chanclas y los lugares donde nunca necesitas suéter. Lo opuesto a esto, básicamente. Cuando enciendo la vela y me sumerjo en el calor penetrante del agua, me siento tan revitalizada que me entran ganas de llorar. Pero no voy a llorar; ya he tenido mi dosis de lágrimas del día. Dios, eso sí que fue raro. No me hizo llorar el ascenso asesino de la montaña. En realidad estaba exultante por haber alcanzado la cima y, de repente, sin venir a cuento, me veo arrastrada por ese poderoso subidón de emoción.

Cojo aire y sumerjo la cabeza en el agua. Este lugar me ha dejado agotada. Ha sido un día larguísimo, con una travesía llena de peligros y mi sueño de estar sola hecho trizas por una intrusión indeseada. Por lo general, procuro ser una persona flexible, alguien que pone al mal tiempo buena cara, pero no puedo quitarme la sensación de que no he conseguido pasar de la primera ronda.

—Hay café en el fogón.

Asiento, incapaz de arrancar palabras de agradecimiento de mis labios, a pesar de que me siento más persona ahora que estoy embutida en mi pijama, con el pelo recogido en una toalla.

—Y pan para hacer tostadas. Yo ya he comido, tú deberías hacer lo mismo.

—No necesito que me recuerden que he de comer.

—Como quieras —farfulla, dirigiéndose al cuarto de baño—. Voy a darme un baño.

¿Soy mala persona por desear que no quede suficiente agua caliente en el depósito para darse un agradable chapuzón?

Contemplo la lluvia que azota las ventanas y suspiro porque ha llegado el momento de que me comporte como una adulta.

—Puedes dormir dentro.

—Gracias. —Se vuelve hacia mí desde la puerta del baño—. Tú también.

—¿Siempre eres tan irritante?

—Eso parece —responde tras una pausa. Me mira y por un momento me recuerda a alguien, pero no sé a quién—. Quédate la cama, yo dormiré en el sofá.

Una vez que se ha ido, me sirvo café y me siento a la mesa de la cocina, pequeña y cuadrada, y envuelvo la taza con las manos para calentarlas. Tengo la impresión de estar atrapada en la primera escena de una película antigua plagada de clichés: él, un joven Robert Redford; yo, la ingenua Jane Fonda a la espera de enamorarme perdidamente de ese desconocido después de nuestro gracioso encuentro. Salvo que no me enamoro. Puede que me gane la vida escribiendo acerca del amor, pero no soy una romántica novata y este encuentro no tiene nada de gracioso. El americano es brusco y desagradable. Con una barba de tres días. Y ahora caigo en la cuenta de a quién me recuerda, así que cierro los ojos y suspiro. Mi hermano es un fanático de *La guerra de las galaxias*, veía esas películas una y otra vez cuando era adolescente. No puedo decir que compartiera su entusiasmo, pero no hay duda de que el joven Harrison Ford parecía que desayunara carisma puro y pudiera salvar el mundo antes de la comida. Estoy atrapada en el culo del mundo con Han Solo. Únicamente me queda confiar en que Darth Vader baje por esa montaña colina y le rebane la cabeza con un sable de luz.

No me acostaba a las siete de la tarde desde que tengo edad para decidir la hora de irme a la cama. Siempre he sido más noctámbula que madrugadora, y han sido muchas las noches locas de sábado con Rubes que he empalmado o me he despertado en lugares donde no recordaba haberme quedado dormida. Pero después del día que he tenido, los ojos se me cierran solos.

Acabo de servirme una segunda taza de café para tratar de mantenerme despierta y estoy sentada en el borde de la cama. El americano sigue en el cuarto de baño; he oído correr el agua alguna que otra vez, por lo que sé que no se ha dormido y ahogado.

Dios mío, la cama es divina. Pieles forradas de ante y pesadas mantas de lana crean un ambiente de lo más agradable. Me recuesto en las almohadas a la suave luz de la lámpara y cierro los ojos, y es sin duda el mejor momento del día. Pero, por desgracia, no voy a dormir aquí. Me quedaré con el sofá, muchas gracias, y con la superioridad moral que lo acompaña. Reclamaré la cama mañana, en cuanto el americano se haya largado.

La superioridad moral no me impide hurtar un par de almohadas y una manta gruesa para hacerme un nidito en el sofá. Me ha quedado muy acogedor. Me instalo, me termino el café tranquilamente y disfruto del calor del fuego que él ha debido de encender cuando me estaba bañando. El cansancio se apodera de mí mientras dejo la taza en la mesita y cierro los ojos. Pero me incorporo de golpe cuando la puerta del cuarto de baño se abre y ya no estoy sola.

—Dormiré yo en el sofá —anuncio remilgadamente, subiéndome la manta hasta la barbilla.

El americano mira el sofá, luego la cama, y por un momento

parece que va a negarse en redondo, pero en lugar de eso se encoge de hombros.

—Como quieras.

Cual niños atrapados en una competición de «estoy menos rabioso que tú», yo también encojo los hombros mientras él rebusca en su gigantesca bolsa.

—Voy a tomarme una cerveza.

—Haz lo que quieras.

—Para eso estoy aquí.

—¿Perdona?

Saca cuatro latas de Budweiser y abre una antes de guardar el resto en la nevera.

—Que para eso he venido aquí, para hacer lo que quiera.

Casi me intereso, pero respiro hondo. No necesito saber.

—Puedes quedarte esta noche, pero mañana tendrás que buscarte otro sitio.

Mira por la ventana oscura de la cocina y bebe un largo trago antes de resoplar para sí.

—He tenido un día infernal.

No me gusta que haya cambiado de tema, pero estoy demasiado cansada para librar esta batalla ahora. Esperaré a mañana. Apago la lámpara y la cabaña se sume en una oscuridad total, y no sé si eso me convierte en una persona horrible, pero se me escapa una sonrisita cuando oigo que tropieza con la mesa al cruzar el desconocido espacio hasta la cama. Aguardo mientras maldice y trajina; sonidos de quitarse la ropa, tirar de las mantas y golpear almohadas.

—¿Quieres que encienda la luz un momento? —pregunto cuando ya ha acabado. No se digna responder.

Cleo
3 de octubre

Isla Salvación
TENGO QUE ECHAR AL ALIENÍGENA

¿Sabes esas mañanas que te despiertas despacio, como si estuvieras atravesando capas de niebla hacia la superficie, con fragmentos de tus sueños que flotan a tu alrededor tratando de tentarte para que te sumerjas de nuevo en ellos? Esta no es una de esas mañanas. Me despierto y me incorporo de un salto porque huele a quemado.

—Estás despierta.

Todo regresa a su lugar mientras mi corazón recupera poco a poco su ritmo normal. El olor a quemado se debe únicamente a los leños nuevos que arden en la chimenea.

—Y tú sigues aquí. —Me hundo otra vez en las almohadas, poco descansada y de nuevo contrariada. Este sofá resulta aceptable, como mucho, para echar la siesta.

—¿Pensabas que había sido una pesadilla?

Su tono es demasiado cantarín, como si la situación fuera ligeramente divertida en lugar de condenadamente irritante. Ya está vestido y listo para empezar el día, seguro que solo para sacarme ventaja.

—Si te apetece, hay beicon en la nevera —añade—. Y champán, curiosamente. Beicon, leche y champán.

Clavo la mirada en el techo. En realidad, ahora que lo dice, me apetece mucho el beicon. Sopeso mis opciones; son las ocho menos cuarto de la mañana, afuera apenas hay luz. Mi plan, dada la situación, es que deberíamos dirigirnos a la tienda en cuanto abra y buscar a alguien que conozca la isla. Tiene que haber otras opciones de alojamiento para el americano. De paso compraré provisiones y luego volveré aquí y reclamaré como es debido el espacio. Saltaré sobre la cama como si fuera la heroína de una *road movie*, borraré de mi fichero mental el día de ayer y empezaré de cero. Entretanto, para qué estar de malas.

—¿Sabes? Creo que voy a freír beicon —digo, levantándome y agradeciendo mi sencillo pijama negro—. ¿Quieres?

Se vuelve hacia mí como si la pregunta llevara trampa.

—Vale.

—Por lo menos parece que el tiempo se ha calmado —comento para darle conversación mientras miro por la ventana de la cocina y pongo agua a hervir.

¡Madre mía, qué vistas! La ventana da a la pequeña bahía. La cabaña se encuentra lo bastante alejada de la orilla para resultar segura, pero lo bastante cerca para disfrutar del paisaje que la playa húmeda y dorada te ofrece. Es la clase de lugar donde podría alojarse un artista en horas bajas para reconectar con su creatividad.

—El paisaje estaba increíble esta mañana —dice—. He salido a ver el amanecer desde la playa.

¡Cómo no!

Mi piso de Londres ni siquiera tiene jardín; la diferencia entre uno y otro lugar es la diferencia entre Júpiter y Marte. Tal vez debería ver las cosas así, como si yo fuera una alienígena en visita de reconocimiento para evaluar si este nuevo planeta es mejor que el mío. Hasta el momento no lo es, pero todavía he de darle una oportunidad. Tengo que echar al otro alienígena que aterrizó antes aquí porque no tiene pinta de que Darth Vader vaya a aparecer y rebanarle la cabeza. Suspiro para mí por la estúpida analogía —mi cerebro de escritora se pasa el día haciendo esas cosas— en tanto que busco en los armarios una sartén y platos y vasos para poder desayunar. Aquí los armarios no están abarrotados, tan solo contienen cosas sencillas y útiles. Mi colección de tazas, formada en su mayoría por las que me han regalado a lo largo de los años, podría describirse, siendo generosa, como «ecléctica». «Mejor tía» de uno de los hijos de mi hermana. Una «PugHugMug» del amigo invisible de la oficina pese a no ser especialmente fan de esa raza de perros. Un juego de plato y taza con una ardilla del National Trust, regalo de mi madre, y una jarra con mi mano marcada que hice hace unos veranos con los hijos de mi hermano en uno de esos cafés con manualidades.

—Estaba pensando que esta mañana deberíamos ir a la tienda para aclarar este lío —digo minutos después, sentada a la mesa de la cocina frente al americano. Me estoy esforzando por mostrarme educada.

—Me parece bien —acepta alzando su sándwich de beicon—. Gracias, está muy bueno.

—No, gracias a ti por no montar un escándalo por tener que irte —digo al tiempo que lo miro por encima de mi taza, evaluando cuán difícil piensa ponérmelo.

Se termina el sándwich y alcanza su taza.

—Sí, en cuanto a eso…

Pruebo el truco de Ali de utilizar el silencio para conseguir que el otro haga lo que tú quieres que haga.

—Sé que esto no es lo que quieres oír, pero no me voy a ninguna parte. —Saca el móvil del bolsillo y lo vuelve hacia mí—. Mis correos.

No cojo el teléfono, pero vislumbro fechas y encabezados recientes del tipo «Quédate el tiempo que quieras» y «Salvación te va a encantar» y «Saluda a Raff de mi parte».

Trago saliva.

—No es lo mismo que una reserva, ¿no te parece? Yo he pagado dinero para estar aquí.

—Barney, el dueño, mi primo, me lo ofreció personalmente.

—¿O sea el mismo dueño que ha aceptado mi dinero?

—A través de esa tal Brianne, quien está claro que cometió un error. Me aseguraré de que te devuelva hasta el último centavo.

—Penique —le corrijo—. No quiero que me devuelva el dinero. Ahora estoy aquí y quiero quedarme. Para eso he pagado.

Nos miramos de hito en hito.

—¿Qué tal si llamas a ese tal Barney y vemos qué tiene que decir él? —le suelto.

—No hay cobertura. —Es el primer tono de genuina angustia que oigo en su voz.

—Ayer mi teléfono consiguió un poco en lo alto de la colina —digo. Lo sé porque cuando estaba llorando en la roca como un bebé, recibí un mensaje de Ruby que decía «llámame pronto y cuéntamelo todo», un empujoncito cósmico para que me tranquilizara.

Abre mucho los ojos y veo que tiene un iris de cada color, uno castaño claro y el otro verde translúcido. Ese detalle me pilla desprevenida, y se da cuenta de que estoy mirándolos.

—Heterocromía —dice, sin duda acostumbrado a que la gente le pregunte.

—Solo lo he visto una vez, en un perro —digo sin pensar mientras recojo mi cama improvisada—. Cuando era niña, mi vecino tenía un husky con los ojos muy raros, uno azul y el otro marrón. Y era muy agresivo, le arrancó un trozo de espinilla a mi hermano un verano cuando se coló en nuestro jardín. Cuando tuvo edad suficiente, mi hermano se hizo un tatuaje para tapar la cicatriz, un husky aullando. Le hacía gracia la ironía. A mi madre casi le da algo.

El americano me mira con esos ojos extraños y luego medio ríe, incrédulo.

—De acuerdo, probaré en lo alto de la colina dentro de un rato. —Contempla el sofá—. ¿Te importa que me siente en tu cama?

—Toda tuya —digo antes de levantarme para coger el abrigo—. Salgo a echar un vistazo.

Meto los pies en unas botas de agua a rayas amarillas y blancas que hay junto a la puerta. También hay sombreros, bufandas y paraguas en una cesta. Me encasqueto un gorro azul hasta las orejas y lo dejo solo.

Londres tiene un olor particular. A gases diésel expulsados por camiones de la basura y por autobuses nocturnos, a camisas de oficinistas empapadas de sudor, a expectación, pavor y ambición. Se extiende el calor del metro bajo los pies, la sinfonía de las sirenas, la sensación de seguridad y amenaza, un pulso, un ajetreo, un tambor palpitando.

Isla Salvación no se parece en nada a Londres. Engullendo grandes bocanadas de aire tan limpio como un vaso de agua fría de manantial, camino por la orilla irregular y escucho el océano lamer los guijarros. Ayer la arena semejaba una masa sólida y gris, pero ahora, conforme se va secando, la luz de la mañana la desvela plateada y suelta. Un ave marina gris con un gorro de plumas negras surca el cielo y aterriza en una roca cercana para observarme. Su reluciente pico naranja apunta hacia mí, una invitada en su sala de estar.

—Buenos días —le saludo sintiéndome un poco idiota.

No sé si estoy hecha para pasar el invierno aquí, pálida y frágil como soy. «Escuálida», dijo una de mis hermanas en una ocasión; «como una heroína de Brontë», respondió la otra. Ambas mayores que yo y con un cabello rubio que contrasta con mi pelo de color azabache, siempre me han visto como su muñeca, como alguien a quien mimar y consentir. No obstante, acabé sintiéndome asfixiada con mi condición de la pequeña de la familia. No me gustaría que se me malinterpretara, era de lo más agradable; me sentía querida y mimada. Yo quería a mis hermanas en igual medida, pero todavía recuerdo la sensación de su manto protector apretando en exceso mis alas adolescentes contra mis costados, la presión creciendo dentro de mí para que me soltaran. Le devuelvo la mirada al pájaro y le pido respetuosamente que se reserve su opinión; todavía no me conoce.

Me he pasado la vida siendo subestimada y he aprendido en

gran medida a ignorarlo o a utilizarlo en mi provecho. Una de las muchas razones por las que me gusta trabajar con Ali es que ni una sola vez ha hecho suposiciones sobre mí por el hecho de que me gusten los vestidos románticos o por el placer que me da una sombra de ojos bien aplicada. No me encuentra escuálida ni me imagina vagando por los páramos en busca de mi Heathcliff particular. Para Ali yo era una página en blanco en la que ha dejado que sea yo quien me escriba.

Vale, reconozco que no estoy en las Maldivas, pero este lugar posee su propia belleza sobrecogedora. Debe de ser espectacular en un día soleado. Puede que hasta disfrute tanto de mi tiempo aquí que regrese en verano para verlo bañado por el sol. Pero lo primero es lo primero. Necesito asegurar mi estancia en Otter Lodge.

Mack
3 de octubre

Isla Salvación
¿A QUÉ HORA SALE EL PRÓXIMO BARCO?

—No he podido hablar con Barney.

No miento; intenté ponerme en contacto con mi primo segundo pero fue en vano. No le cuento que no tenía muchas esperanzas de dar con él porque sé que está viajando y mi experiencia con Barney hasta la fecha lo calificaría de escurridizo, cuando menos. Tampoco le cuento que me he pasado la mayor parte de la última media hora dando vueltas en lo alto de la colina para intentar enviar un mensaje a los chicos, aunque para ellos todavía es temprano. Si cierro los ojos y me concentro mucho, casi puedo oler el champú de Nate cuando me inclino para darle un beso de buenas noches, el apretón de los dedos delgados de Leo cuando le apago la lámpara. Extraño muchísimo estos trozos de mí que he dejado atrás, en otro continente.

—Venga ya —dice, arrojando su gorro a la cesta que hay junto a la puerta con una fuerza innecesaria—. ¿Cuánto rato lo has intentado?

No estoy de humor para la reprimenda de una extraña.

—El suficiente, ¿vale? —Oigo mi propia aspereza, pero no me disculpo. Empiezo a cansarme de su arrogancia.

—La tienda abre a las once —me informa en un tono neutro. Por un momento me recuerda a la antigua maestra del jardín de infancia de Nate, una mujer de rostro angelical que siempre parecía a punto de estallar—. ¿Qué te parece si vamos e intentamos resolver esta situación? Creo que Brianne es la propietaria de la tienda, quizá ella consiga hablar con Barney.

—Bien.

Me lanza una mirada afilada.

—Bien.

Si tuviera un libro conmigo, lo sacaría ahora mismo y me pondría a leer como golpe de efecto, porque llevo diez minutos esperando delante de la tienda y solo ahora vislumbro su enorme gorro rojo caminando hacia mí. Salimos de la cabaña juntos, pero el paseo no estaba siendo precisamente agradable. Ella estaba de mal humor porque sus botas nuevas le habían hecho rozaduras en el tobillo y yo estaba pensando en Susie y los niños y deseando llegar a nuestro destino. En un momento dado me ofrecí a llevarla a caballito, porque al fin y al cabo tengo mi corazoncito y, a decir verdad, estaba harto de sus quejas, pero se alejó con paso firme, así que la dejé a su suerte.

—Lo conseguiste —digo. Si las miradas mataran, ahora mismo estaría muerto. Señalo la puerta de la tienda—. Después de ti.

Imagino que de todas maneras tenía intención de entrar ella primero, pero me hace sentir mejor pensar que yo le he dado la opción. No estoy seguro, pero cuando pasa por mi lado creo oírle farfullar «Maldita montaña de mierda».

Por dentro, la tienda me recuerda al campamento en el lago al que iba cada verano de niño. Estantes abarrotados de productos dispares: linternas al lado de latas de sopa, gel de ducha junto a comida para perros, una ristra de peines colgando de un exhibidor de felicitaciones de cumpleaños. Parece que no hay nadie hasta que nos acercamos a la caja registradora y una mujer sale de detrás de una cortina de cuentas con un sándwich en la mano. Con cara de duende y aspecto de elfo, emana energía como una bombilla de trescientos vatios.

—Oh, hola. —Hunde la mano detrás de la cortina para dejar

el sándwich y se sacude las migas en el vaquero—. Lo siento mucho, esperaba a otras personas.

Enseguida me cae bien. No he escuchado nunca un acento más hospitalario que el irlandés.

Amplía la sonrisa y un destello de expectación aparece en sus ojos de color azul claro mientras nos mira alternativamente a ambos.

—Debéis de ser los recién casados.

—¿Recién casados? —inquiero.

—¿De Otter? —dice—. Lamento que ayer no pudiera estar aquí para daros la llave en persona. Siempre lo hago, pero era el cumpleaños de mi marido.

—No somos recién casados —decimos al unísono.

—Ni siquiera lo conozco.

—Ni yo a ella.

La mujer de detrás del mostrador entorna los párpados, desconcertada.

—Oh, vale. Bueno, ¿qué tal si empiezo yo? Soy Brianne —dice, jovial y cantarina como la presentadora de un programa infantil—. ¿Y vosotros sois…?

Nos mira de hito en hito, esperando una respuesta. Ninguno de los dos da el paso, seguramente por razones parecidas. Yo no le he preguntado el nombre a propósito y ella tampoco me ha preguntado el mío. No es fácil analizar por qué el hecho de saber algo tan simple como su nombre se me antoja demasiada información. Supongo que dejaría de ser nadie y se convertiría en alguien, y por duro que parezca, prefiero que siga siendo nadie.

Suspiro, a punto de hablar, pero ella saca sus papeles del bolsillo interior del abrigo y los planta en el mostrador. Brianne los lee por encima y levanta la vista.

—Entonces, ¿tú eres Cleo?

«Cleo». Ya está. Suspiro y meneo la cabeza porque, de repente, es alguien.

Captando sin duda la extraña energía entre nosotros, Brianne se vuelve titubeante hacia mí.

—¿Y... tú eres?

Me aclaro la garganta a regañadientes, sintiéndome como si tuviera trece años y estuviera metido en un lío.

—Mack —digo entre dientes.

La noto —a Cleo— erizarse a mi lado y me abstengo de mirarla.

—Escuchad —dice Brianne sacando una agenda negra de debajo del mostrador—. No tengo ni idea de lo que está pasando aquí, así que tendréis que ayudarme. —Abre la agenda al tiempo que habla y pasa las páginas—. Veamos qué tengo anotado...

Contengo la respiración. Por favor, Barney, no me falles.

—Cleo Wilder —dice—. Pero la persona que hizo la reserva marcó la casilla de champán para luna de miel, así que supuse que seríais dos.

Incluso yo estoy desconcertado ahora. Me vuelvo hacia Cleo.

—¿Estás en tu luna de miel?

—Oh, no digas tonterías —espeta irritada—. Sabes perfectamente que no estoy en mi puta luna de miel. Quizá sea una broma de mi jefa.

Brianne frunce el ceño. No me sorprende que le esté costando seguirnos. También a mí.

Cleo suelta un suspiro que le sube desde las botas, un claro «¿Podéis callaros todos y escucharme?». Va a ser que no. Necesito decir la mía.

—Mi primo Barney es el dueño de Otter Lodge —declaro.

Una sonrisa de alivio ilumina el rostro de Brianne.

—¿Así que tú eres el primo de Barney Doyle? Fuimos juntos al colegio. De hecho, a los seis años estaba secretamente enamorada de él.

Sonríe con las mejillas sonrosadas, y yo también, porque aquí está la prueba irrefutable de mi reclamación. La única persona que no parece disfrutar de este viaje al pasado es Cleo.

—Qué tierna. —Me río unos segundos más de la cuenta—.

El caso es que Barney me ha ofrecido la cabaña hasta Año Nuevo, de manera que Cleo está buscando otro lugar en la isla donde alojarse.

—Un momento. —Cleo se quita el gorro de la cabeza y lo golpea contra el mostrador—. No soy yo la que necesita otro lugar donde alojarse.

—Puede que no te des cuenta —digo—, pero expresas mucha de tu rabia a través de los gorros. Aplastándolos, arrancándolos, golpeándolos.

—Vete a la mierda —espeta, incapaz de ocultar su irritación.

—Mi familia es la propietaria de Otter Lodge —prosigo aprovechando mi punto a favor—. Ya has oído a Brianne, está enamorada de mi primo.

—Estaba —me corrige Brianne—. Hace por lo menos quince años que no lo veo.

—Entonces, ¿no vive en la isla? —Se abalanza Cleo.

—Desde hace ya unos años. —Brianne se vuelve hacia mí, para invitarme a continuar la historia—. La madre se los llevó a Donegal después de morir el abuelo, si no recuerdo mal.

Asiento de forma evasiva, no quiero que se me note que no estoy del todo al corriente.

—Entonces, ¿cómo sabes quién alquila la cabaña? —le pregunta Cleo, yendo al grano, indiferente a mi historia familiar.

—Por lo general Alice, la hermana de Barney, me envía un correo. Alice vino a pasar una temporada cuando heredaron Otter Lodge. Hoy día simplemente me envía el nombre de la persona que ha de llegar para que yo pueda limpiar la cabaña, entregarle las llaves y esas cosas. No es mi función resolver… —hace una pausa educada— disputas.

—Pero mi nombre aparece en tu agenda —dice Cleo.

Brianne asiente con cara de apuro.

—Así es.

—Y mi primo es el dueño de la cabaña —digo yo.

—Lo es. —Negándose a tomar partido, Brianne se encoge de hombros—. Menudo lío.

—Vale. Entonces uno de nosotros… —lanzo una mirada a Cleo— necesita otro lugar donde pasar la noche.

—Tú —dispara ella antes de volverse hacia Brianne—. ¿Puedes indicarnos otros alojamientos, por favor?

Brianne retuerce el rostro en un mohín que me indica que no quiere decir lo que está a punto de decir.

—Me temo que no hay ninguno más en la isla.

—No ha de ser lujoso —insiste Cleo—. Cualquier cosa servirá.

«Te servirá a ti», pienso, pero no lo digo.

—Aquí no estamos preparados para el turismo —explica Brianne con pesar—. Nunca lo hemos estado. Se armó un poco de polémica cuando tu familia abrió Otter Lodge a gente extraña, si te soy franca —dice, mirándome—. No todos estuvieron de acuerdo, a pesar de que lo han utilizado principalmente artistas y profesionales.

—Tiene que haber algún lugar —digo, porque empiezo a temer que esta situación no tenga solución. Hasta ahora he confiado en que, llegado el momento, la conexión con mi familia triunfaría sobre su trozo de papel, pero si no hay otro lugar donde alojarse, la cosa podría acabar en disputa territorial—. ¿Una casa vacía? ¿O incluso alguien con una habitación de invitados?

Brianne lo medita y niega despacio con la cabeza.

—En serio, no hay nada, aquí nunca llegan visitantes inesperados. No somos gente que mantiene una habitación de invitados lista por si acaso —explica—. Tendréis más suerte en las islas grandes, y en el continente hay hoteles, por supuesto.

—No quiero estar en una isla grande —dice Cleo con la mirada firme—. He pagado para alojarme en Otter Lodge y eso es lo que pienso hacer.

—¿Cuándo llega tu marido? —le pregunta Brianne.

Cleo gira lentamente la cabeza. En otras circunstancias mencionaría lo mucho que el gesto me recuerda al de los bebés raptores de *Jurassic Park*.

—Creo que ha quedado claro que no estoy de luna de miel —farfulla apretando la mandíbula.

—Ay, sí. ¿Estás tú de luna de miel? —me pregunta Brianne a mí—. Puede que la confusión venga de ahí.

Vale. No tiene gracia.

—Ni ella ni yo estamos de luna de miel.

Hora de acabar con esto. Si no hay otro lugar en la isla, uno de los dos debe irse de Salvación y no tengo intención de ser yo.

—¿A qué hora sale el próximo barco?

Brianne cierra despacio la agenda y coloca las palmas sobre el mostrador.

—A las once.

Cleo mira el reloj situado detrás de Brianne y suspira exageradamente. Es casi mediodía.

—Genial.

—Del viernes —añade Brianne. No puedo asegurarlo, pero creo que retuvo ese dato para dar un golpe de efecto.

—¿El viernes? —dice Cleo, demasiado alto para la pequeña tienda—. ¿O sea que ni hoy ni mañana ni siquiera pasado mañana hay barco? Porque hoy es sábado.

Brianne recula un pasito.

—El barco solo viene una vez por semana, a menos que haya una emergencia. Médica. Eh, una muerte o algo por el estilo.

«¡Felicidades, Brianne!», pienso. Ha mencionado la muerte para impedir que Cleo declare nuestra situación como una emergencia.

—¿De veras que no hay otro lugar en la isla donde alojarse? —Cleo parece al borde de las lágrimas.

—No, lo siento mucho. Te ofrecería mi sofá, pero los gatos duermen en él y uno de ellos está artrítico, o sea que...

Cleo me mira de arriba abajo.

—Tienes pinta de poder nadar hasta la próxima isla —dice desesperada antes de volverse de nuevo hacia Brianne—. ¿Está lejos?

Las cejas de Brianne salen disparadas hacia arriba.

—Moriría en el intento.

—Vale —digo poniéndome en modo práctico. Elabora un plan, Mack, sé previsor—. Necesitaremos algunas cosas para sobrevivir hasta el viernes.

Al igual que ayer, Cleo cruza los brazos y se niega a aceptar la verdad que tiene delante de las narices.

—Necesitamos comida, y no sé tú, pero yo voy a necesitar más cervezas —digo.

—Si queréis, puedo pedir que os lleven la compra a la cabaña más tarde —nos ofrece Brianne—. Mi marido hace el reparto por la isla por las tardes, después de cerrar.

—Sería estupendo, Brianne, gracias —digo educadamente antes de lanzarle a Cleo una mirada fulminante de «no seas desagradecida». Se limita a fulminarme a su vez.

—¿Por qué no coges chocolate, a ver si te endulza el humor? —farfullo, harto de su cabezonería, mientras cojo queso, leche y otros productos básicos—. ¿Eres vegetariana? —pregunto al detenerme delante de las verduras.

—Esta mañana me has visto comer beicon —replica, agarrando pollo y tomates.

Llenamos la cesta en un silencio gélido: paté, huevos, costillas de cordero y patatas. Brianne hace la suma y busco mi cartera. Esta maldita parka tiene demasiados bolsillos, sé que está en algún sitio.

—Ya pago yo —dice Cleo, a la vez que añade vino al botín y saca un fajo de billetes del bolsillo de su abrigo.

—Ni hablar. —Le clavo a Brianne una mirada de «no aceptes su dinero» mientras me palpo el cuerpo—. Invito yo. O podemos pagar a medias.

Cleo echa un vistazo al total que marca la caja registradora y empuja su dinero contra la palma de Brianne, sin dejarle más opción que aceptarlo. Sé que no es justo esperar que una completa desconocida se preste a hacer de árbitro, pero aun así... Pensaba que Brianne y yo habíamos sintonizado. No puedo evitar sentir que Cleo acaba de anotarse un tanto.

—¿Dónde está en esta isla el lugar con cobertura más cercano? —pregunto a Brianne—. En la cabaña no hay.

—En realidad solo hay cobertura en el pueblo —dice—. Tenéis wifi en el pub y en el café, os darán la contraseña en la caja. Delta tiene un ordenador en el café, por si lo necesitáis. Podéis reservarlo por horas.

Si estuviera de vacaciones seguramente estos sistemas tan anticuados me parecerían encantadores, pero en estos momentos son otra cosa que añadir a mi creciente lista de incordios.

Cojo el gorro rojo de Cleo y se lo tiendo.

—Póntelo, a ver si te anima. Me voy a dar un paseo.

Cleo
3 de octubre

Isla Salvación
NO ME GUSTA EL ARROZ CON LECHE

Hay alguien sentado en la roca de lo alto de la colina.

He subido resoplando hasta aquí arriba para ver mis correos, el tobillo me está matando y ahora alguien se me ha adelantado y me ha robado el sitio. La buena noticia es que no hay rastro del americano ni de su ridícula parka.

Me coloco algo apartada de la roca para que la mujer con cazadora tejana sentada de espaldas a mí no pueda oírme. Desde donde estoy no distingo si está al teléfono o simplemente tomando el aire. ¡Tomando el aire! ¡Estoy utilizando expresiones de damisela! Es lo que pasa cuando haces maratones de series de época en lugar de trabajar. Me digo a mí misma que me estoy documentando, aun cuando mi vida tiene muy poco de corsés o de paseos a caballo. No obstante, si me apuras, podría decirse que todas buscamos nuestro flamenco, ¿no es cierto?

¿Le queda mucho a esa mujer? Me siento un poco ridícula haciendo cola para sentarme en la roca como si fuera una condenada cabina.

No la oigo hablar y está muy quieta. De repente coloca las manos alrededor de la boca y grita. O aúlla, para ser exactos, un aullido que te hiela la sangre. Me encojo y retrocedo lenta y sigilosamente, pero el móvil, que por fin ha pillado la escurridiza señal, me pita con fuerza en el bolsillo.

Presa del pánico, me palpo el abrigo al tiempo que la mujer

de la roca se vuelve rauda hacia mí. Varias cosas me llaman simultáneamente la atención: es más joven de lo que pensaba, más o menos de mi edad, tiene los ojos verdes como la hierba de Salvación y está bastante embarazada. Mucho que asimilar junto con la enorme bufanda a rayas irisadas que lleva en el cuello y los numerosos pendientes de plata que asoman por debajo de su gorro con borla.

—¿Me estabas espiando? —pregunta recelosa, con el ceño fruncido.

—No, estaba… —justo cuando empiezo a balbucear una disculpa se echa a reír.

—Te alojas en Otter —dice.

No es tan difícil de adivinar, pues ahora ya sé que Otter es el único sitio en la isla donde te puedes hospedar, y resulta evidente que no soy de aquí.

—Sí —digo—. Oye, ¿estás bien?

Me mira extrañada, luego su semblante se relaja.

—¿Lo dices por el grito primal? Solo estaba dejando ir la frustración que me provoca mi madre. Me pone de los nervios. Además es bueno para el bebé que suelte algún aullido, o eso me han dicho. —Descansa las manos sobre la barriga y sonríe—. Por cierto, soy Delta, la hija descarriada de Slánú que ha vuelto con un bombo para traer la vergüenza a la familia.

—Cleo —digo. Es la primera lugareña a la que oigo pronunciar el nombre irlandés de la isla—. ¿«Slánú»? —pruebo, titubeante—. ¿Lo he dicho bien?

Se encoge de hombros.

—No está mal, pero sigue llamándola Salvación, solo la vieja guardia utiliza Slánú.

—Y tú —señalo.

—Solo cuando estoy enfadada por mi delicada situación. —Sonríe.

Al devolverle la sonrisa experimento un chispazo de conexión femenina. Quizá solo sea porque somos más o menos de la misma edad, pero hay algo en ella que resuena dentro de mí.

Podría ser que me recuerda un poco a Ruby —es original y emana una energía parecida—, pero tengo la sensación de que esta chica se conoce bien, y siento una punzada de envidia inesperada. Yo me siento a menudo como una niña jugando a ser adulta y confiando en que nadie lo note, mientras que Delta da la impresión de que sabe adónde se dirige en la vida. Parece que va a decir algo cuando mi móvil vuelve a pitar. Una descarga de mensajes de voz que reclaman mi atención.

—Trabajo —digo al ver el nombre de Ali en la pantalla. También el de Ruby.

Asiente despacio.

—¿Eres escritora?

—Sí —digo, y me pregunto qué la ha llevado a esa suposición.

—Eso pensaba —dice—. Puedo verlo en tu aura. Tienes pinta de escribir apasionadas novelas de amor.

Estoy a punto de decirle que no soy una escritora romántica, pero… ¿es cierto eso? Puede que no lo sea en el sentido convencional, aunque escribo sobre el amor, por lo que quizá lo sea un poco. O tal vez la cosa vaya más allá. Puede que estuviera predestinada a conocer a esta mujer de ojos verdes hoy aquí, puede que sea mi empujoncito cósmico para agarrar el toro por los cuernos y terminar la novela que llevo un siglo escribiendo. La verdad es que me da un poco de vergüenza —periodista que aspira a ser novelista, menudo cliché— pero por dentro he estado preguntándome si este viaje podría ser una manera de explorar al fin ese sueño.

—Más o menos —respondo con la boca pequeña.

Delta dirige la mirada al mar.

—Este ha sido siempre uno de mis lugares favoritos de la isla —comenta levantándose para estirar la espalda—. Será mejor que me vaya y te deje trabajar.

—Por mí no lo hagas —digo.

—Oh, ya he gritado suficiente por hoy —afirma—. Deberías probarlo, nadie te oirá aquí arriba.

«Excepto Mack», pienso mientras la veo alejarse. No es la clase de persona que esperaba encontrar aquí. Para empezar, no lleva un jersey nórdico ni tiene la tez rubicunda, y en ese momento me doy cuenta de mis horribles estereotipos.

Me siento en la roca y pulso para escuchar el primer mensaje. La voz de Ali gorgotea en el aire reclamando todos los detalles, buenos y malos, de mi experiencia hasta el momento. La llamaré el lunes. Podría probar ahora, esa mujer no conoce el significado de «fin de semana», pero en realidad no quiero porque todavía me siento como un agotado acordeón londinense descomprimiéndose.

Antes de venir a Salvación, Ali y yo elaboramos una lista de cosas que hacer —ideas mías en su mayor parte con algunas aportaciones suyas—, propósitos sobre los que ella cree que les encantaría leer a nuestras lectoras. Abro la app de Notas, leo la lista por encima y me pregunto qué cosas podré tachar primero.

Nadar en el mar. Esta es mía.

Me encanta nadar en lugares que no sean piscinas llenas de cloro pero raras veces tengo la oportunidad de hacerlo, así que espero que en algún momento el mar se calme lo suficiente para poder nadar en él sin palmarla.

Pasar veinticuatro horas desnuda. Me resistí un poco con esta. No porque sea una puritana o tenga colgajos destacables en el cuerpo, pero como entretenimiento me parecía un poco metido con calzador. Ali lo puso en la lista argumentando que era una manera de conectar con la naturaleza de la forma más básica, y algo de razón tiene. Así y todo, no es un propósito que pueda contemplar mientras Mack ronde por aquí. Deslizo el dedo por la pantalla.

Hacer un fuego en la playa.

Comer un plato con ingredientes recogidos por mí.

Tomar una decisión que me cambie la vida.

Dormir a la intemperie.

Elimino esto último. No había tenido en cuenta el mal tiempo que hace aquí.

Escribir un poema, o quizá una canción.

Crear algo con las manos.

La ceremonia de autoemparejamiento.

Hago una pausa, y golpeteo las palabras con el dedo. Todavía estoy trabajando en ello, es un boceto más que un plan sólido. La ceremonia tendrá lugar el día de mi cumpleaños porque quiero hacer algo que marque mi entrada en la treintena. Será una celebración simbólica de mí misma. Ali insiste en que lo promocione como «me caso conmigo misma» porque es un titular llamativo, de ahí la irónica reserva para una luna de miel. Yo prefiero verlo como una ceremonia de compromiso conmigo misma, una pausa para reconocer que me siento a gusto como mujer soltera. Una despedida de la década de los veinte y una bienvenida a los treinta años regada con champán. Compré un cuenco de madera en eBay con la vaga idea de llenarlo de objetos y echarlo al mar. O de quemarlo en la playa. Todavía no lo he decidido. Subo de nuevo por la lista y me detengo en «Tomar una decisión que me cambie la vida». Ali no ha visto esta entrada, la añadí después de abandonar Londres. Es algo en lo que reflexiono en mis momentos tranquilos. ¿Qué forma quiero que tengan los siguientes tres o cuatro años de mi vida? ¿Quién soy yo sin un flamenco? Suelto el aire en una espiración larga y lenta. Vamos, Isla Salvación, haz honor a tu nombre. Sálvame. O, por lo menos, ayúdame a salvarme a mí misma.

Contemplo unos segundos el nombre de Ali y luego, resignada, le doy al número. Estoy obligada cuando menos a informarla de lo que ocurre aquí y preguntarle cómo quiere que proceda. Escucho los clics y pips de los números en su esfuerzo por establecer la conexión: «colina llamando a capital», pero justo cuando lo consigue un feroz golpe de viento me desequilibra, caigo hacia delante y la pierdo. Mierda. Pruebo de nuevo, quieta como una estatua, pero me salta el buzón de voz. Advierto que me estoy dejando arrastrar por el estrés de la inmediatez. Giro los hombros hacia atrás y me obligo a recular y dejarlo para más tarde. Suspiro y cuelgo, apretando los dientes contra el deseo de arrojar el móvil al mar.

A continuación pulso el mensaje de voz de Ruby y su voz mana de mi teléfono como lava candente.

—¡Cleo, cariño!

Me acerco el teléfono a la oreja porque me ha llamado desde un lugar bullicioso con música y voces de fondo.

—Estoy en el bar de las luces azules de neón y las camareras con pantalones de látex. ¿Y a que no adivinas quién creo que está en la barra? El tío ese… Joder, cómo se llama, el del verano pasado, el que tenía un papel de extra en *Los juegos del hambre* y nos dijo que había conocido al príncipe Harry.

Alguien le grita algo a lo bestia y aparto el móvil de la oreja.

—Perdona, Clee, era Helena, ya sabes, mi compi del trabajo. Un tío le ha tirado la copa sobre el vestido y nos ha traído chupitos a todas para disculparse. Aunque no creo que cubra el coste de la tintorería, lo que ese tío bebía tenía un color naranja asqueroso. Por suerte Helena está demasiado pedo para que le importe.

Se oye de fondo una voz apremiante cantando a todo volumen. El sonido de borrachos incitándose mutuamente a beber me provoca un escalofrío.

—¡Te dejo, Clee! —grita Ruby—. Me beberé otro chupito a tu salud.

Cuelga y se hace el silencio. Exhalo despacio. Observo mi aliento descender por la fría ladera irlandesa y ni una sola parte de mí lamenta no haber estado en ese bar anoche bebiendo chupitos de algo que me habría dado dolor de cabeza por la mañana. Pienso en el mensaje de Ruby. No me pregunta cómo estoy, ni siquiera si he llegado bien. Parecía más una llamada de «mira lo que te estás perdiendo» que una llamada de «te echo de menos». No hay mala intención, pero me recuerda lo vertiginosa que puede ser la vida en Londres y lo fácil que es quedarse atrapada en las luces de neón y los pantalones de látex.

Es extraño. Pasé casi toda mi adolescencia obsesionada con la idea de hacer el trillado peregrinaje a Londres, de vivir entre escritores y editores, de asistir a fiestas sofisticadas donde haría reír con mi ingenio a agentes literarios de zapatos de cordones. Pero los sueños cambian, o cambian las personas. Ahora sé que hay personas que encuentran estimulante el ritmo de la ciudad. Rubes, por ejemplo. Y otras se quedan un tiempo y poco a poco se dan cuenta de que eso no les va. ¿Estoy entre estas últimas? Es una revelación difícil de aceptar. Si lo soy, ¿adónde iré?, ¿qué será de mí?

Guardo el móvil y miro en derredor para asegurarme de que Mack no está en las proximidades, me rodeo la boca con las manos y emito un grito primal. Débil. Estoy cortada. Me aclaro la garganta, trago saliva y pruebo de nuevo. Esta vez le meto caña y el sonido que emerge de mi cuerpo es una mezcla de gato estrangulado y gorila con anginas. No era lo que pretendía. Me pongo de pie. Abro bien la boca. Y entonces bramo y siento que el aire se aparta del susto. Guau, ¡qué gusto! Bramo de nuevo, como una leona de montaña (vale, de colina grande), arrojando todas mis frustraciones detrás del sonido hasta que tengo ronca la voz y me duelen los hombros.

Los gritos primales no están en mi lista de cosas que hacer en Salvación, pero tendría que haberlos incluido.

Mientras desciendo despacio por la colina decido ser más positiva. Solo falta una semana para que Mack se largue. Porque está claro que es él quien debe irse: yo estoy aquí para decidir qué hago con mi vida; él está aquí de turismo. Así pues, hasta entonces me mostraré educada, puede que hasta simpática, para poco a poco hacerle entrar en razón.

Me imaginaré que estoy pasando una semana con un compañero de cuarto un tanto molesto, como los que te asignan en las universidades americanas.

Llueve otra vez. No voy a molestarme más en anotar el tiempo que hace, que la gente dé por sentado que está lloviendo a menos que yo diga lo contrario. He tenido la cabaña para mí sola las últimas dos horas, una deliciosa cata de cómo será todo el tiempo cuando Mack se vaya. He holgazaneado en la bañera y he probado el sillón rojo de terciopelo que hay junto a la chimenea, el lugar idóneo para leer o planear el futuro acompañada de una copa de vino. Hay una estantería llena de libros que estoy deseando explorar, y en el armario que hay debajo del televisor he descubierto algunos juegos: una baraja de naipes, el Monopoly, una caja de tizas. También hay bebidas alcohólicas: tequila y dos whiskies diferentes. El televisor en realidad no funciona; una nota en la hoja de instrucciones explica que sirve de pantalla para los DVD que hay en una caja en la estantería. ¡DVD auténticos! No los he mirado aún; estoy dejando esos momentos de descubrimiento para más adelante.

El marido de Brianne trajo la comida hará una hora más o menos. El hombre parece que haya sido esculpido de una roca de Salvación, un bloque enorme con una barba gigante y una sonrisa más grande aún. Me recordó a esos tipos que visten lycra y levantan camiones por diversión. Estoy sentada con una copa de vino, tratando de relajarme. Mack parecía seguir estresado; lo vi pasear por la orilla cuando miré por la ventana mientras descorchaba la botella. Sus movimientos hablaban de agitación, lo cual me puso en guardia y al mismo tiempo me tocó las narices, porque no quiero tener que lidiar con la mierda de otro. Así que no me levanto cuando la puerta se abre y Mack irrumpe refunfuñando en la cabaña con la parka empapada. Y no abro la boca mientras se quita sus accesorios térmicos, lanza una mirada extraña en mi dirección y coge una cerveza antes de sentarse en el borde de la mesita de centro, justo enfrente de mí.

Es un movimiento inesperado que me deja sin más opción que escuchar lo que se dispone a decir. Bueno, podría descruzar las piernas y pirarme, pero esa clase de hostilidad abierta no está en mi naturaleza. Así pues, apuro la copa y aguardo con suma atención.

—Siento haber estado tan antipático contigo —dice al fin—. Tú no tienes la culpa de esto.

Oh. Qué inesperado. Le sostengo la mirada, desconcertada, y durante unos instantes sinceros solo somos dos personas normales atrapadas en una situación muy difícil.

—¿Por qué no empezamos de nuevo? Soy Mack Sullivan, tengo treinta y cinco años, vivo en Boston y soy fotógrafo. Tengo dos hijos, Nate y Leo. Me gusta la cerveza fría, los Red Sox y acampar. —Se detiene a pensar—. Prefiero el verano al invierno, y el bocadillo de langosta y la tarta de queso serían mi cena en el corredor de la muerte.

Reparo en el movimiento ascendente y descendente de su garganta cuando bebe un largo trago de cerveza.

Es un giro tan radical que me he quedado sin palabras. Ya me resultó difícil el hecho de escuchar su nombre antes, no sé qué se supone que he de hacer con toda esta nueva información. Ya no es solo el americano, es fotógrafo y padre y amante de la tarta de queso.

—Me alegro de conocerte, Mack. —Esbozo una sonrisa torcida diciéndome que esto es lo que yo quería, suavizar las cosas. Aunque me irrita un pelín que se me haya adelantado.

Choca su botella contra mi copa.

—Lo mismo digo, Cleo Wilder.

Creo que es la primera vez que oigo pronunciar mi nombre con acento americano; suena muy diferente, como si fuera una mujer mucho más enrollada e intrépida. Ahora mismo, no obstante, estoy sintiendo la presión del grupo. Él se ha abierto y ahora me toca abrirme a mí. Mack ha hecho que parezca fácil, pero él posee esa elocuencia con la que parecen nacer todos los americanos. Yo, en cambio, soy una inglesa reservada.

—Como ya sabes, me llamo Cleo, tengo veintinueve años, vivo en Londres y soy, eh, escritora.

Sus cejas se elevan ligeramente y me interrumpo.

—¿Qué?

Encoge los hombros.

—Nada, continúa.

—¿Me echabas más años? —inquiero—. ¿Menos?

Mack niega con la cabeza.

—Entonces, ¿te sorprende que sea escritora?

Bebe un sorbo de cerveza y apoya los codos en las rodillas.

—No. Vamos, cuéntame más cosas.

Por Dios, qué difícil. Ojalá me quedara vino en la copa.

—No sé qué más contarte, la verdad. No tengo aficiones aparte de la escritura. Ni animales ni hijos. Los caballos me dan miedo y… no me gusta el arroz con leche.

«¿No me gusta el arroz con leche?».

—Cuántas cosas negativas —dice—. ¿Por qué te dan miedo los caballos, Cleo?

Sus ojos de diferente color se clavan en los míos durante unos segundos intensos y me siento extrañamente cohibida. Creo que lo nota porque se pone en pie y va a buscar otra cerveza. Exhalo lentamente en el espacio que ha dejado libre.

—¿Más vino?

—Un dedo —digo con rigidez mientras lo trae y me sirve. Me siento ligeramente idiota y fuera de lugar. Ni siquiera puedo huir a mi habitación porque esta es mi habitación. ¡Y la suya!

—¿Has disfrutado de tu paseo? —le pregunto, agradeciendo que esta vez se instale en el extremo del sofá y no en la mesa.

Asiente.

—Esta isla es mucho más de lo que esperaba, y eso que esperaba mucho.

Casi me avergüenza reconocer que apenas busqué información sobre Salvación antes de abandonar Londres. Vine aquí por mí, no por el lugar, lo cual, ahora que lo pienso, suena bastante superficial.

—Salvación es el hogar de la infancia del que hablaba mi abuela, el lugar donde mi madre ambientaba los cuentos que me contaba cuando me iba a dormir —explica—. Siempre supe que algún día vendría aquí.

Vale, lo pillo. Quiere que entienda su conexión con la isla, que comprenda lo mucho que necesita estar aquí. Pero yo no puedo, ni quiero, contarle mis historias. Son demasiado íntimas, y todavía intento comprender por qué estar aquí significa más para mí con cada hora que pasa.

—No puedo irme el viernes —dice—. Sé que quieres que me vaya y entiendo que tú has pagado y que tienes un trozo de papel que lo demuestra, pero necesito quedarme.

De modo que era ahí adonde quería llegar con todo ese intercambio de confidencias.

—Ya. —Suspiro—. Y ahora, porque sé que eres seguidor de los Red Sox, te gusta la tarta de queso y tu madre te contaba historias sobre este lugar, debo sentir que te conozco y poner tus respetables circunstancias por delante de las mías.

Baja la mirada y suspira.

—¿Y cuáles son tus respetables circunstancias? No las conozco. Sé que te dan miedo los caballos y que no te gusta el arroz con leche, nada más. Vete a casa y queda con gente, Cleo. Este lugar es demasiado solitario para alguien como tú.

Sus palabras meten el dedo en la llaga.

—¿Alguien como yo? No tienes ni idea de cómo soy ni de lo que necesito en mi vida.

—Entonces cuéntamelo. —Alza las manos, cerveza incluida—. Convénceme de que necesitas la cabaña más que yo.

—No —digo cabreada—. Oye, Mack. —Me inclino hacia delante para sentarme en el borde del sillón, copa en mano, y pruebo un ligero cambio de rumbo—. Entiendo que has hecho un viaje muy largo para estar aquí. También entiendo que tienes conexiones familiares que quieres explorar. Pero ¿sabes qué? Puedes hacerlo igual de bien desde la isla de al lado. Ve y queda con gente. Come filetes, bebe Guinness y habla de tus antepasados. Seguro que también tienen wifi.

Y aquí estamos, de vuelta en nuestras respectivas esquinas del cuadrilátero. Nuestras miradas colisionan, apuro el vino y él se va al cuarto de baño con su cerveza. Oigo girar los grifos de la bañera y suspiro aliviada.

El ambiente es demasiado gélido para comer juntos o seguir conversando. Más tarde, Mack se sienta en la cama y enciende su portátil, y yo hago lo propio en el sofá. Durante la tarde solo se oye el golpeteo de teclas; él es desconcertantemente rápido. «Seguro que está pulsando teclas sin ton ni son para ponerme nerviosa», pienso mientras borro las palabras que he escrito mal con mis prisas por parecer eficiente. Desisto e intento adentrarme en un libro que cogí al azar de la estantería cuando él salía del cuarto de baño, un thriller de guerra más árido que la tierra del Sáhara.

Mack sale en torno a las once y se pone a dar vueltas por el porche con el móvil en alto, y experimento una sensación de victoria territorial porque es evidente que no ha descubierto dónde está la cabina-roca. Una persona más generosa probablemente le enseñaría el lugar exacto y la manera exacta de sostener el teléfono, pero ahora mismo no me siento generosa.

No puedo dormir. He intentado allanar los bollos del sofá con almohadas colocadas estratégicamente, pero no abrigo demasiadas esperanzas de que mi noche vaya a ser mucho más confortable. Me fastidia que Mack haya ofrecido más detalles sobre quién es que yo. Siento la necesidad de compartir retazos acerca de mí a fin de igualar la balanza, pero como estoy molesta con este juego de exposición emocional, intento desenterrar tres fragmentos al azar que no desvelen demasiado.

—Mi primer novio, Lewis Llewellyn, era un gótico que escribía guiones de terror infumables. Él tenía dieciséis años y yo quince. Me pidió mi opinión sincera sobre su obra maestra y como no le dije lo que esperaba oír, me dejó sin contemplaciones. Mi abuela me enseñó a tricotar, y los caballos me dan miedo porque me caí de uno cuando tenía ocho años —digo en la oscuridad de la cabaña, mientras cambio de postura en el sofá.

—¿Triunfó como guionista? —pregunta Mack después de una pausa.

—Lo último que sé es que vendía jacuzzis.

Le oigo soltar un bufido.

—No mencionaste a tu mujer —digo antes de que pueda hacerme más preguntas entrometidas—. Dijiste que tenías dos hijos y que te encantan los bocadillos de langosta y acampar, pero no mencionaste a tu mujer.

Suspira.

—Es complicado.

—¿Es ese tu estado en Facebook?

—No, Cleo, es mi jodida vida —dice.

Vale. Pese a su sesión cuidadosamente orquestada de vamos-a-conocernos, está claro que no soy la única que sostiene bien cerca del pecho las cartas que importan. Guárdate tus secretos, Mack Sullivan. Tienes derecho a tenerlos, igual que yo tengo derecho a tener los míos. Y a quedarme con las llaves de Otter Lodge.

Mack
4 de octubre

Isla Salvación
CADA HILO QUE SE SUELTA

Todavía no he sacado las cámaras de la bolsa. Estoy deseando hacerlo, pero esta ridícula situación con Cleo pende sobre mi cabeza como una condenada guillotina. Venir aquí representa una experiencia única en la vida para mí. No tengo espacio en mi cabeza para acomodar a una inglesa obstinada mirando por encima de mi hombro o hablando como una cotorra. Estar aquí es algo muy personal y, por lo que respecta a eso, soy bastante celoso de mi intimidad.

«No mencionaste a tu mujer». La voz de Cleo chirría en mi cabeza desde anoche y planto el hervidor de agua en el fogón con más fuerza de la necesaria. No, no mencioné a mi mujer por una razón muy clara: porque no es asunto tuyo. Te conté muchas otras cosas con la esperanza de que comprendieras que esto es algo más que unas vacaciones para mí, que esta isla es mi ADN y que, te guste o no, eso me da prioridad. Dirijo la mirada al sofá, donde sigue sobando con su melena morena desparramada por la almohada de hilo blanco. Esta mujer parece estar perpetuamente en el decorado de una película de *Blancanieves*. Una vez más, mis dedos se mueren por envolver la forma familiar de mi Leica; no puedo mirar a una persona o un lugar sin evaluar el encuadre, ajustar mentalmente el objetivo, elegir el momento justo para capturar la imagen exactamente como yo la veo. Mi entusiasmo nunca envejece. Hice más fotos el día de mi boda que el tipo al que pagamos para que nos fotografiara, instantáneas que hemos sacado más veces a lo largo de los años que el álbum oficial encuadernado en cuero blanco con nuestros nombres repujados con letras doradas en la tapa, porque pillan a la gente que queremos absolutamente desprevenida. La madre de Susie tomando entre sus manos el rostro de su querida hija. Daryl, mi mejor amigo y padrino de boda, dirigiendo una mirada nostálgica a través de la soleada iglesia a Charlotte, la amiga de Susie, ahora madre de sus hijas. Juro que casi puedes ver hilos de amor dibujando un arco por encima de las cabezas de los invitados desde los ojos de Daryl hasta el perfil de Charlotte. Un segundo después ella se volvió y sus miradas se encontraron; también capturé ese momento. Cuelga de la pared de su dormitorio.

He transitado cada momento importante de mi vida con la cámara colgada al cuello, y siempre he sabido que algún día vendría a Salvación para capturar el paisaje, conocer a sus gentes, crear una crónica visual del lugar que corre por la sangre de mi abuela, de mi madre y mía. Unos días antes de partir, Susie describió mi viaje como un proyecto narcisista, palabras duras destinadas a herirme, menoscabarme, recalcar lo mucho que nos hemos distanciado. Me conoce mejor que nadie. Me ha oído contarles a nuestros hijos historias sobre esta isla remota mientras se les cerraban los párpados, las mismas historias que me contaba mi madre. Sabe perfectamente que Salvación habita en el fondo de mi alma. ¿Un proyecto narcisista? Ahora mismo es más un proyecto de cordura.

He seguido el sendero que conduce al punto más septentrional de Salvación. Mi primer vistazo a la sencilla iglesia de piedra de la isla con el cementerio detrás: una colección de cruces de granito blanco esparcidas sobre el acantilado, sorprendentemente simples, con las palabras de cara al mar. Me paseo entre ellas, las manos en los bolsillos, los hombros encogidos contra el viento afilado. Joder, el tiempo aquí es una lucha diaria. Los apellidos grabados en el granito me resultan desconocidos y al mismo tiempo familiares: Macfarlane, Campbell, Sweeney, Macdonald. Evocan las historias de mi abuela, rostros en las fotografías en blanco y negro que guarda en una vieja lata de galletas en el fondo del armario de su cocina. Ojalá hubiera encontrado el tiempo, años atrás, para preguntarle por ellos, para escribir notas en el dorso antes de que las primeras fases de la demencia comenzaran a cubrir de polvo sus recuerdos. Encuentro una cruz con la inscripción «Elizabeth Doyle, diciembre de 1907», junto a su marido, «Henry Doyle, marzo de 1909». Examino la exigua información, anhelando saber más cosas de estos familiares de Barney. Míos. Elizabeth murió a los setenta y nueve años, Henry tan solo quince meses después, a los ochenta y cuatro. Pasaron cincuenta y seis años juntos. Me detengo detrás de sus tumbas y contemplo el mar con una mano en cada cruz. «Cincuenta y seis años, tíos», digo. «Es un montón de tiempo». La vida no debió de ser fácil para ellos aquí, en la isla, sobre todo en aquella época carente de las comodidades modernas. O quizá esté equivocado y fuera una vida bucólica y romántica, lejos del mundanal ruido. Mejor para ellos. «Menos complicado, en cualquier caso», digo pensando en mi revuelto matrimonio, haciendo aguas apenas entrados en la segunda decena. Día tras día, semana tras semana, mes tras mes, Susie ha ido deshaciendo sistemáticamente los nudos que nos mantenían unidos, y con cada hilo que se suelta se aleja un poco más de mí. Dijo que no había nadie más, que solo necesitaba algo diferente. Dijo que le resulta muy doloroso no estar segura de si nos iría mejor como amigos que como amantes. En estos momentos no parece que seamos ni una cosa ni otra. Y por eso, Elizabeth, Henry, estoy aquí, a cinco mil kilómetros de la gente que más quiero en el mundo. Oigo un crujido: el viento entre los árboles, o puede que sea Henry revolviéndose en su tumba al pensar que un Doyle pueda ser tan negligente como para dejar que su familia se le escurra entre los dedos.

—Buenos días.

Me vuelvo al oír una voz y encuentro a una mujer detrás de mí, calculo que tendrá poco más de sesenta años, si bien es un juego al que nunca me presto porque solo puede acabar de una manera. En cualquier caso, es un sesenta y pocos que mola. Un gorro de lana con grandes flores cosidas en un costado del que asoman mechones azules y un abrigo hecho de retales de diferentes colores y texturas. Mis dedos suspiran por la cámara.

—Tú debes de ser nuestro recién casado —dice, pero el brillo de sus ojos castaños me confirma que la noticia de la confusión ha llegado a sus oídos y probablemente a los de toda la isla.

—Primera noticia para mí también —digo, y ríe complacida.

Mira la cruz que tengo delante.

—Hacía mucho que no teníamos a un Doyle en la isla.

Me digo por dentro que no debo contarle secretos a Brianne.

—Mi apellido es Sullivan, pero sí, mi madre tiene una prima llamada Lauren Doyle.

—Recuerdo que Lauren se fue con los críos —dice tendiéndome su mano enguantada—. Ailsa Campbell.

Saco la mía del bolsillo y se la estrecho.

—Encantado.

—Lo mismo digo —responde—. ¿Y qué te trae por Slánú?

Saboreo el sonido del viejo nombre; me recuerda a las historias de mi abuela.

—Oh, no tienes por qué contármelo —dice al ver que no respondo de inmediato—. Lo preguntaba porque casi nadie elige venir a un lugar como este sin una historia en la mochila. Hemos tenido ricachones cansados de la ciudad, algún que otro novelista intentando superar el bloqueo del escritor. Sarah, la recepcionista del médico del pueblo, llegó huyendo de su asqueroso marido hace veinte años y nunca volvió a casa. ¿Te quedarás mucho tiempo?

No tengo una respuesta clara para su pregunta.

—No estoy seguro —digo—. Un par de meses, puede que incluso hasta Navidad.

Da un paso atrás y me examina cruzando los brazos.

—¿Periodista intrépido buscando la exclusiva de su vida?

Presiento que se está divirtiendo a mi cosa. Niego con la cabeza, aunque confío en poder acompañar el proyecto fotográfico con entrevistas y trabajo de documentación, siempre y cuando logre que los isleños confíen lo suficiente en mí para hablar conmigo, claro.

—¿No serás uno de esos exploradores empeñados en recorrer a pie todas las islas? Hemos tenido algunos a lo largo de los años.

—No —digo—. Esta es la única isla que me interesa.

Ailsa entorna los párpados unos instantes y finalmente se encoge de hombros.

—De acuerdo, Doyle, tú ganas. ¿Para qué has venido?

Le ofrezco algunos detalles, consciente de que al contárselo a ella se lo estoy contando a toda la isla. «Es fotógrafo», dirá la próxima vez que entre en la tienda. «Ha venido a fotografiar el hogar de sus antepasados, la gente, la flora y la fauna, dijo», contará enarcando las cejas frente a un trago en el diminuto pub de la isla. «Un pedazo de su historia y la nuestra para una exposición en Boston el verano que viene», desvelará a un vecino al bajar con su perro a la playa.

—Deberías venir al pub. Abre casi todas las noches si el tiempo lo permite —dice, dirigiendo la vista a los nubarrones que asoman por el horizonte—. Es un buen lugar para conocer a los lugareños.

—Lo haré —respondo. Ya tenía planeado ir; es mucho más fácil hacer hablar a la gente frente a un whisky que frente a una tumba.

—¿Y la chica? ¿Qué está haciendo en una isla como esta?

—¿Cleo? —digo—. A saber. Durmiendo en mi cabaña, disfrutando de mi bañera y…

—¿Comiéndose tus gachas? —pregunta con una sonrisa.

Sonrío a mi vez, percatándome de lo absurdo que suena.

—La verdad es que no tengo ni idea de lo que hace aquí. Solo espero que el viernes se suba a ese barco.

Las cejas de Ailsa se elevan, rozando los mechones azules.

—De acuerdo con lo que he oído, ella también está decidida a quedarse.

Vaya, no hay duda de que en esta isla se mantienen mutuamente al día.

Decido dejar de hablar de Cleo porque la incertidumbre con respecto a ella me pone un poco nervioso.

—Será mejor que me vaya —digo mirando las flores que Ailsa lleva en la mano— y te deje en paz.

—De eso nunca falta en estos lares —dice con una sonrisa tranquila.

Me despido con un gesto de la cabeza.

Cleo
5 de octubre

Isla Salvación
¿Y SI NO SE SUBE AL BARCO?

—¿Eres tú, Cleo?

Sé que suena melodramático, pero al oír la voz familiar de Ali me entran ganas de llorar.

—¡Sí! —grito por encima del viento—. Oye, la comunicación puede cortarse en cualquier momento porque estoy sentada en lo alto de una colina y la cobertura es una mierda, pero tengo un problema muy serio.

Anoche conseguí enviarle un mensaje de texto para hacerle un resumen de la situación y probablemente di la impresión de que se resolvería en un día o dos, pero ahora le cuento la historia completa; tiene que saber que mi proyecto corre peligro. Me ha encargado que venga a Salvación para documentar mi experiencia de autoemparejamiento, lo cual es muy difícil de hacer si no estoy sola.

—Y ahora se niega a marcharse —vocifero—. Se niega en redondo, por lo que creo que tendré que irme yo.

—¡No! Cleo, no puedes irte. ¿Qué pensarán nuestras lectoras? Sabes que el noventa y cinco por ciento de la lealtad del lector se basa en la confianza. Si la pierdes, nunca la recuperarás. Quédate ahí y aguanta. Acabará yéndose.

Sabía que iba a decir todo eso.

—Mack Sullivan es más terco que una mula.

—¡Pues tú sé más terca que diez mulas si hace falta! Vamos,

Clee, ¿dónde está mi escritora más tenaz? ¿Dónde está la chica en la que sé que puedo confiar para que termine el trabajo pase lo que pase?

—Deja de hacerme la pelota para conseguir lo que quieres, es indecente.

Su carcajada es un bálsamo para mis oídos. La echo de menos.

—Tú agárrate a la silla y escribe esa historia.

He ahí el poder de Ali: puede carcajearse mientras te da un ultimátum.

—¿Y si no se sube al barco?

—Entonces tiene más huevos de lo que creíamos —dice—. Mantén la calma. Subirá.

Cuelgo, deseando poder moverme por la vida con la mitad de la seguridad que tiene Ali de que las cosas siempre saldrán como ella quiere.

Cleo
8 de octubre

Isla Salvación
¡UF! UN DÍA PARA QUE VENGA EL BARCO

—¿Podemos hablar?

Levanto la vista del portátil cuando Mack rompe el silencio en la cabaña. Son las tres de la tarde y estamos los dos dentro porque sopla un viento huracanado y la lluvia golpea con fuerza las ventanas. En otro contexto, con otra compañía, el tiempo desapacible y el fuego en la chimenea resultarían acogedores. Pero no aquí, aunque hemos adoptado un patrón de forzada cortesía. «¿Te apetece un café? Voy a calentar agua. ¿Quieres utilizar el cuarto de baño tú primero o entro yo?». La clase de cosas que en realidad no cuentan como conversación. Más bien nos hemos dedicado a ignorar al elefante en la habitación con la esperanza de que el otro reconozca su derrota. Hoy es jueves. Solo falta un día.

—Claro —digo—. Deja que termine esto primero.

Cierra el libro que estaba leyendo.

—¿Qué haces?

Titubeo. No quiero contarle que estoy escribiendo mi próxima publicación sobre la búsqueda de mi flamenco.

—Escribo lo que podría llamarse un diario.

—¿Salgo yo?

He decidido que no me queda otra que ser sincera con nuestras lectoras sobre el marrón en el que estoy metida.

Le sostengo la mirada desde el otro lado de la sala.

—Tienes una aparición breve como el molesto americano.

—¿Mandíbula cuadrada?

Finjo repasar el texto y niego despacio con la cabeza.

—No se menciona.

—Qué descuido.

—¿De eso querías hablar?

Está acodado en los brazos de su silla y hunde la cabeza en las manos antes de mesarse el pelo, un gesto que me hace pensar que le inquieta lo que se dispone a decir.

—Me he estado preguntando qué te ha traído realmente aquí.

Oh, oh.

—¿El avistamiento de nutrias? —digo como si tratara de emular el humor desenfadado de Ali. Además, es cierto que por las mañanas me entretengo observando la familia de nutrias que dan volteretas entre las rocas próximas a la cabaña, revolcones de aceitoso pelo marrón plata. Es cierto que las nutrias duermen cogidas de la mano para no perderse, no es un bulo. Puede que en eso me haya equivocado: tendría que estar buscando mi nutria, no mi flamenco.

Mack aguarda sin apartar la mirada. Me doy cuenta de que, al igual que Ali, es de esas personas que utilizan el silencio para conseguir lo que quieren. Lo cual resulta desesperante, porque yo soy de esas personas que sienten la necesidad de llenar los silencios con balbuceos incoherentes.

—Me he tomado unos meses sabáticos. Estoy recuperándome de una operación en, eh, las rodillas. —Cierro los ojos y me siento muy muy estúpida.

—¿En las dos? —pregunta.

Suspiro.

—Oye, los dos sabemos que no me he operado de ninguna rodilla, ¿vale? Me has puesto nerviosa y he dicho lo primero que me ha venido a la cabeza. Puede que no tenga apellidos irlandeses ni parientes lejanos en esta isla, pero eso no hace que mi tiempo aquí sea menos importante.

—¿Te pongo nerviosa?

—No me gusta tener que justificarme.

—No te estaba pidiendo que lo hicieras —dice—. Solo quería conversar. Alguien me preguntó por ti el otro día y no supe qué decir.

—¿Quién?

—Ailsa, una mujer a la que conocí mientras paseaba.

Desde mi llegada no me he aventurado más allá de la playa y la colina de Otter Lodge. Sé que hay un pueblo en la punta norte. Creo que no habría sido capaz de venir aquí sin estar segura de la presencia de otras personas, aunque estén lejos. Cuando acabe la semana y por fin esté sola, me pondré las botas y saldré a explorar.

—Tenemos que hablar sobre mañana —digo, porque sé que ese es el verdadero propósito de la conversación que intenta mantener.

—Sí —dice levantándose del sillón para detenerse frente a la ventana de la cocina.

Enderezo mentalmente los hombros y formulo mi réplica.

—Cleo, estoy… —Se interrumpe a media frase y planta las manos en la encimera al tiempo que se inclina hacia la ventana—. Se acerca alguien por la colina.

Me sorprendo lo bastante para levantarme y sumarme a él junto al fregadero, y veo que está en lo cierto, alguien viene hacia aquí con paso ligero.

—Es Cameron, creo, el marido de Brianne —digo, porque me cuesta imaginar que haya muchos hombres de esa estatura y corpulencia en Salvación. Salimos al porche cuando sube los escalones para protegerse del terrible tiempo. El dobladillo de su chaqueta chorrea agua mientras nos saluda con el pulgar hacia abajo.

—Malas noticias, chicos —dice yendo directamente al grano.

Me ciño la larga rebeca un poco más a las costillas y cruzo los brazos al tiempo que el estómago me da un vuelco.

—¿Quieres entrar?

Niega con la cabeza.

—Si no os importa, prefiero no entretenerme. Quiero llegar a casa lo antes posible. —Hace una pausa y tanto Mack como yo guardamos silencio—. No parece que el temporal vaya a amainar. De hecho, irá a peor antes de que mejore —vocifera para hacerse oír por encima del fragor—. Han cancelado el barco de mañana.

Mack se pasa la mano por la nuca.

—He visto el pronóstico hace un rato, sospechaba que podría ocurrir.

Lo fulmino con una vil mirada de «¿que has hecho qué?», maldiciéndome por no haber pensado en comprobarlo yo también.

—Demasiado arriesgado —dice Cameron—. No sería una travesía segura. —Se encoge de hombros—. Suele suceder en esta época del año.

Interiorizo la conversación y trato de no dejar que mis sentimientos se reflejen en la expresión de mi cara. Me sorprende que el sentido común no sembrara la semilla de la duda también en mi mente, si bien yo no he contado con la ayuda de un pronóstico marino que me alertara. O la de un compañero de cuarto que comparta información importante.

—¿Podría mejorar a lo largo del fin de semana? —pregunto mientras cruzo disimuladamente los dedos.

Cameron se aparta de un manotazo el agua que le cae desde el nacimiento del pelo.

—No lo creo. Habrá que esperar a la semana que viene, a menos que haya una emergencia.

—Como una muerte —me recuerda Mack entre dientes.

—Exacto —digo—. Bien, muchas gracias por venir hasta aquí para informarnos, has sido muy amable.

Mack me mira de reojo y, acto seguido, da un paso al frente y palmea el hombro mojado de Cameron.

—Sí, gracias, colega. ¿Seguro que no quieres un café? ¿Una cerveza para el camino?

Cameron se ajusta la capucha.

—Bree no parará de mirar el reloj hasta que llegue a casa —responde—. Me largo.

Y dicho eso se aleja colina arriba, dejándonos otra vez solos. Entro en la cabaña seguida de Mack, que cierra los pestillos de la puerta para impedir que el viento sacuda las bisagras.

—¿En serio que ya lo sabías? —Pienso en cómo los dos hemos pasado toda la tarde en la cabaña y no ha mencionado una palabra al respecto.

—Estaba a punto de decírtelo, pero no estaba seguro —contesta—. Yo, por mi parte, no querría subirme a un barco con este tiempo. ¿Y tú?

Naturalmente que no. Supongo que no había contemplado los peligros de la travesía porque no tenía planeado ser la persona que la hiciera. Tratándose de un lugar tan expuesto a los elementos como este, ahora veo que fue un error de novata.

Le miro, me mira, y noto cómo la ira sube por mi estómago.

—¡Vaya mierda! —espeto, furiosa con el jodido tiempo. Me froto la cara con las manos.

Mack llena el hervidor de agua y lo pone al fuego mientras yo me derrumbo en la silla con la cara enterrada en las manos.

—Parece una conjura —digo—. Están todos conspirando para impedir que venga el barco.

—A menos que alguien muera —me recuerda Mack una vez más.

—Podría morir yo —digo.

—Lo dudo.

—¿Podrías tú?

Me mira de hito en hito.

—No lo creo.

—No puedo trabajar contigo aquí —digo—. Quiero estar sola. —Si estuviera viéndome desde fuera, me burlaría de mi melodrama a lo Greta Garbo, pero siento de verdad que la presencia de Mack invalida la razón por la que he venido a Salvación.

—¿Sabes qué, Cleo? Tú tampoco me pareces una persona fácil —dice—. Francamente, te quejas demasiado.

Levanto poco a poco la cabeza de las manos y me quedo mirándole mientras abre el armario.

—¿Café? —pregunta como si no me hubiera insultado hace dos segundos.

—¿Que me quejo demasiado? —digo con los ojos como platos—. ¿Que me quejo demasiado?

Se encoge de hombros y sirve dos tazas de café aun cuando no le he dicho que quisiera.

—Yo no te quiero aquí y tú no me quieres aquí. Créeme, nadie desearía tanto como yo que ese barco viniera mañana.

—Estás convencido de que sería yo quien se subiera a él, ¿verdad?

—Cleo, te habría subido personalmente el equipaje.

Abre un armario inferior, saca una botella de whisky y echa un generoso chorro en su taza. Me mira mientras acerca la botella a mi taza y asiento con un mohín.

Ahora ya tengo la certeza de que Ali está equivocada. Mack Sullivan nunca se subirá a ese barco, con o sin temporal, lo cual significa que seré yo la que se vea obligada a decidir si me quedo o me voy.

No le doy las gracias cuando me planta la taza delante pero tampoco la rechazo, porque estoy atrapada en una cabaña frente a la costa irlandesa, en medio de un temporal, y eso justifica un whisky.

—¿Conoces Boston?

Mi cerebro, enlentecido por el whisky, busca una respuesta.

—No —digo—. Nueva York sí, pero Boston no.

Mack gira los hombros hacia atrás, y envuelve con las manos su vaso sobre la mesa de la cocina. Hemos prescindido del café a favor del whisky a palo seco.

—¿Sabes cuál es una de las mejores cosas de Boston? —me

pregunta—. Tenemos una torre alucinante con una luz arriba que informa a la gente de la previsión del tiempo.

Arrugo el ceño.

—¿Una torre?

Asiente.

—Azul si está despejado, rojo si hay tormenta.

—O sea que no necesitáis hombres descomunales que trepen montañas para daros el pronóstico en persona —digo.

Inclina el vaso hacia mí.

—Exacto. —Menea la cabeza—. Sabes que no es una montaña, ¿verdad?

Dirijo la vista al techo.

—A estas alturas ya deberías saber que a veces, solo a veces, exagero cuando estoy estresada.

Se lleva el dorso de la mano a la frente.

—¡Quiero estar sola! —declama burlón.

Le clavo una mirada asesina y ríe.

Llevamos una hora sentados a la mesa, dándole al whisky y tratando de aceptar que vamos a tener que compartir la cabaña otra semana, y eso solo si finalmente acaba viniendo el barco. O si muere alguien. Aunque de mala gana, hemos llegado a la conclusión de que es mejor que ninguno de los dos la palme.

—¿Quieres saber otra cosa que tiene Boston que no tiene ningún otro lugar? —me pregunta—. Dos chicos alucinantes.

Supone un brusco giro en la conversación, la clase de confidencia que no hemos compartido hasta ahora.

—Debes de echarlos mucho de menos —digo, en parte como pregunta y en parte como afirmación, porque sus hijos son el salvapantallas de su móvil y el fondo de pantalla de su portátil. Mack coge el teléfono y lo ojea unos segundos antes de deslizarlo por la mesa en mi dirección.

—Nate tiene ocho años y Leo doce, a punto de cumplir diecisiete. —Su risa no alcanza, ni de lejos, sus ojos.

Contemplo a su familia, tan saludable y vivaz que prácticamente se salen de la pantalla; Mack y el menor de sus hijos están desternillándose y una mujer, su mujer, deduzco, tiene el brazo sobre los hombros del mayor.

—Tienes una familia preciosa —digo devolviéndole el teléfono.

Da vueltas al whisky dentro del vaso.

—Tenía —me corrige—. Tenía una familia preciosa.

Un terrible presentimiento me eriza la piel. ¿Le ha pasado algo trágico a su mujer? ¿Tuvieron esos chicos que sufrir la pérdida de una madre que claramente adoran? Dios, espero que no. Mack suelta un suspiro tan hondo que le sacude el cuerpo, apura el whisky y deja el vaso vacío en la mesa. Si es así, estoy dispuesta a subirme a ese barco, puede quedarse la cabaña.

—Y ahora solo puedo ver a mis hijos cuando Susie lo permite, y de vez en cuando me deja ayudarles con los deberes por FaceTime. El resto del tiempo vivo en un apartamento solo y el silencio es tan ensordecedor que no puedo oírme pensar.

La parte buena es que no parece que le haya pasado nada horrible a su mujer. La parte mala es que él es claramente infeliz tanto en casa como lejos de ella, separado de la gente que quiere.

—Y… ¿por qué aquí, por qué ahora, si los echas tanto de menos? —le pregunto, porque después de lo que ha contado no puedo entender por qué ha elegido estar a cinco mil kilómetros de unos hijos que adora o por qué, si las cosas estaban tan mal, no ha utilizado nuestro pequeño conflicto como razón, incluso como excusa, para volver a casa.

Resopla y se recuesta en la silla con un gesto de derrota.

—Ser un buen padre es lo más importante para mí, pero la situación con Susie… digamos que llegó un momento en que pensé que les estaba haciendo más daño que bien.

—¿Qué hiciste para llegar a pensar eso? —No sé qué otra cosa decir. Mi padre murió cuando yo era un bebé, con él solo tengo la experiencia de echarlo de menos.

Sacude la cabeza.

—¿Por qué das por sentado que fui yo? Susie tiene todos los triunfos en la mano y yo ninguno. Mi vida entera era perfecta y, de repente, bum, Susie lanza esa enorme bomba en medio de ella. —Hace el gesto de explosiones con las manos—. Llevaba en casa menos de una semana desde mi último encargo cuando me suelta que no es feliz, que necesita algo diferente, y me pide que me quite de en medio una temporada para que pueda pensar con claridad. Y lo hago porque este tío —se señala el pecho con el pulgar—, este tío decide que la única manera de conservar la vida que ama es retirarse.

—¿Habías estado mucho tiempo fuera? Con el encargo, quiero decir.

—Creo que dos meses. Mi trabajo es impredecible, pero intento estar en casa todo lo que puedo. —Aprieta la mandíbula—. No soy un tipo de oficina.

Percibo que es un tema espinoso. Mi hermana mayor se casó con un soldado y su matrimonio estuvo a punto de romperse porque ella se sentía a menudo como una madre soltera.

—No debe de ser fácil para ninguno de los dos —digo.

—No. Susie me pidió espacio y se lo di, pero ahora tiene la sartén por el mango y yo permanezco en la periferia esperando a que me deje entrar, siempre a mano por si decide que me necesita. Mi relación con mis hijos se ha resentido mucho, y con Susie... —Gira la cabeza hacia un lado como si intentara masajear un dolor viejo y molesto—. Cuando mis padres se separaron yo tenía la edad de Nate —prosigue—. Durante años me sentí culpable por estar con uno y no con el otro. Eran incapaces de ocultar su animosidad delante de mí. Yo era la pelota en su partido de tenis emocional. Todavía recuerdo la tensión en mi estómago cada vez que se veían.

Traga saliva, mirando hacia un punto por encima de mi hombro.

—Me echo a temblar solo de pensar que mis hijos puedan sentirse así, de modo que me río y bromeo con ellos todo lo que puedo, y sonrío a Susie, y mis hijos lo llevan bien, las más de las veces, espero, porque creen que yo estoy bien. —Clava la mirada en la mesa.

Está claro que la vida no se lo ha puesto fácil. Pese a nuestras diferencias, no hay duda de que es un hombre intrínsecamente bueno con la gente que quiere. De una manera abstracta, envidio la profundidad de amor que se precisa para que una separación sea tan dolorosa. La vida de Mack es muy diferente de la mía, rodeada de complicaciones, ataduras y exigencias, mientras que yo doy vueltas sobre el mismo punto solitario. Dos problemas opuestos con la misma solución: Otter Lodge.

—Es curioso —continúa Mack—. Nunca reconocí del todo el impacto que el divorcio de mis padres tuvo en mí hasta que yo mismo fui padre. Sabía que quería implicarme al cien por cien, bueno, todo lo que pudiera dadas las exigencias de mi trabajo. Por eso este año ha sido tan difícil para mí. Me muero de ganas por pasar tiempo con mis hijos, pero cuando estoy con ellos no puedo evitar desviar la conversación hacia Susie, sacarles información, utilizar sus respuestas para hacerme una idea de cómo está la situación. Pero ellos son capaces de ver a través de mis preguntas desenfadadas. Es un eco de mi infancia. —Me mira con expresión sombría desde el otro lado de la mesa—. Supongo que en realidad por eso estoy aquí. Me he quitado de en medio porque es la única manera que se me ocurre de ser un buen padre ahora mismo. No sé si el hecho de desaparecer es un signo de fortaleza o de debilidad, si es un riesgo que no debería haber corrido, pero por lo menos mis hijos se librarán durante un par de meses de estar en medio de lo que sea que está pasando entre Susie y yo. Hablamos por teléfono y les cuento cosas de Salvación, ellos me hablan de sus días en Boston y yo no les hago ni una sola pregunta sobre su madre. —Se detiene y suspira hondo—. Fue muy duro darme cuenta de que lo mejor que podía hacer por ellos era estar en otro lugar.

¡Vaya!, qué hablador se vuelve cuando bebe. Me siento incapaz de responder de una manera que pueda serle de ayuda. No esperaba que Mack se abriera de ese modo, que mostrara su vulnerabilidad. Ojalá supiera qué decirle. No quiero ofrecerle tópicos superficiales, pero mi experiencia como madre se limita a fines de semana y vacaciones con mis sobrinos, e incluso entonces nunca como la adulta responsable. Mis hermanos me ven como la pequeña de la familia, no recurren a mí para que cuide de sus hijos.

—Uf —digo. Es lo mejor que mi cerebro reblandecido por el whisky es capaz de articular. No estoy orgullosa de mí en estos momentos.

—¿Uf? —Mack se me queda mirando y, de repente, como si alguien le hubiese quitado el tapón a una botella, se echa a reír—. ¿Has dicho «uf»?

Lo miro a mi vez, un pelín horrorizada, y de repente me entra una risa incontrolable a mí también y empiezo a reír hasta que tengo que apartarme las lágrimas de los ojos. Como si hubiera reventado un dique, la tensión acerca de cuál de nosotros será el que se marche es arrastrada temporalmente y reemplazada por un poquito de euforia. Ninguno de los dos sabe qué demonios vamos a hacer ahora que no estamos abiertamente enfrentados.

—Siento mucho que las cosas sean tan complicadas en casa —digo cuando nos hemos serenado—. Y que no tenga nada más útil que decir.

—Tu «uf» ha sido bastante elocuente —señala—. Puede que empiece a usarlo en casa.

La mención de casa me devuelve a mi problema más inmediato.

—No puedo pasar otra semana aquí esperando —digo—. Este tiempo es demasiado valioso para perderlo así.

—¿Qué estás esperando, Cleo?

Las cosas han cambiado entre nosotros esta noche, estamos en una especie de tregua frágil. Él me ha abierto una ventana a su mundo, por lo que no ignoro su pregunta. Agarro mi vaso, por tener algo que hacer con las manos, y no soy capaz de mirar sus ojos de diferente color cuando hablo.

—Escribo para *Women Today*. —Su expresión neutra me indica que no ha oído hablar de nosotros. No me ofendo, Mack es de otro continente y, además, no encaja en el perfil de nuestros lectores—. Es una revista online —digo—. La más popular del Reino Unido con diferencia —añado. Si analizo en profundidad por qué he dicho esto último, es porque quiero impresionarle, o evitar por lo menos que se muestre desdeñoso. No quiero seguir profundizando para averiguar por qué me importa su opinión—. Escribo una columna online sobre una soltera en Londres y, más concretamente, sobre la búsqueda del amor. —Levanto la vista para comprobar si veo burla en sus ojos. No es el caso, de modo que prosigo—. Y tal vez sea porque siempre busco en los lugares equivocados, pero llevo años dando vueltas sin llegar a ninguna parte. Se ha vuelto un poco… —Busco una manera adecuada de expresarlo—. Monótono. Y agotador. Y frívolo. Tengo la sensación de que estoy desapareciendo.

Alzo la mirada y advierto que me observa. Veo afabilidad en sus ojos, como si de verdad me escuchara.

—Estoy a punto de cumplir treinta años y noto que me voy angustiando conforme se acerca el día. He intentado entender por qué me genera tanto malestar, porque no siento que la cifra me preocupe, y tampoco el hecho de estar soltera y no tener hijos aún.

—Pues no me parece el mejor lugar para, como dices, buscar el amor —señala tras un silencio.

Sonrío con tristeza.

—Pero es un lugar idóneo para no encontrarlo, que es un poco el objetivo.

Asiente despacio.

—Entonces, ¿qué eres ahora? ¿Una columnista antiamor? Porque has acabado encallada con la persona adecuada para ayudarte con eso. Puedo darte un millón de razones para suspender la búsqueda *ipso facto*, Cleo. El amor te jode la vida.

Se me escapa una carcajada.

—Puede que me adjudique esa frase —digo—. Es adorablemente sucinta.

—De nada —responde alzando la botella antes de llenar los

vasos—. Abróchate el cinturón porque tengo muchas más en la mochila.

—¿Vas a decirme que estoy mejor sola? No serías el primero en sacar a relucir ese viejo cliché.

—Los viejos clichés son los mejores —dice—. No pretendo prevenirte contra el amor. Puede que aún encuentres a alguien que te quiera para siempre. —Gira el vaso entre las manos—. Aunque probablemente yo no sea la persona más indicada para dar consejos románticos. —Clava la mirada en su whisky—. Para algunas personas «para siempre» es demasiado tiempo.

He bebido lo bastante para dejar que las palabras que dan vueltas en mi mente salgan libremente por mi boca.

—Pero el amor para siempre no puede acabar, ¿no?

Mack se toma su tiempo antes de contestar.

—De repente no, pero puede acabar poco a poco, de manera gradual. Es una posibilidad. —Me sostiene la mirada—. La verdad es que no tengo ni idea, Cleo. Supongo que es la diferencia entre lo que dices y lo que haces.

Guardo silencio porque tengo la impresión de que necesita continuar una vez que encuentre las palabras.

—En mi caso, probablemente tendría que haber rechazado algunos encargos, dar prioridad a la familia por encima del dinero, pero… —Se encoge de hombros—. Susie es pura energía. Le encanta rodearse de gente, allí donde va se convierte en el centro de atención sin pretenderlo. Dudo que dos hijos menores de cinco años y no ver otra cosa que *Peppa Pig* satisficieran sus necesidades emocionales. Y con eso no quiero decir que no sea una buena madre. Es fantástica. Solo que el amor para siempre se desvanece si sientes que no te ven, o si no se pasa el suficiente tiempo juntos.

—Por lo que cuentas, Susie me recuerda a mi amiga Rubes —digo—. Es como una luciérnaga, siempre brilla por encima de los demás.

Mack levanta el pulgar para indicarme que la descripción le encaja.

—Es extraño —digo rememorando la primera vez que vi a Ruby. O la encontré, para ser más exactos, sentada en el felpudo de mi piso a las dos de la mañana porque había perdido la llave del suyo, los brazos alrededor de las rodillas parcheadas de bronceado falso, los zapatos en las manos, el cabello rubio rojizo recogido en una coleta alta. Ruby vive en el ático y yo en la planta baja. He perdido la cuenta de las veces que ha bajado una maceta con una cuerda en busca de un cigarrillo o una botella de ginebra. Guardo una cajetilla en la repisa de la ventana, lista para un mensaje de texto pidiendo auxilio, aunque no soy realmente fumadora—. Cuando nos conocimos éramos dos gotas de agua. Nos apuntábamos a todo, salíamos de marcha por las noches, íbamos a las discotecas de moda —le cuento a Mack—. Pero ahora... No sé. Si ella es una luciérnaga, yo soy más un... —Me detengo a meditarlo—. Un bicho de luz.

Se ríe a su pesar.

—Tú no eres ningún bicho.

—Creo que es lo más bonito que me han dicho nunca —respondo, y luego me río también porque estamos decididamente borrachos y es un gustazo no estar enfadada con él durante un rato.

Nos quedamos callados y me pregunto si es mala idea seguir dándole al whisky.

—Creo que lo que verdaderamente me asusta es que me he desenamorado del amor —digo, y a continuación, como un globo desinflándose, saco todo el aire de los pulmones porque eso es justo lo que ha estado dando vueltas en mi inconsciente—. A todo el mundo le digo que soy una romántica empedernida, que lloro con las películas, las bodas y las historias de amor, y todo eso ha sido cierto, pero no estoy segura de que siga siéndolo. Así que aquí estoy, tratando de enfocarme en mí, de amar a mi ser de treinta años en lugar de amar a otro, y me preocupa que no sea suficiente o sí lo sea y esté sola el resto de mi vida.

—Joder, Cleo, son demasiadas palabras dirigidas a alguien

como yo que ha bebido tanto whisky —dice frunciendo el entrecejo—. Si pudiera recordarlas, intentaría decir algo para ayudarte.

Asiento.

—No te preocupes, yo tampoco me acuerdo de lo que acabo de decir, lo cual es una putada porque creo que era importante.

Mira su teléfono.

—¿Es posible que solo sean las seis? —dice—. Parece medianoche.

—Es este condenado tiempo —digo.

—¿Preparo algo de comer? —propone.

Yo cociné anoche, de modo que supongo que técnicamente es su turno.

—Deberíamos hacer una rota —sugiero—, para evitar discusiones.

—¿Una «rota»? —pregunta arrugando la frente.

—Una rotación, ya sabes, una lista de tareas —le explico—. Tú haces la cena el lunes, yo limpio la cocina el martes, esas cosas.

Relaja la frente.

—Ah, un calendario de turnos.

Parpadeo.

—Yo le llamo rota; tú, calendario.

—¿Y si lo dejamos estar?

Agito las palmas y Mack apoya los codos en la mesa.

—Haz tu rota, Cleo, haz tu rota —dice con ebria resolución.

—A lo mejor nos ayudaría considerarnos vecinos en lugar de compañeros de cuarto —sugiero—. En plan tú vives allí —señalo la cama— y yo vivo allá. —Alargo el brazo hacia el sofá—. Y esto —golpeo la mesa con los nudillos— es la plaza del pueblo.

Mack extiende las manos.

—Buena idea —dice—. Para serte franco, eres un poco desordenada.

—¿Desordenada? Ni de coña —protesto.

Paseamos la vista por la sala y es justo decir que mis cosas están distribuidas de forma irregular.

—Vale —digo poniéndome en pie—, eso lo arreglo yo en un *pris pras*. Quiero decir, plis plas.

Joder con el whisky.

Se levanta también y un segundo después está con la espalda apoyada contra la puerta y los brazos estirados al frente, las palmas juntas, como si fuera una brújula. No le digo que se parece a Han Solo más que nunca.

—Esta es la línea —declara.

La sigo con la mirada.

—Tu maleta está en mi mitad —dice.

La empujo por las losetas hacia el sofá.

—Y tus botas están en la mía —digo lanzándolas de un puntapié por encima de la línea imaginaria.

—A mí no me lo parece —responde mirando la línea de su brazo como si fuera la mirilla de una pistola.

—A mí sí —replico.

—Conflicto de fronteras —afirma.

—¿Tan pronto? —digo—. ¿Vas a ser uno de esos vecinos quisquillosos que miden la altura de la hierba?

—¿Vas a ser una de esas vecinas inconsideradas que dejan que su gato se mee en mi césped inmaculado?

Sacudo la cabeza.

—Me decepcionas —digo—. Pensaba que eras un poco más… flexible.

—Oye, que yo soy un tío flexible —se defiende—. Pero me gusta el orden.

—Orden —murmuro, tratando de visualizar la línea—. Espera un momento —le pido riéndome por dentro mientras cruzo la estancia.

—Oye, acabas de colarte en mi casa —protesta—. Y no has llamado.

—He tenido una idea. —Rebusco en el armario de debajo del televisor—. Aquí está.

Atravieso la sala y me detengo a su lado para mostrarle lo que tengo en la mano.

—¿Tiza? —pregunta aceptando la cajita azul.

—Dibuja la frontera —digo—. Pero te aviso, estaré ojo avizor. —Dirijo los dedos índice y corazón hacia mis ojos y luego hacia los suyos, y me detengo un segundo porque la diferencia de color vuelve a sobresaltarme. Creo que es un rasgo en el que nunca dejaré de reparar.

Observo cómo una raya blanca avanza por el centro de la cabaña y no intento un desvío territorial porque Mack, fiel a su palabra, hace una repartición justa.

—Listo. —Se incorpora con una mano apoyada en la mesa para no perder el equilibrio—. Tu casa y mi casa.

Me siento de nuevo a la mesa, designada ahora como zona comunitaria.

—Me gusta —digo, y por extraño que parezca, es cierto. Ahora tengo un espacio propio y creo que conozco a Mack lo suficiente para saber que no lo cruzará. Yo le devolveré el favor y quizá, solo quizá, esta semana no sea mentalmente tan agotadora como la anterior.

Mack carraspea y mis ojos se abren en la oscuridad. La cabeza todavía me da vueltas a causa del whisky.

—Me gustan los gatos más que los perros —dice—. Bebo tequila si necesito emborracharme rápido, y si he de elegir entre *Bajo escucha* y *Los Soprano*, me quedo con *Bajo escucha*.

No le digo que no he visto ninguna de las dos series porque me gusta que haya tomado la iniciativa de «las tres cosas al azar en la oscuridad». Me dice mucho en plan taquigráfico.

—Mi familia reunió dinero para comprarme un iBook verde lima de segunda mano cuando cumplí catorce años. ¿Recuerdas el que tenía forma de concha? De adolescente soñaba con tener uno. La de novelas que he empezado desde entonces. Quiero terminar una. —No le hablo de lo mucho que deseo sentir mi libro en las manos, ni de mi sueño de un estreno con alfombra roja cuando mi novela se convierta en una película de éxito mundial—. Siempre le quito los frijoles asesinos al chilli y la tipografía Helvética es la única aceptable.

—¿Frijoles asesinos?

—Los frijoles pueden envenenarte si no están bien hechos. ¿Cómo es posible que no sepas eso y sigas vivo? Yo ni los toco, por si las moscas.

Le oigo reír mientras cierro los ojos y, por primera vez desde mi llegada, no deseo que Mack esté en otra parte.

Mack
9 de octubre

Isla Salvación
~~¡EL BARCO VIENE HOY!~~
SIETE DÍAS HASTA QUE VENGA EL BARCO

—Tenían razón con lo del temporal —digo.

Son casi las ocho de la mañana y ni Cleo ni yo hemos sentido la inclinación de abandonar nuestras respectivas camas; fuera apenas hay luz debido a los cielos borrascosos y al viento que azota las ventanas de la cabaña. Cleo levanta la vista y suspira, su rostro iluminado por la pantalla del portátil. No entiendo cómo puede trabajar; a mí el whisky de anoche me ha provocado un dolor de cabeza palpitante detrás de los ojos.

—A mi hermana mayor le aterran los truenos —dice—. Cuando éramos niñas se escondía debajo de la mesa de la cocina.

—Nunca he entendido ese miedo —digo. Yo soy fan del tiempo extremo. Abrásame los ojos o entiérrame en la nieve, pero no me aburras con interminables días grises. Desde que me mudé al maldito apartamento, mi vida se me antoja una sucesión de interminables días grises—. ¿Qué tal la cabeza?

La mueve de un lado a otro, probando, antes de contestar.

—Clara como el agua. Yo nunca tengo resaca.

—¡Vaya! Acabas de convertirte en mi vecina más irritante.

Sigue con la mirada la raya blanca que anoche nos pareció tan buena idea.

—Puede que pienses que es una tontería ahora que estamos sobrios, pero me gustaría mantenerla.

No mentiré; a la fría luz del día creo que es insostenible y poco práctica, pero la sutil elevación del mentón de Cleo habla de determinación y no es una batalla que merezca la pena ser librada siempre y cuando se marche la semana que viene.

—Vale —asiento.

—Y me gustaría proponer otras normas domésticas —dice mirándome con los párpados entornados. Presiento que está tanteando mi paciencia para ver si puede hacerme saltar.

—Adelante.

Baja los hombros y se aclara la garganta, como si se dispusiera a subir a un escenario para dar una charla TED.

—Bien —dice—. Como sabes, he venido a este lugar para estar sola, y el hecho de que estés aquí lo hace casi imposible. —Hace una pausa y no la interrumpo—. Pero por lo menos he de intentar sentir que estoy sola cuando trabajo, y con ese fin agradecería que pudiéramos imaginar que la raya de tiza es… un muro de ladrillo.

—¿Un muro de ladrillo?

Asiente.

—Sólido como una roca.

Lo medito, tratando de decidir si habla en serio y si es algo lo bastante importante para que me moleste.

—Por tanto —continúa—, si estoy en mi lado nada de cháchara, nada de «¿Me pasas el agua?» o «¿Te apetece un café?», esa clase de cosas.

Ahí está otra vez, poniendo a prueba mi paciencia, su expresión entre contrita y beligerante. Me pregunto si, aunque nunca tenga resaca, el alcohol la vuelve jodidamente caprichosa.

—¿Y qué pasa con el cuarto de baño? —digo en un tono socarrón—. ¿Creamos un sistema de reservas?

—¿Te estás cachondeando de mí?

Ahora parece dolida y me siento como un cretino.

—Cleo, me cuesta pensar con este dolor de cabeza. —Suspiro—. Escribe tus normas en una hoja y pégalas en la nevera. Intentaré cumplirlas a rajatabla. De todos modos, pasaré la mayor parte del tiempo trabajando fuera, así que tendrás la cabaña prácticamente para ti sola.

Entorna otra vez los párpados en busca de la trampa. Puede que en algún momento le comente que muestra demasiado sus emociones, que sería una pésima jugadora de póquer. No estoy acostumbrado; Susie es una experta en mantenerme en la ignorancia, sobre todo en los últimos tiempos. Para ser justos, probablemente ella diría lo mismo de mí. Todavía no estamos exactamente en la fase de «habla con mi abogado», pero tampoco muy lejos de ella. Se me rompe el corazón solo de pensarlo. Doy mentalmente por perdidas las próximas horas y, echándome el edredón sobre los hombros, giro sobre el costado mientras calculo qué hora es en Boston. Temprano. Los chicos estarán durmiendo; Leo despatarrado en la cama de matrimonio a la que lo ascendimos hace un año después de un estirón monumental, Nate hecho un ovillo alrededor de Stripes, su querido y mugriento tigre de peluche que le acompaña desde que hace unos años celebramos un cumpleaños yendo a visitar el zoo Franklin Park. Todavía puedo verlo alargando su manita regordeta desde el cochecito para sacarlo del expositor de la tienda y negándose a soltarlo ni siquiera a cambio de caramelos. Joder, si estoy teniendo pensamientos sensibleros sobre un animal de trapo quiere decir que mi estado es peor de lo que pensaba. Entierro la cabeza debajo de la almohada para aislarme de la tormenta y cierro los ojos, confiando en encontrar una mente y unos cielos más despejados cuando me despierte.

Creo que a lo mejor me precipité cuando le dije que pegara las normas en la nevera. En aquel momento me pareció la manera más rápida de poner fin a la conversación, pero ahora estoy leyendo la lista de Cleo y siento que he vuelto a cederle el poder a otra persona. Llevo un año acatando las normas de Susie, no he venido aquí para seguirle el juego a otro. Uno, nada de cháchara. Dos, no dejar cosas en la zona del otro. Tres, no juzgar. ¿Juzgar?

¿Qué tiene pensado hacer que pueda darme motivos para juzgarla? Compruebo que por lo menos puedo utilizar el cuarto de baño cuando quiera, sin necesidad de reservar, y que la cháchara está permitida siempre y cuando estemos los dos en el espacio compartido de la cocina. De puta madre, Cleo. Saco un termo del armario y lo lleno de café, me tomo dos ibuprofenos. Al menos ha dejado de llover. Saldré a dar un paseo, a ver si el viento se lleva las telarañas.

—¿Está permitido hablar fuera?

Cleo me mira desde los escalones del porche cuando salgo de la cabaña. Está envuelta en una enorme manta de cuadros azules y verdes. Ignora mi pregunta sarcástica y percibo una vulnerabilidad en sus ojos que hace que lamente no haber sido más amable.

—Parece el último reducto de civilización, ¿verdad? —dice volviéndose de nuevo hacia la playa.

Sigo la dirección de su mirada. Nada en el horizonte salvo nubarrones y una extensión de agua vapuleada por el viento gélido del Atlántico.

—¿Puedo sentarme?

Señala el espacio vacío a su lado mientras vierto café en la taza del termo. Acerco el termo a la taza que ella sostiene entre las manos. Vacila y finalmente tira el poso y acepta que se la vuelva a llenar.

—Si nadáramos en esa dirección llegaríamos a Nueva York —digo.

Asiente, reflexiva, mientras bebe un sorbo de café, y luego se estremece.

—¿Sin azúcar?

—Me gusta amargo —digo.

—A mí me gusta dulce —afirma.

Nos quedamos callados y me pregunto si eso es un reflejo de lo diferentes que somos.

Me mira de soslayo.

—¿Has visto las normas?

—Sí.

—¿Estás de acuerdo?

—¿Tengo elección?

—Por supuesto. —Se vuelve hacia mí—. No trato de decirte lo que tienes que hacer, Mack, es solo que yo necesito llevar a cabo lo que he venido a hacer aquí. Si crees que me he pasado, dilo.

Suspiro y bebo un sorbo de café cargado e hirviente. No está imponiéndose o colocando obstáculos en mi camino para fastidiarme. Esto tiene que ver con su trabajo y sus necesidades personales. Además, yo también he de ponerme con lo mío; puede que me ayude a concentrarme.

—Me parece bien —digo dejando a un lado mi irritación. Cleo solo busca la manera de llevar lo mejor posible la demente situación en la que nos encontramos—. Cada uno a lo suyo.

Me sonríe y siento una oleada de satisfacción por la facilidad con que hemos resuelto el tema. Sin dramas. Es un cambio agradable.

—Salud —dice alzando su taza.

Choco mi taza de plástico contra la suya.

Bebe un sorbo de café y tira el resto al suelo, junto a los escalones.

—Es imbebible —señala, y succiona las mejillas con aversión—. Sabe a pipí de gato.

Me río por dentro y mentalmente tomo nota de que le pone azúcar al café.

Hoy no hemos cenado juntos. Creo que los dos queríamos tomar distancia después de la noche de ayer. Ni a ella ni a mí nos conviene el hábito nocturno de beber whisky y hacernos confidencias.

—No me iría mal un whisky —dice uniéndose a mí en la mesa de la cocina después de las diez—. ¿Quieres uno?

Bueno, vale. Qué poco ha durado. Guardo el proyecto y cierro el portátil.

—Claro. Siempre y cuando no vaya contra las normas.

No se ofende. Desliza el dedo por la lista de la nevera al tiempo que saca dos vasos del armario.

—No, creo que vamos bien. Estamos en la zona común.

—Genial.

La observo dejar los vasos en la mesa y coger el whisky de entre las botellas que descansan en la encimera. Ya me siento más cómodo con ella y, a decir verdad, me gusta la idea de tener con quien beber por las noches. Así no me siento tan solo.

—Zona común, ¿eh?

—Como en la uni —dice—. Después de pasarte el día estudiando, por la noche te relajabas en la cocina.

—¿Qué estudiaste?

Sirve una cantidad generosa en ambos vasos.

—Filología inglesa.

—Lo suponía.

—¿En serio? —Se sienta en la silla de enfrente—. ¿Tan predecible soy?

—En absoluto —digo, riéndome—. Las mujeres son un auténtico misterio para mí, Cleo. Me he basado en tu trabajo y en el hecho de que… respiras filología inglesa por todos los poros.

Se recuesta en la silla y me mira, divertida.

—No sé cómo tomarme eso.

La miro sin saber muy bien a qué me refiero.

—Tienes…, no sé, esa cosa inglesa.

—¿Esa cosa inglesa? —dice—. Que sepas que me marcharé de la mesa si utilizas la palabra «escuálida» en tu próxima frase, de modo que cuidado.

—¿Te lo dicen mucho? —No es un adjetivo que emplearía con ella. Cleo es de constitución delgada, sí, pero ocupa mucho espacio físico con sus exageradas gesticulaciones, e irradia emoción como esas lámparas de plasma que hay en los museos de ciencia. Su presencia no pasa desapercibida.

—Así me describen mis hermanas —dice.

—¿Eres la pequeña?

Asiente.

—De cuatro. También tengo un hermano, Tom. Es el mayor, aunque nunca lo dirías porque es el más infantil de todos. Mis padres tuvieron tres hijos en tres años y cuatro años después llegué yo.

—O sea que eres el bebé de la familia.

Suspira con resignación.

—Incluso ahora, a punto de cumplir los treinta.

Esta noche no aparenta treinta. Podría pasar por una de esas universitarias de las que hablaba, sentada en nuestra cocina comunitaria con su melena morena retorcida en un moño y sin maquillaje.

—Yo ya estaba casado y con dos hijos cuando cumplí los treinta.

Acabábamos de mudarnos del apartamento a una casa de verdad, un lugar donde pudiera crecer nuestra familia, un hogar permanente para nuestros hijos. Echo a un lado el recuerdo de cuando crucé tambaleante el umbral con Susie en brazos, fingiendo que pesaba demasiado cuando en realidad nunca había sostenido a nadie que encajara tan bien en mis brazos, o en mi vida.

Cleo hace un mohín y me doy cuenta de que he metido la pata.

—Como todo el mundo. —Bebe un sorbo de whisky demasiado largo y tose cuando se le va por la tráquea.

—Como todo el mundo no —replico—. No estaba diciendo que fuera mejor o peor, solo que esa era mi vida. —Clavo la mirada en la mesa y sigo la veta de la madera para concentrarme en algo—. Es mi vida.

Nos quedamos callados en la quietud de la cabaña, dando sorbos de whisky, cada cual absorto en sus pensamientos. Podría preguntarle qué está pensando, pero no lo hago. Estoy demasiado atrapado en mi propia melancolía.

—Creo que me retiro —digo al fin, porque el whisky se ha vuelto amargo en mi boca.

—Y yo —me secunda apurando el suyo al tiempo que se levanta y vuelve la mirada hacia el sofá—. Hora de volver a casa.

—Buenas noches, vecina. —Alzo mi vaso casi vacío.

—Buenas noches, Mack —dice reorganizando los cojines en el sofá.

Hay una intimidad inesperada en la manera en que pronuncia mi nombre con su voz cansada por el whisky y la hora.

Dejo los vasos en el fregadero.

—Cuando lo dices tú suena diferente. —Me vuelvo hacia ella—. Mi nombre, quiero decir.

Se detiene con un cojín en las manos.

—El mío también suena diferente cuando lo dices tú.

—Cleo —digo.

Su boca se curva suavemente y sus ojos se detienen unos segundos en los míos. Joder. Es tarde y he bebido demasiado. Pasamos los primeros días bajo el mismo techo provocándonos mutuamente. Dejar de pelear es mejor para los dos, por supuesto, pero sin rabia tenemos que encontrar una manera de estar juntos las veinticuatro horas del día. Cojo la botella de whisky y, girándome de nuevo, la devuelvo a la encimera con las demás botellas.

Hace rato que el silencio reina en la cabaña y el tiempo se ha calmado lo bastante para poder escuchar el mar. Es un sonido relajante con el que dormirse.

—Uno, puedo comerme una hamburguesa más grande que todos los hombres que conozco. Dos, de niña coleccionaba bolas de nieve. —Hace una pausa—. Treinta y siete en total, seguro que siguen en alguna caja en el piso de mi madre.

Visualizo a una niña morena y delgada girando las bolas en las manos.

—Y tres, mi padre murió cuando yo tenía pocos meses —concluye Cleo—. No tengo ningún recuerdo de él.

Se me encoge el corazón por ella. Yo apenas veo a mi padre, pero me proporciona cierto consuelo saber que está en California con su cuarta o puede que quinta mujer. Es un tipo excéntrico que se tiñe el pelo para que nadie sepa que le están saliendo canas y le es imposible dar prioridad a algo que no sea su felicidad personal. Envía felicitaciones de Navidad y llama a mis hijos por FaceTime en sus cumpleaños. Se diría que ser abuelo, aunque ausente la mayor parte del tiempo, le resulta mucho más fácil que ser padre. Por la falta de responsabilidades, supongo. En cualquier caso, yo tengo todas esas cosas, y saber que Cleo no las tiene hace que me detenga a valorarlas, algo que no acostumbro a hacer.

—Lo siento mucho, Cleo.

—Dime tres cosas tuyas —me pide con voz queda.

Contemplo el techo y hurgo en mis recuerdos para extraer tres cosas que podrían hacer que se duerma con una sonrisa.

—De niño tenía una gata maine coon llamada Blink, completamente blanca, con un ojo azul y el otro naranja —digo—. Mi madre la encontró en un refugio y la trajo a casa porque tenía los ojos raros como yo.

Cleo escucha el resto de mi lista en silencio.

—A los cinco años se me quedó el culo atascado en un cubo, un poco más y me llevan a urgencias… y siempre quise tener un hermano.

No sé por qué he dicho esto último. ¿Tal vez por lo que ha contado ella sobre sus hermanos? O sintiendo quizá la soledad de ser hijo único y estar atrapado entre unos padres enfrentados. Cierro los ojos y pienso en mis hijos, contento de saber que siempre se tendrán el uno al otro.

Cleo
12 de octubre

Isla Salvación
¿TE ACUERDAS DE *EL SHOW DE TRUMAN*?

Cuando elaboré la lista de cosas que debía hacer mientras estuviera aquí no incluí «repasar la raya de tiza que divide la cabaña», pero eso es lo que acabo de hacer mientras espero a que el agua rompa a hervir.

Mack se ha marchado temprano. Le oí levantarse, procurando ser sigiloso mientras se organizaba y reunía su equipo fotográfico. ¿Cómo puede alguien necesitar tantos aparatos cuando las cámaras de nuestros móviles son tan sofisticadas? Mi hermana Sadie no deja de enviarme fotos de sus hijos, tantas que parece que un fotógrafo profesional esté siguiéndola las veinticuatro horas del día. Yo también he hecho una pila de fotos desde que llegué aquí, y a riesgo de resultar pretenciosa, algunas son lo bastante buenas para publicarlas. Puede que se las envíe a Ali junto con el próximo artículo.

Hoy he dejado la lista a un lado a favor de aventurarme al exterior y seguir mi olfato. Llevo diez días en la isla y todavía no he pasado de la tienda. No es que no me interese el entorno; los primeros días estaba demasiado alterada por la inesperada complicación (alias Mack), y desde entonces me he sentido como un buzo descomprimiéndose lentamente de brazada en brazada para evitar el mal de presión. Londres es vertiginoso; aquí te mueves a un ritmo diferente. Creo que por fin estoy preparada, aclimatada y deseosa de ver lo que el resto de la isla tiene que ofrecer. Un pueblo, lo sé, y una iglesia, senderos tranquilos y vistas del océano. Nunca he vivido cerca del mar. En casa es fácil olvidar que somos un país insular, sobre todo si vives en Londres, pero aquí el flujo de las mareas es inherente a la vida. Establece el ritmo de la isla, dicta quién se va y quién se queda. Dependemos de él, y esta dependencia de algo tan fuera de nuestro control me resulta muy reconfortante.

Incluso la montaña se me antoja hoy un obstáculo menor. El viento ha aflojado y no estoy empapada hasta los huesos, y la verdad es que, ahora que la estoy subiendo a mi paso, no me parece tan horrible. Aun sí, me alegro de llegar a la roca de la cima. Aparco mi trasero unos minutos para evaluar la situación. Dios, aquí el aire sabe a limpio. Es como beber diamantes. Inspiro profundamente imaginándome la ceremonia de limpieza que tiene lugar en mis pulmones ahora mismo.

El teléfono me pita en el bolsillo, recordándome que he llegado al único lugar con una señal decente. La voz de Ruby emerge, demasiado fuerte, cuando pulso la pantalla sin pensar. «¿Ni un solo mensaje, tía, en serio? ¿Ni siquiera un cómo estás, Rubes, no te olvides las llaves porque no estoy ahí para abrirte?». Hace una pausa y empieza de nuevo, rauda y entre risas. «Te he cogido prestada la blusa azul, la de los botones rojos en la espalda. Esta noche tengo una cita. Bueno, no es una cita. Más bien un rollete. Con Damien, ya sabes. Más novedades: tu yuca se murió. Olvidé regarla, no tiene remedio, lo siento. ¡Y no te lo pierdas! ¿Sabes Haley, la chica de…».

Apago el mensaje sin escuchar el resto. No sé quién es Haley. Rubes tiene un círculo social más grande que el Círculo Ártico, soy incapaz de retener todos los nombres. Hacía un montón de tiempo que tenía esa yuca, estaba en el piso cuando entré, muerta de sed y de pena. Sé que solo es una planta, pero después de ayudarla a revivir, acabó por gustarme el ritual de limpiarle sus hojas brillantes. Además, Rubes sabe perfectamente que adoro esa blusa, es vintage, de un mercadillo con el que nos topamos hace unos veranos. No me gusta la idea de que esté hecha un ovillo en el suelo del dormitorio de Ruby. He visto a Damien un par de veces, por lo general cuando salgo disparada hacia el trabajo y él se marcha tranquilamente de casa de Ruby para hacer lo que sea que hace con sus días. Parece un buen tipo, alto y de facciones marcadas, con el pelo rebelde a lo Harry Styles y camisas a medio abotonar ceñidas al cuerpo. Tienen una relación que implica pocas palabras y mucha acción.

Relajo la mano que sostiene el móvil. Seguro que se me acumulan los correos, pero no tengo ganas de más intrusiones. Aunque no soy tan adicta al móvil como muchas personas que conozco, sin duda he permitido que se convierta en una parte indispensable de mi vida. Mi despertador por la mañana, mi distracción en el retrete, mi música en la ducha, mi compañero en el tren. También me mantiene al día sobre mi familia; un «me gusta» por la estrella de oro que la mayor de Sadie recibió por su proyecto la semana pasada, ojos de corazón por la visita del Ratoncito Pérez a mi sobrina pequeña. Cotilleo de estrellas y celebridades de la tele. Colegas y mi madre. Me asoma unos instantes a sus vidas, un «me gusta» o un comentario breve para que no se sientan ofendidos si llevamos tiempo sin hablar. Giro el móvil en las manos, mi portal al resto del mundo. A Ali, instándome a escribir. A Ruby, llevando mi ropa. A cascadas de correos publicitarios que nunca leeré. Sostengo el dedo contra el botón lateral hasta que el móvil se apaga.

¿Conoces la película *El show de Truman*, esa en la que Jim Carrey descubre que su mundo no es el mundo en su totalidad? Estoy caminando por la calle principal del pueblo Salvación experimentando uno de esos momentos. Es como si Otter Lodge flotara dentro de una burbuja en la otra punta de la isla, desconectada e ignorando que hay un pueblo a tan solo una hora a pie. Hay un puñado de tiendas, una panadería, una carnicería y hasta una clínica veterinaria. Los edificios están hechos de la misma piedra erosionada de color gris que Otter Lodge, con volutas de humo saliendo de sus chimeneas, construcciones bajas y robustas para resistir los embates de las tormentas más feroces. ¿Debería entrar y comprar una barra de pan, presentarme? Mientras me lo pienso varios goterones de lluvia aterrizan en mi cara. En serio, esta isla debe de ser el lugar más húmedo del maldito planeta, llueve cada cinco minutos. Alzo la vista y el cielo está negro como el carbón. Pienso en la cesta llena de paraguas de la cabaña y me maldigo por no haber tenido la previsión de coger uno. Un suspenso como isleña.

A mi izquierda se alza un edificio largo y achaparrado con las palabras SLÁNÚ VILLAGE HALL grabadas en el dintel de piedra sobre las gastadas puertas de madera amarilla. Una de las hojas está ligeramente entornada. Al lado, clavado a la pared, hay un tablón de anuncios. Clases de yoga los viernes por la mañana, café y manualidades los miércoles, círculo de punto todos los lunes. Alguien en la sala de control de Truman sube el dial de la lluvia lo bastante para impulsarme a cruzar las puertas amarillas en busca de cobijo.

Varios pares de ojos se vuelven hacia mí mientras me quedo ahí quieta, chorreando agua de lluvia. Esperaba un salón municipal desierto, con esos suelos de madera que rebotan, desgastados por el derrape de rodillas infantiles, vetustas cortinas de terciopelo rojo de pliegues polvorientos porque nunca se cierran y sillas apiladas contra las paredes. Nada más lejos de la realidad. Lámparas florales proyectan una luz cálida a lo largo del techo de tablones. No es exageradamente grande, y en lugar de sillas de plástico hay un círculo de sillones disparejos: chintz rosado, algodón amarillo claro, lino de un azul descolorido. También hay un sofá y una mesa de centro grande cubierta de parafernalia para tejer. Una jarra con agujas de punto largas, ovillos diversos, patrones y retales. La sala huele a café y está caldeada, y caigo en la cuenta de que estoy helada. Asimilo todos esos detalles de una manera abstracta mientras parpadeo para deshacerme del agua de lluvia de mis pestañas, y me quito el gorro rojo.

—Eh… hola. —Quiero hacerme la desenvuelta y acabo medio gritando—. Hola —digo, más bajito esta vez.

—¡Hola, Cleo! ¡Pasa!

Brianne se levanta rauda de un sillón y se acerca a mí. Sonrío, contenta de ver un rostro familiar.

—Estaba lloviendo y… —Miro hacia la puerta.

Me quita el gorro de las manos.

—Lo pondré en el radiador para que se seque —dice—. Dame también el abrigo.

Obedezco, agradecida de que no me arrojen de nuevo a la lluvia.

—Señoras, tenemos visita. —Brianne me conduce hasta un grupo de mujeres como si fuera un preciado espécimen—. Os presento a Cleo. ¿Os acordáis de que os dije que se alojaba en Otter?

Una mujer delgada, con el pelo negro azabache de Jackie Kennedy, levanta la vista de sus agujas.

—¿La recién casada?

Brianne me lleva hasta un recodo desocupado del sofá antes de volver a su sillón, situado a mi lado.

—No, Dolores, la no recién casada, ¿recuerdas? —le explica—. ¿La confusión con la cabaña de la que hablamos?

Dolores tendrá unos sesenta y cinco años y por su mirada diría que se acuerda perfectamente. Cuando clava sus ojos en mí, los botones dorados de su chaqueta de tweed estilo Chanel relucen como los de una casaca militar.

—Deja que os presente —dice Brianne—. Esta es Erin.

La mujer sentada al otro lado de Brianne me sonríe y alarga el brazo para estrecharme la rodilla. Sus ojos azul cielo son cordiales y la nariz salpicada de pecas se asemeja, reconfortantemente, a la de mi hermana mayor.

—Soy la esposa del doctor Lowry —señala—, por lo que ya sabes a qué puerta llamar si necesitas asistencia médica.

La anciana menuda sentada junto a Erin se aclara la garganta.

—Yo soy Carmen, oficialmente la residente más vieja de Slánú.

Advierto que los orificios nasales de Dolores se ensanchan ligeramente; ignoro si es porque Carmen siempre se presenta con la misma coletilla o porque se disputan el puesto. Tampoco a las demás se les escapa el gesto.

—Ailsa.—La siguiente mujer en el círculo levanta la taza en mi dirección. Le echo unos cincuenta años largos, y la camiseta hippy y el cabello con las puntas azules le dan un rollo progre—. Conocí a ese hombre con el que no estás casada hace unos días. Si no fuera lesbiana, ten por seguro que te lo birlaba. Un buen pedazo de culo y el tipo de cara que podría meterte en toda clase de problemas.

Me agarra por sorpresa y una risa ahogada escapa de mi garganta. Las demás mujeres en torno a la mesa también se esfuerzan por no reír, excepto Dolores, que parece incómoda.

—Creo que necesito ver a ese hombre del que tanto he oído hablar con mis propios ojos —dice la única mujer que falta por intervenir. Ya nos conocemos. Es Delta, la chica embarazada con la que estuve charlando en lo alto de la colina. Levanta su vaso de agua a modo de saludo y me fijo en el delicado tatuaje floral que baila en el dorso de su mano y alrededor del antebrazo. También reparo en otros detalles ahora que ya no está envuelta en rayas irisadas. Por ejemplo, lo increíblemente bonita que es con esos luminosos ojos verdes y esos rizos negros, un tanto descontrolados, recogidos en un moño suelto sobre la coronilla.

—No me parece a mí que necesites más problemas en tu vida —dice Dolores, ganándose una mirada severa de Brianne.

—Gracias, mamá —ríe Delta sin inmutarse. Ahora que me fijo, veo un gran parecido entre las dos mujeres a pesar de sus estilos opuestos. El mismo pelo negro, los mismos ojos sorprendentemente verdes. Delta se vuelve hacia mí—. No me levanto, no vaya a ser que me ponga de parto.

Me cae bien al instante. Me gusta su actitud pasota. No me iría mal un poco de eso.

—¿Sabes hacer punto? —Dolores ladea la cabeza y me mira fijamente. El resto calla.

—La verdad es que sí, aunque hace tiempo que no practico. Me enseñó mi abuela.

«Gracias, abu», pienso.

Casi puedo ver cómo se relajan todos los hombros de la sala. Presiento que he pasado la prueba de admisión de Dolores. De no haber sabido manejar unas agujas de punto, estaría poniéndome de nuevo mi empapado abrigo y dirigiéndome a la salida para enfrentarme a la lluvia.

Brianne tiene una expresión de genuina sorpresa en el rostro.

—¡Cleo, eso es genial! No llegan muchas tejedoras nuevas a la isla.

—La última resultó ser ganchillera —farfulla Dolores con la misma gravedad que si hubiera dicho «asesina».

—¡Qué atrevimiento! —Los ojos verdes de Delta bailan—. Mamá, tendrías que haberle metido la aguja de ganchillo por el...

—Fue una pena que tuviera que irse al continente —la interrumpe Brianne—. Echo de menos a Heather, era muy salada.

—Contaba chistes verdes —añade Ailsa—. A ver si me acuerdo de alguno.

Estoy esforzándome por entender las dinámicas del grupo. Según he podido deducir, Dolores es la convencional y Delta no pierde oportunidad para tomarle el pelo. Brianne es la apaciguadora; Ailsa, el espíritu libre; Erin, la competente esposa del médico. Carmen es la mayor y defiende su puesto a capa y espada.

—Te traeré una taza de café —se ofrece Erin, desdoblando su alta y delgada figura del sofá—. ¿Azúcar?

—Sí, por favor —digo, preguntándome si, como esposa del médico, lo desaprueba—. Solo media cucharada.

—¿Seguro? —Se recoge el cabello pelirrojo detrás de las orejas, y sonríe—. Yo tomo dos.

—Pues que sean dos —digo, percibiendo una aliada.

Me quedo un rato callada, aclimatándome de nuevo al sonido de voces a mi alrededor después de diez días de silencio. No se parece en nada a la histeria o el ritmo de la oficina, es más un alboroto discreto, y la suave cadencia de su acento es música en sí misma. Brianne coge la jarra de las agujas de colores y me la tiende.

—Sírvete —dice—. Lo mismo con la lana.

Vacilo. En realidad no recuerdo cómo funciona lo del tamaño de las agujas, y la jarra parece tenerlos todos y más.

—Estoy haciendo una bufanda. —Delta levanta con sus agujas un largo que combina lana gris y verde mar—. Lo más fácil para no cagarla. —Hurga en la jarra de Brianne, saca un par de agujas y me las pasa sin comentarios. Agradezco su discreta ayuda.

Carmen señala con el mentón un cuenco de ovillos de lana verde.

—Utiliza esos. —Lanza una mirada maliciosa a Dolores—. Son de mis ovejas. Las mejores de la isla.

Dolores no podría tener más cara de estar chupando un limón que si de verdad estuviese chupando un limón. Alargo lentamente la mano y cojo un ovillo de la lana de Carmen.

—Vaya, ¡qué suave! —digo antes de poder recular, sin atreverme a mirar siquiera a Dolores, porque esta lana es como sostener nubes en la mano. Cuando la observo con detenimiento, el gris tormenta está salpicado de motas sutiles de colores naturales: verdes marinos y marrón topacio. Me recuerda a los colores del paisaje de Salvación—. Gracias, es muy bonita.

—Ahora ya tienes lana y agujas —declara Brianne, deseosa de hacerme sentir incluida.

—Y café. —Erin regresa y descansa brevemente la mano en mi hombro al tiempo que me pasa la taza—. Estás lista.

Dios, me está entrando el pánico escénico, no sé si recuerdo cómo se montan los puntos. «Abajo, arriba, cruza. Abajo, arriba, cruza». Puedo oír la voz de mi abuela en mi oído tan clara como cuando tenía ocho años. Bebo un sorbo de café y paseo la mirada por los diferentes artículos de punto que están tejiendo las mujeres. Brianne tiene un intrincado chal blanco en marcha y Erin está haciendo un pompón de color gris plata, seguramente para rematar un gorro. Bebo despacio, utilizando la excusa de la charla como escudo mientras intento recordar lo que tengo que hacer. Dolores baja de vez en cuando la manga en la que está trabajando para lanzarme una mirada vigilante. Ailsa se recoge el pelo azul detrás de las orejas, se inclina sobre una bolsa que tiene a los pies y saca unas agujas nuevas y un ovillo amarillo chillón.

—Casi me olvido —dice—. He de hacer otro parche para ese taburete que Julia se niega a tirar. —Me mira—. Mi mujer tiene un taburete más viejo que Matusalén en su estudio de pintura y se niega a sentarse en otro lugar.

—¿Otro parche? —dice Brianne, sorprendida—. A estas alturas debe de haber más parches que tela.

Ailsa se encoge de hombros y me guiña discretamente un ojo mientras coge las agujas nuevas y la lana. Y entonces lo pillo. Cojo a mi vez mis agujas y mi ovillo e imito sus movimientos hasta que mis manos recuerdan lo que tienen que hacer. Dolores levanta la vista y sonrío, orgullosa de la ristra de puntadas gris tormenta que ha aparecido en mis agujas. Ailsa me lanza una sonrisa mientras se agacha para guardar en su bolsa los inicios del parche amarillo. Creo que el taburete de Julia no necesitaba parche alguno.

—¿Una bufanda? —Delta señala mis agujas con el mentón.

No lo he pensado.

—Mmm, sí —digo—, creo que sí.

—Bien —dice Carmen—. Mi lana es la más caliente de la isla.

Ya no me cabe duda de que está pinchando deliberadamente a Dolores.

—Si lo prefieres, tenemos una cesta de recuadros ahí —me informa Brianne señalando una cesta de mimbre que hay en el suelo—. Todas tejemos un recuadro de tanto en tanto, lo echamos en la cesta y cuando tenemos suficientes, hacemos una manta.

—Coge un par para enseñármelos.

—Qué gran idea —digo.

Y qué gran círculo de mujeres, pienso, tan variadas en cuanto a edades, experiencias vitales y actitudes. Aunque no me había parado a pensar demasiado en los isleños, supongo que había imaginado vagamente que encajarían en un determinado patrón, tenía la idea de que serían personas rústicas y robustas. No esperaba los tatuajes de Delta ni las gafas de ojos de gato de Brianne ni el pelo azul de Ailsa. Tampoco entraba en mis planes hacer punto.

—¿Practicas yoga? —me pregunta Erin—. Doy clases, por si quieres apuntarte.

—Puede que lo haga, gracias —digo, animada por el café y la sensación de inclusión.

—¿Te quedarás mucho tiempo? —me pregunta Carmen mirándome por encima de las gafas.

Tuerzo el gesto.

—En realidad no lo sé. Alquilé la cabaña para un mes, pero la cosa está un poco en el aire estando Mack también instalado en ella.

—Seguro que estáis muy calentitos —dice Delta en un tono melindroso—. Tú y Luke Skywalker apretados en esa casa diminuta.

—¿Luke Skywalker? —inquiero.

—Bree dijo que se le parecía. —Delta ríe y le propina un codazo a Brianne, que se pone roja.

—Yo no dije eso —replica acalorada.

—Ya lo creo que sí —insiste Delta—. La otra noche en el pub.

—Creo que quieres decir Han Solo —digo, percatándome de que los del pueblo han estado hablando de nosotros frente a una pinta.

—¿En serio? —Los vivaces ojos verdes de Delta se iluminan—. En ese caso he de haceros una visita ya.

—Ni lo sueñes —interviene Dolores—. Ningún nieto mío nacerá en la Colina de los Aullidos.

—¿Es ese el nombre de la colina junto a Otter Lodge? —pregunto. Echo una mirada a Delta, recordando el día que nos conocimos.

Erin, la esposa del médico, que está contando puntos, levanta la vista.

—Había una mujer aquí llamada Clara que cada mañana subía a la colina y gritaba hasta quedarse ronca. Creo que era una terapia que había aprendido en Oriente Medio.

—Murió hace un tiempo —explica suavemente Delta—. Aunque era bastante mayor, por lo que a lo mejor tanto aullido le iba bien.

Tengo la impresión de que Delta mantiene en secreto sus visitas a la colina.

—No tan mayor como yo —resopla Carmen—. Y yo nunca he sentido el deseo de aullar.

—Sí, pero tus libros te mantienen joven, Carmen —dice Erin.

—Carmen escribe thrillers eróticos —susurra Ailsa enarcando las cejas—. Yo he aprendido alguna que otra cosilla con ellos.

Me vuelvo hacia Carmen, sorprendida de escuchar que es novelista.

—Cleo también escribe —dice Delta—. Novelas románticas.

Abro la boca para corregirla, pero son otras las palabras que emergen de ella.

—Ficción en general, en realidad. En eso estoy trabajando ahora, entre otras cosas. —Me suena poco convincente incluso a mí.

Brianne suspira.

—A mí me encantan las novelas románticas.

—Le faltan asesinatos para mi gusto. —Carmen tuerce el labio—. Prefiero un hombre con un hacha hundida en el cráneo.

—Eso explica por qué sigues soltera —farfulla Dolores para sí.

Bajo la vista y finjo contar los puntos para ocultar mi sonrisa. ¿Rústicas y robustas? Estas mujeres se niegan a ser encasilladas.

Bien por ellas. Callamos y durante unos minutos nos concentramos en nuestra labor, cada cual absorta en sus pensamientos.

—Entonces, para que me quede claro, ¿no estás casada con Han Solo? —suelta de repente Brianne, y las demás estallan en carcajadas. Yo también me río, y añado puntos a mis agujas en lugar de añadir más leña al tema.

Mack
12 de octubre

Isla Salvación
¿PUEDES SOSTENERTE SOBRE UNA PIERNA SIN CAERTE?

Contengo la respiración mientras aguardo a que el móvil establezca la conexión.

—¿Nate?

—¡Papá! —Nate grita tan fuerte que es como si lo tuviera sentado en la roca conmigo—. ¡Leo, es papá! ¡Corre!

—Hola, colega —digo, riendo a pesar de que el sonido tan alejado de su voz aguda y chillona me parte por dentro. Parece que tenga menos de ocho años.

—¿Papá? —El alivio me relaja los hombros cuando Leo se suma a su hermano por la otra línea. Los tengo a los dos aquí.

—Hola, hijo —digo—. ¿Qué tal va todo por ahí?

Los escucho contarme su vida con los ojos cerrados y el móvil debajo de la capucha para que el viento en lo alto de la colina no me robe sus voces. Son las nueve de la noche para mí y la oscuridad es completa, el final de ese día de colegio para ellos. Nate ha sacado un sobresaliente en el examen de ortografía, Leo ha sido aceptado en el equipo de béisbol. Cosas grandes y cosas pequeñas que extraño; me entristece el corazón no estar ahí para chocar esos cinco. Daría lo que fuera por estar ahora mismo donde están ellos. Los abracé justo antes de coger el vuelo y me sorprendió lo estrechos que todavía son los hombros de Leo, lo frágil que es su constitución. Ha de crecer mucho aún.

Cuando yo tenía su edad me echaron tanta mierda en los hombros que es un milagro que pudiera enderezarme de nuevo. Pase lo que pase entre Susie y yo, mis chicos permanecerán erguidos y sin cargas.

—Mamá dice que tenemos que ir a comprar helado ahora —dice Nate algo nervioso. A ese chico le gusta el helado más que cualquier otra cosa en el mundo. Le hago el favor de no tener que elegir.

—Ve a comprarlo entonces, hijo. Dile a mamá que yo he dicho que puedes ponerle el doble de sprinkles.

Sé que Susie le pondrá el doble de sprinkles. No se lo negará para anotarse una victoria hueca sobre mí que yo de todos modos no vería. Nate me lanza besos y ríe antes de colgar, su cabeza ya en el helado.

—¿Seguro que estás bien, papá? —me pregunta Leo, tan maduro que el corazón se me rompe.

«No, mi querido hijo, no estoy bien», pienso. «Me siento solo y triste sin vosotros, y echo de menos a vuestra madre».

—Estoy genial —respondo forzando una sonrisa para que pueda oírla—. Estoy haciendo unas fotos increíbles y ya he hecho un par de amigos.

—¿Me enviarás una foto para que vea dónde estás? —pregunta, y me estremezco dentro de mi abrigo porque tengo la sospecha de que intenta que no se le note que está llorando.

—En cuanto cuelgue —digo—. Te lo prometo. Te quiero, colega. —Oigo a Susie llamarlo—. Ve a por ese helado antes de que se derrita.

Después de colgar me quedo un rato sentado en la roca, preguntándome si Leo está bien. Me duele notarlo con el ánimo tan bajo, debería estar dando saltos de alegría por haber ingresado en el equipo. Quizá llame a Susie para asegurarme de que no hay nada de fondo a lo que debamos estar atentos. Hace una noche fría y despejada en Salvación. Miro hacia el oeste por encima del océano, hacia donde ellos están, comiendo helado, tres en lugar de cuatro. Y seguidamente miro hacia Otter Lodge, la luz del porche encendida para mostrarme el camino a casa. Pero no es mi casa. En realidad, ningún lugar lo es ahora mismo.

Cleo lleva puestos sus enormes auriculares cuando entro en la cabaña. Sus dedos sobrevuelan el portátil, señal inequívoca de que mi vecina no quiere ser molestada. No importa, yo tampoco tengo ganas de hablar. Mataría por una ducha larga y potente, de esas que parece que te estén dando entre un masaje deportivo y una paliza. Remojarme en la bañera no es lo mismo. Lo hago de todos modos, pero no tengo ganas de estar a solas con mis pensamientos, así que tiro del tapón, inquieto. Por lo menos he arrancado con el trabajo, lo cual es positivo. Fue terapéutico desembalar todo el equipo, girarlo en mis manos, pensar en cómo captar las primeras luces de la mañana. La familiaridad de la gastada correa de cuero de la cámara era como la mano de un viejo amigo descansando en mi nuca cuando esta tarde fotografiaba las nutrias saliendo de su guarida, el brillo negro azulado de las alas de un ave marina, la cómica huida de un cangrejo ermitaño al que se le había quedado pequeña la concha. Pronto encontrará otra que le encaje mejor; la vida es, sin duda, mucho más sencilla para los cangrejos que para los humanos.

Cerveza en mano, me apoyo en la encimera de la cocina y, distraídamente, observo trabajar a Cleo. Ha pasado fuera la mayor parte del día. Imagino que por eso teclea con tanto vigor esta noche. Mis dedos alcanzan la cámara, que descansa sobre la mesa de la cocina, llevados por el impulso de capturar el instante: las llamas bajas en el hogar, la cálida luz de la lámpara, Cleo absorta en su trabajo. ¿Me he convertido en un vecino espeluznante que espía a la chica de al lado por una ventana invisible? Bajo la cámara en el momento justo, porque Cleo cierra el portátil y se quita los cascos.

No digo nada, pues la primera norma de la nevera me está mirando directamente a los ojos. «Nada de cháchara». La observó mientras se aparta la manta, se pone en pie y estira el cuerpo.

¿Está manteniéndose sobre una sola pierna? Por la manera en que se balancea, diría que sí.

Se vuelve y me descubre mirándola. Me saluda con un gesto tímido de la mano, como saludarías a un vecino que acaba de pillarte haciendo algo raro.

—¿Yoga? —le pregunto cuando viene a la cocina y saca el vino de la nevera.

—Algo así —murmura cogiendo una copa—. ¿Puedes sostenerte sobre una pierna con los ojos cerrados?

La verdad, nunca lo he intentado.

—Claro.

—Pues hazlo. —Suena enteramente como una adolescente lanzando un desafío.

—¿Ahora?

Señala con el mentón mi mitad de la cabaña.

—En ese trozo despejado de ahí, por si te caes.

Suelto un «Ja». Ya te gustaría. No soy de los que se achanta ante un desafío, y como este desafío, ciertamente raro, está consiguiendo quitarme la tontería de la cabeza, lo acepto para distraerme.

—Lo haré si tú lo haces. —Dejo la cerveza en la mesa—. Tú en tu lado de la raya y yo en el mío.

Nos colocamos en el espacio que hay detrás del sofá, el uno frente al otro, ambos a medio metro de la raya.

Cleo se recoge el pelo y gira los hombros hacia atrás como una boxeadora.

—Has visto muchas películas de *Rocky* —digo.

Ignora mi mofa.

—No olvides cerrar los ojos, es importante.

—¿Por qué?

Frunce el ceño.

—Porque lo digo yo.

Resoplo.

—Mandona.

—Mi juego, mis reglas —replica.

—Para mí es lo mismo con los ojos abiertos que cerrados —digo.

—Te aseguro que no.

Me permito poner ligeramente los ojos en blanco.

—Está bien, los cerraré.

—A la de tres —dice, supersegura de sí misma.

—A la una, a las dos y a las tres —digo, luego levanto una pierna y extiendo los brazos hacia los lados.

Cleo coloca la planta de un pie contra la pantorrilla del otro y se afianza con los brazos también extendidos.

—¡Cierra los ojos! —ladra con los dientes apretados, cerrando los suyos.

Obedezco y, mierda, es más difícil de lo que pensaba. Mucho más difícil. Tambaleándome, miro por un ojo entreabierto; mientras ella se mantiene recta como un palo, yo estoy a punto de caer, y, oh, ahí voy.

—¡Mierda! —protesto cuando golpeo el suelo.

Ha abierto los ojos, aguantándose todavía sobre una pierna en plan «¿qué te dije?».

Podría dejar que se declarara victoriosa ahora misma, pero no lo hago. Le sostengo la mirada y aguardo. Se está poniendo morada por el esfuerzo. De repente empieza a mecerse como una palmera en un vendaval y cae de bruces al suelo.

—Has traspasado la raya. Cinco segundos de penalización —digo—. Lo que me convierte en ganador.

Se sienta y devuelve el pie a su mitad, frotándose el tobillo.

—Ni de coña. He aguantado por lo menos diez segundos más que tú.

—¿El mejor de tres?

Resopla.

—Me encantaría, pero creo que me he torcido el tobillo. Necesito que me pases mi copa de vino para calmar el dolor.

—Ya —digo, pero voy a buscar el vino de todas formas. Alcanzo también mi cerveza, no me gusta que la gente beba sola. Me siento en mi lado de la raya de espaldas a ella.

—¿Qué haces? —pregunta.

—Apoyarme en el muro —digo.

La oigo reír para sí y, seguidamente, arrastrarse por el suelo, quejándose de su tobillo, hasta quedar de espaldas a mí.

—Hoy fui al pueblo —dice.

—¿En serio? —Su cabeza me toca el hombro. Es inquietante.

—Me uní al círculo de tejedoras.

—¿Que te uniste a qué? —pregunto, sorprendido.

—Al círculo de tejedoras. —La noto reírse contra mi espalda cuando se mueve—. ¿Te importa que me imagine que eres el muro? No puedo permanecer apoyada contra nada mucho tiempo.

—Vale. —Cierro los ojos cuando descansa su peso en mi espalda. Me relajo también y nos damos empujoncitos hasta encontrar el punto natural en el que nos sostenemos mutuamente.

—Eres un muro muy cómodo —dice.

No sé qué responder. De hecho, soy incapaz de responder porque esto es lo más cerca que he estado de una mujer que no sea Susie hasta donde me alcanza la memoria, y aunque ya no estemos juntos, me siento como si estuviera cruzando una línea. No es así. Literalmente, estoy en mi lado de la línea y Cleo en el suyo, y hasta el momento ninguno de los dos ha coqueteado con el otro. Pero ahora que está apoyada en mí soy, de pronto, hiperconsciente del calor de su cuerpo y del olor de su pelo al echar la cabeza hacia atrás. Me hace darme cuenta de lo terriblemente solo que estoy, de lo mucho que añoro el contacto físico.

—¿Y ese suspiro?

No me he dado cuenta de que mis pensamientos estaban escapando de mi cuerpo.

—Cosas —respondo—. Leo sonaba disgustado esta noche.

—Debe de ser duro consolarlo desde tan lejos.

—Sí —digo—. Pero se le pasará. Tiene a Susie.

«Y yo no», pienso.

—¿Quieres hablar de ello? —pregunta Cleo—. Si necesitas que alguien te escuche, aquí estoy.

—Este espalda contra espalda empieza a parecer un confesionario —contesto, haciendo tiempo mientras decido si hablar de Susie es una buena idea—. No hay mucho que decir, la verdad.

Es una mentira descarada, pero no sé dónde empezar y dónde terminar. ¿Me echa Susie de menos? ¿Nos echa de menos? Susie se comporta como una veleta últimamente. Su trato, por lo general, es frío como el hielo y luego, de tanto en tanto, me envía mensajes de texto, normalmente por la noche, cuando se ha tomado un par de copas de vino. Estos mensajes contradictorios bastan para mantenerme en la sala de espera de su vida, o puede que sea la sala de espera de la mía. Una cosa sí sé. Los asientos son duros y demasiado fríos, no puedo quedarme ahí indefinidamente.

—Nos hemos dado un tiempo. —Recurro a la trillada frase de *Friends* en lugar de hacer frente a todas las cosas que no estoy preparado para expresar.

—Ajá —dice, bajito, Cleo.

Nos quedamos un rato callados. Ralentizo la respiración para equipararla a la suya. Inspira, espira. Es reconfortante.

—Somos la comidilla de la isla, ¿sabes? —dice en tono jocoso, probablemente cambiando de tema por mi bien.

—No es de extrañar, para ser justos.

—No —dice—, aunque me pilló por sorpresa. He conocido a un grupo de mujeres estupendo. Me he divertido mucho.

Diversión. He ahí algo de lo que ha escaseado mi vida los últimos años. Lo poco que me he divertido ha sido gracias a los chicos. Joder, menudo atracón de autocompasión me estoy dando, y Cleo sin enterarse.

—¿Qué tal el tobillo?

Se inclina hacia delante, despegándose de mí, y me siento mejor, y peor.

—¿Crees que avisarán al barco si lo tengo roto?

—Solo si hay que amputar.

—Podría ser.

Me doy la vuelta y descubro que me está tomando el pelo. Tiene su peso apoyado en una mano y la copa de vino en la otra.

—Ya casi no me duele —dice—. Gracias al vino.

—Y yo pensando que era por mi agradable compañía.

Hace una mueca.

—Como muro no estás mal.

—Pues tú como muro eres un desastre —replico—. Te movías demasiado y me metías el pelo en la cara.

—Perdona. Me aseguraré de que no traspase la frontera en el futuro.

—Podrías afeitarte la cabeza —le sugiero—. Dijiste que querías hacer algo especial por tus treinta.

Arruga la nariz.

—Demasiado radical.

—A Sigourney Weaver le funcionó.

—Pero le pagaron una pasta por hacerlo —dice—. Además, me gusta mi pelo.

Según he podido observar, el pelo de Cleo es un barómetro de su estado de ánimo. Cuando está absorta en el trabajo, con el portátil en las rodillas y una libreta al lado, se retuerce el pelo en un moño atravesado por un lápiz. A veces, cuando está en lo alto de la colina, sentada en la roca, le flota alrededor del rostro en plan Medusa, como antenas buscando una señal. Es una cortina en la que se oculta cuando quiere excluirse de algo y un espectáculo de bucles descontrolados en las raras ocasiones en que la he visto realmente bajar la guardia.

—Se me ha dormido el culo —dice.

Me pongo en pie y le tiendo la mano para ayudarla a levantarse.

—Gracias —dice sacudiéndose la tiza de los vaqueros.

—No, gracias a ti —digo—. Por la ridícula distracción. Realmente la necesitaba.

—No hay de qué —responde—. Tal vez ese debería ser mi nuevo perfil para las citas: si necesitas una distracción ridícula, soy la mujer que estás buscando.

Como hombre, enseguida le veo el problema.

—Vigila, tu idea de una distracción ridícula puede ser muy diferente de la de otra gente, sobre todo en una página de citas.

Se hace la ofendida.

—¿Me estás diciendo que sostenerse sobre una pierna hasta caerse no es la idea que tiene todo el mundo de pasarlo bien?

—Con la ropa puesta, no. —Lamento mis palabras en cuanto salen de mi boca.

Cleo sonríe mirando su copa. No estoy seguro, pero creo que se ha sonrojado.

—No dejes que se te meta esa imagen en la cabeza, no se va fácilmente. —Apura su vino—. Me voy a la cama antes de que siga lesionándome.

—Oye, ¿por qué no duermes tú en la cama? Puedo pasar una temporada en el sofá.

Frunce el ceño, posando la mano en el respaldo del sofá.

—No hace falta, ya me he acostumbrado a esta bestia, sé cómo doblarme para sortear los bultos.

—¿Estás segura?

—Sí.

—Vale.

—Vale.

Estamos atrapados en un bucle incómodo.

—Cuelga tú.

Se ríe mientras rodea el sofá para hacerse la cama.

—Colgaré porque estoy muerta.

—Será de tanto tricotar.

—No lo critiques hasta que lo hayas probado —dice.

No creo que lo haga.

Tendido a oscuras en la cama, pienso en mis hijos. En los dedos huesudos de Leo, las rodillas arañadas de Nate.

—Uno, ser padre es lo más importante en mi vida —digo al silencio—. Dos, la relación con mi padre es bastante complicada.

Una historia para otro momento. Y tres… —Busco una tercera cosa que añadir a la lista. No estoy seguro de cómo nuestra conversación en la oscuridad ha acabado convirtiéndose en un ritual, pero es extrañamente relajante. Me he descubierto pensando durante el día en las cosas que Cleo me ha contado, las cosas que yo he elegido desvelar sobre mí, las pequeñas piezas de puzle de las que se compone una persona—. No me gusta la mantequilla de cacahuete. —Lo sé, es un final muy soso, pero no se me ocurría nada más.

—A mí tampoco —dice Cleo—. Demasiado crujiente y grumosa para un sándwich.

Si le dejara, Nate se comería el frasco entero a cucharadas. Hay gente aficionada al dulce y luego está mi hijo pequeño, que podría comer azúcar hasta que este se le saliera por los ojos si nadie lo parara. Es la clase de chico que se lanza a la piscina en todo, la clase de chico que seguramente era yo hasta que la vida me dio algunas lecciones duras a favor de la cautela.

—Mi primer trabajo fue en un *fish-and-chips* los fines de semana. —Cleo toma el testigo—. Los sábados por la noche los pasaba aporreando abadejos mientras mis amigos intentaban que les sirvieran en el pub. —Hace una pausa—. Dos, soy la única persona de mi familia con el pelo oscuro, los demás son todos rubios. —La oigo exhalar en la oscuridad—. Tres, perdí la virginidad a los diecisiete… con mi profesor de inglés.

—Sabes que necesito oír el resto de esa historia.

—Estaba sustituyendo a nuestro profesor de siempre, que se encontraba de baja por una operación. Entré en su clase y sentí como si alguien me hubiese prendido fuego. Dios, ese verano me dejé la piel para impresionarlo. Daba mil vueltas a mis redacciones y me lo imaginaba leyéndolas y enamorándose de mí a través de las páginas.

—¿Y se enamoró?

—Digamos que se fijó en mí. En menos de dos semanas estábamos empañando las ventanillas de su abollado Mini y haciendo cosas en los armarios de la despensa del colegio que no estaban diseñados para eso. —Se ríe—. No se aprovechó de mí ni nada de eso; él tenía veintitrés años y era un novato, y yo tenía casi dieciocho y no era ninguna ingenua.

—Por lo menos no perdiste la virginidad con el vendedor de jacuzzis —digo para hacerla reír—. ¿Os descubrieron a tu profesor y a ti y huisteis juntos como Bonnie and Clyde?

Suspira.

—Nada tan romántico. Su sustitución en el colegio terminó unas semanas después y nuestro idilio murió con ella.

—Te rompió tu corazón de adolescente —dije.

Cambia de postura en el sofá y suspira contra la almohada.

—En realidad no. De eso se encargó otro. Una historia para otro momento.

Cleo
14 de octubre

Isla Salvación
SINGLE LADIES, SOY BEYONCÉ

—Hola —me saluda Delta levantando la mirada de su revista cuando me acerco a la barra del café. Viste un peto vaquero sobre una camiseta blanca y lleva el pelo recogido hacia atrás con un pasador de lentejuelas rojo cereza, la barriga con el bebé ocupando el lugar principal.

Me quito los guantes de lana y doblo mis helados dedos.

—Hola —digo, contenta de volver a verla—. Necesito urgentemente un café caliente.

—¿Y un trozo de tarta? —Señala un plato alto de cristal—. Lo ha hecho Erin. Es la Nigella Lawson de Salvación.

La imagen de Erin me viene a la mente. Alta, con pecas, la esposa atlética del médico aficionada al dulce. La clase de mujer a la que parece que se le daría bien cualquier cosa que probara hacer, desde un pastel hasta una operación de cerebro.

—Es de coco y mermelada de frambuesa —añade Delta—. Me harías un favor. El bebé ha conseguido demasiados trozos ya. —Se da unas palmaditas en la barriga.

—Venga —digo.

—¿Te pongo dos porciones? —Me lanza una mirada pícara—. ¿Así le llevas una a Han Solo?

—Con una me vale. —Suavizo mis ojos en blanco con una sonrisa—. Estás desaprovechada aquí, podrías ganar una fortuna en el continente como vendedora.

Delta arruga la nariz mientras me acerca el café y un pedazo de tarta gigantesco.

—Ni hablar, ya he pasado por eso. Prefiero la vida tranquila de la isla, sobre todo ahora que tengo a este en camino.

—¿En serio? —Pensaba que había vuelto como medida temporal. Delta irradia una energía aventurera, algo en sus sorprendentes ojos verdes habla de un espíritu viajero.

Pasea la mirada por la cálida y tranquila cafetería.

—Cuando era niña venía cada sábado aquí con mi madre. La propietaria de entonces cocinaba fatal, solo hacía tartas de mermelada y a veces se le quemaban. —Delta se encoge de hombros—. Lo que contaba era venir aquí. Mamá y yo cogíamos el camino largo para recoger conchas.

Me cuesta imaginarme a Dolores como una mujer joven y despreocupada recogiendo conchas con su hija pequeña en la playa.

—¿O sea que el negocio es ahora tuyo?

La atmósfera del café lleva el sello de Delta: música chill-out de Ibiza, paredes encaladas, un papel de vitral suspendido de una ventana alta que salpica los suelos de madera clara con vetas de colores.

—Más o menos —dice—. Oficialmente pertenece a mi tío Raff, pero no le gusta ocuparse de él. —Hay algo en la manera en que lo dice que habla de benevolencia, de que tío Raff es alguien a quien adora—. El pub también es suyo —continúa—, aunque tampoco trabaja mucho ahí. Seguro que te lo encuentras un día de estos. Ven una de estas noches al pub, siempre está en el lado equivocado de la barra.

Me descubro preguntándome cómo es pertenecer a una comunidad como esta, ser parte de su historia.

—Lo haré —afirmo—. Esta tarta está de muerte.

—Lo sé.

—Brianne mencionó que aquí hay buena conexión de internet —digo.

Delta asiente.

—La contraseña de esta semana es vodka —dice, mirándose la barriga—. La semana pasada era Pinot. Soñar es gratis.

Me río mientras saco el móvil.

—Tarta también está bien.

Delta no parece muy convencida. Señala el fondo de la cafetería.

—Hay un ordenador detrás del panel por si quieres un teclado como es debido. Está libre hasta las cuatro, si quieres usarlo. Te lo dejo gratis, pero no se lo digas al señor de las cuatro.

Su relajada amistad me conmueve.

—Genial, gracias —digo, absurdamente emocionada ante la idea de una hora de conexión decente, sin tener que sentarme en lo alto de la Colina de los Aullidos a merced del tiempo y de los caprichosos dioses de la cobertura. Cruzando los dedos, consigo enviar mi primer artículo a Ali; esto me parece un lujo en comparación.

—Te llevaré otro café —dice Delta.

Contengo la respiración mientras espero a ver si Ali está disponible para hablar y la suelto cuando su cara aparece en la pantalla, bizqueando hasta que se pone las gafas.

—¿Eres tú? —medio grita con una sonrisa—. ¿Qué tal la vida en ese peñón dejado de la mano de Dios?

Miro por encima del hombro, confiando en que nadie la haya oído. Hay dos señoras comiendo tarta en una mesa junto a la puerta y un hombre apoyado en la barra hablando con Delta. Creo que estoy a salvo.

—No hace falta que grites —digo inclinándome hacia delante—. Las cosas se están complicando cada vez más. Acabo de enviarte por correo electrónico el artículo de esta semana.

Aplaude como una niña de cinco años.

—El primero fue un bombazo —dice—. A la gente le ha entusiasmado la idea de tu experimento de autoemparejamiento, y el inesperado añadido del americano es oro puro.

—¿Lo es?

—Ya lo creo, amiga mía —dice chocando esos cinco con el aire—. ¡La ironía de largarte a una isla desierta y tener que compartir litera con un tío que ni conoces es delirante!

—Pero no encaja con la intención del viaje —susurro-grito mientras busco el botón del volumen para bajarlo porque Ali está que se sale—. Es la hostia de difícil autoemparejarme si no estoy sola. Estoy preocupada, Ali, tengo la sensación de que la razón por la que vine aquí está en peligro.

—Y que lo digas —responde con cero empatía—. Pero ¿lo de la tiza? Ni a mí se me habría ocurrido, y mira que me sobra imaginación. En la oficina solo se habla de ti. De hecho, en toda Inglaterra. Has triunfado, cariño.

Estoy acostumbrada a su «pensamiento entusiasta», como ella lo denomina. Otros podrían llamarlo exageración desbocada. La verdad suele estar a medio camino entre los dos.

—Pero… el barco llega dentro de dos días, si el tiempo lo permite, y no sé si subirme a él.

—¿No piensa hacerlo él?

—Ni en sueños.

—¿Y tú quieres hacerlo?

No digo nada porque no sé la respuesta. Podría pedirle a Ali que me buscara otro lugar, otra cabaña perdida en otra isla remota. Pero ahora estoy aquí, y me costó mucho dar el salto, y dejando a Mack a un lado, este lugar posee una magia indefinible a la que todavía no me veo capaz de renunciar. Siento una conexión frágil pero definida con Salvación, inesperada pero sólida.

—Yo te daré la respuesta —dice Ali, directa como siempre—. Quédate donde estás por lo menos hasta después de tu ceremonia de cumpleaños. Si vuelves a casa antes de eso, detesto decirlo pero todo habrá sido una gran pérdida de tiempo. Hemos contado a nuestras lectoras que vas a casarte contigo misma, Cleo. A casarte contigo misma. No puedes dejarte plantada en el altar metafórico. ¿Qué mensaje estarías dando a todas las personas en una situación similar que buscan en ti la validación de su propia elección de vida?

—Joder, Ali, creo que te estás pasando —murmuro, sintiéndome contra las cuerdas—. No soy el Dalái Lama.

Ríe encantada.

—¡Pero lo eres! Ahora mismo eres la santa patrona de las mujeres solteras. Eres Beyoncé.

—Si me haces el baile, cierro la sesión —le advierto.

Mira su reloj.

—De todos modos tengo que dejarte. Reunión del equipo a las dos. Les diré que has llamado y que no reserven aún tu tatuaje en el cuello porque vas a aguantar hasta el final como una jabata. —Me tira un beso y desaparece.

Vale. Sus órdenes son inequívocas. Entro en las redes y veo que Ali no exageraba demasiado: se ha creado mucho alboroto en torno a nuestro «experimento social», como ella lo ha bautizado. Mi columna y las fotos de la semana pasada aparecen a toda plana en la cuenta oficial de la revista. No puedo ignorar la oleada de orgullo profesional que me recorre el cuerpo por el hecho de que mi publicación sea la que tiene más visitas y likes, ni la oleada de presión que la acompaña. Leo los comentarios durante un par de minutos y salgo de la página porque la sangre empieza a aporrearme los oídos. Esto ya no es solo mi viaje espiritual. El peso de la responsabilidad se instala sobre mis hombros. Esto no es un experimento caprichoso para ganar publicidad. Son esperanzas y sueños, míos y de mucha otra gente.

Mis dedos pulsan distraídamente las teclas y, sin pretenderlo, he escrito Mack Sullivan y fotógrafo y Boston. Mierda. Vale. Esperaba que aparecieran decenas de resultados que no estuvieran relacionados con el hombre que se aloja en Otter Lodge, pero ahí está, el primero de la lista. Su página web. Su obra. Madre del amor hermoso. Es impresionante. Miro las imágenes de su última exposición: nunca he estado en Boston, pero a través de la cámara y la imaginación de Mack tengo la sensación de encontrarme ahora mismo allí. Puedo oler la crema de almejas y oír el clamor de los seguidores de los Red Sox, y puedo imaginarme navegando en un Duck Boat por el río Charles. Entro en su galería de retratos y las imágenes que me miran me llegan al alma. Algunas son informales, de individuos fotografiados de improviso, sin ser conscientes siquiera del objetivo. Otras son posados con atrezo, o planos cortos, explosiones de personalidad capturadas durante una mirada rauda hacia la cámara. Cada píxel irradia emoción. Es todo un artista. Me doy cuenta de que en cierto modo nos parecemos: él emociona a la gente con imágenes igual que yo intento hacerlo con palabras.

—Menos cinco —dice Delta asomando la cabeza por el lateral del panel—. El siguiente cliente está esperando.

Dirige la mirada a la pantalla y cierro rápidamente la web de Mack. En parte desearía no haberla abierto. Mack… Cuanto más sé de ese hombre, más conectada me siento a él, y eso es lo último que necesito o quiero en este momento. Soy lo bastante adulta para reconocer, en secreto y a nadie más, que es un hombre atractivo. Tiene unos hombros hechos para acarrear sacos de arena y sus extraños ojos proyectan magia cuando me miran. Hasta su ropa se ciñe a su cuerpo de una manera que sugiere que está intentando contener dinamita. ¿Recuerdas los vaqueros de Simon Cowell? ¿Te puedes imaginar algo menos sexy? Bien planchados, de corte recto, como si cada día estrenara unos. Los de Mack son todo lo contrario; viejos y gastados, con esa cinturilla baja que desconcentra. Me detesto por reparar en esas cosas. Casi toda mi vida me he relacionado con hombres que no me convenían, y de este sé de antemano que está casado y que, aunque separados, sigue enamorado de su mujer. Puede que, si soy del todo sincera, parte de su atractivo resida en su manera transparente de amar, aunque sea a otra persona. Es desmoralizante saber que si ahora mismo no estuviera tan concentrada en mí misma y en mi soledad, Mack podría ser otro flamenco frustrado que añadir a mi lista. Me pregunto qué ave sería. Las águilas son las únicas aves americanas que se me ocurren. No necesito un águila. Son demasiado imponentes y egocéntricas. Suspiro, lamentando haber mirado su web y haber encontrado más razones para admirarlo. Bien. Debo seguir el consejo de Ali y poner la atención donde toca. He de dejar a un lado lo de buscar a otra persona y concentrarme en buscarme a mí misma. Dios, incluso a mí me suena pretencioso. Y ver todo el interés y la cobertura en las redes sociales solo ha añadido otra capa de estrés. He de hacer un buen trabajo ya no solo por mí. *Single ladies*, soy Beyoncé. Temporalmente.

El señor de las cuatro es Mack. Me lo encuentro devorando un trozo de tarta de Erin con la cámara junto al plato. Parece sorprendido de verme y contengo el impulso de regresar corriendo al ordenador y comprobar que he cerrado su web.

—Hola —digo—. ¿A que está buena?

—Por lo general no me gusta el coco, pero esta tarta podría hacerme cambiar de opinión. —Se vuelve hacia la barra—. Delta me sugirió que te llevara una porción.

—¿Ah, sí? —Le clavo una mirada de «te pillé». Delta se limita a reírse y encogerse de hombros.

Mack retira la silla para levantarse y coger sus cosas.

—Será mejor que aproveche mi hora —dice dirigiéndose al ordenador—. Tengo una videollamada con mis hijos.

—¿Cuánto te debo por la tarta? —pregunto acercándome a la barra mientras me pongo el abrigo y hurgo en los bolsillos en busca de mi monedero.

—Depende —dice Delta, y se inclina para susurrar—: Nada si me cuentas lo que está pasando entre Han Solo y tú. —Su mirada cómplice me indica que me ha sorprendido buscándolo en Google.

—No hay nada que contar, en serio. —Me vuelvo con disimulo para comprobar que Mack no puede oírnos—. Él está técnicamente casado y yo estoy concentrada en mí misma. Nos encontramos en una situación extraña, eso es todo. Estamos intentando no ser un estorbo el uno para el otro y llevarlo lo mejor posible.

—Mi idea de llevar lo mejor posible el estar atrapada en una cabaña remota con un tío bueno es muy diferente de la tuya —señala Delta.

Bajo la vista hasta su enorme barriga y nos echamos a reír.

—Punto a mi favor —dice.

—Paso de ese rollo —digo. No miento. Es demasiado complicado y mi corazón no está preparado para recibir un chasco de un hombre casado.

—¿Sabes lo que me parece una verdadera lástima? —Se pone muy seria, como si se dispusiera a darme un sabio consejo sobre la vida—. Que no lleves los moños de la princesa Leia. En serio, vosotros dos arrasaríais en los concursos de dobles.

Delta me cae genial, pero le encanta provocar. Riéndose me devuelve el dinero empujándolo por el mostrador y sus ojos verdes brillan con picardía cuando me voy.

El olor del pollo asado es el más reconfortante del mundo; estoy dispuesta a morir sobre esa colina. Acabo de sacar del horno un pollo con la piel dorada y crujiente y su aroma es tan potente que enseguida me transporta veinte años atrás, a cuando mi madre hacía eso mismo y nos reunía a todos alrededor de la mesa para comer.

—Qué bien huele. —Mack aparece descalzo y con el pelo mojado, recién salido de la bañera. Esta noche vamos a cenar juntos, una jugada táctica por mi parte porque necesito hablar con él.

—Y que lo digas —respondo mientras dejo sobre la mesa cuencos con patatas asadas y judías verdes.

Mack abre una botella de vino, saca dos copas y las coloca junto a los cubiertos.

—Veo que Cleo's Bistro ha abierto sus puertas —dice—. ¿Trincho yo?

Nos disponemos a cenar; el tintineo de platos cuando los

llenamos, el gratificante sonido del vino al caer dentro de las copas, el chirrido de las sillas al sentarnos.

—¿Budín de Yorkshire? —pregunto añadiendo uno a mi plato. Mi madre prepara el mejor budín de Yorkshire del mundo, habilidad que se aseguró de que todos sus hijos dominaran tan bien como ella. Mack lo mira con recelo.

—¿Nunca lo has probado? —pregunto—. ¿Pero tú de dónde sales?

Coloca uno en el borde mismo de su plato como si tuviera la esperanza de que se cayera al suelo.

—Sabe un poco a pancake —comenta tras el primer bocado.

—¿Qué te parece?

Bebe un sorbo de vino y asiente despacio.

—Creo que está… bueno —dice antes de darle otro mordisco para cerciorarse.

—Bien. —Me sonrojo, secretamente orgullosa—. Creo que no podría estar bajo el mismo techo con alguien que le hiciera ascos a los budines de Yorkshire de mi madre.

Hace una pausa y se sirve otro.

—De hecho, necesito hablarte sobre eso —digo siguiendo mi torpe introducción al tema—. De lo de pasar tiempo bajo el mismo techo, quiero decir.

Ni Mack ni yo hemos mencionado el hecho de que el barco llegará dentro de un par de días porque, sinceramente, creo que ninguno de los dos sabe qué decir.

—Hoy hablé con mi editora y me dejó bien claro que tengo que quedarme aquí como mínimo hasta mi cumpleaños. Sería poco profesional dejar colgadas a nuestras lectoras.

Sigue comiendo sin mirarme.

—Recuérdame cuándo es.

—El 24 de octubre —digo—. Dentro de diez días.

—De acuerdo.

Cojo la copa.

—¿De acuerdo?

Deja los cubiertos en el plato.

—Sabes que no me voy a ir de aquí. Lo de la raya de tiza... —la señala con el mentón— funciona. Si tú puedes llevarlo bien, yo también.

No es solo que Ali me haya dicho que debería quedarme. Mi intuición me dice que Salvación es el lugar idóneo para mí en estos momentos, ¿y no es parte de mi misión intentar confiar más en mí, creer en mis corazonadas y seguirlas?

—De acuerdo, entonces —digo, un tanto desconcertada por el hecho de que el obstáculo entre nosotros haya sido derribado tan fácilmente.

Bebo un largo trago de vino mientras trato de discernir cómo me siento. ¿Aliviada? ¿A pesar de Mack o gracias a Mack? La pregunta se cuela en mi mente y se esconde en un recodo.

—Cumplir treinta años tiene la importancia que tú quieras darle —dice Mack.

Luce una noche nítida y estrellada, de modo que nos hemos llevado el resto del vino afuera para terminarlo en los escalones del porche con una manta sobre los hombros. Noches como esta son todo un regalo aquí. Las estrellas están todas ahí arriba, resplandecientes; he pasado un montón de horas procurando almacenarlas en mi memoria para cuando regrese al cielo sin estrellas londinense. Por supuesto que a veces se ven estrellas en Londres, pero aquí es diferente. Es obvio, un espectáculo de luces astrales contra la infinita oscuridad. Me recuerda a los conciertos donde la gente sostiene el móvil en alto, miles de linternas diminutas. La luna, llena y baja, proyecta una suave luz plateada sobre las aguas ondeantes cerca del horizonte; puedo oír las olas lamiendo los guijarros en la orilla.

Pienso en lo que Mack acaba de decir y comprendo que intenta ayudarme.

—La verdad es que no era mi intención darle mucha importancia —reflexiono—. Es solo que... —Callo, dando vueltas al tallo de mi copa.

La mayoría de la gente intervendría en este momento, supondría lo que me dispongo a decir y soltaría un cliché. O insinuaría que me preocupa estar soltera y mencionaría que todavía me quedan muchos años fértiles si decido que quiero tener hijos. Mack no interviene; simplemente permanece a mi lado, contemplando la playa, y aguarda a que esté lista para continuar. Agradezco su silencio y bebo otro sorbo de vino porque hay cosas que son más difíciles de decir que otras.

—Mi padre no llegó a los treinta. Tenía veintinueve años cuando murió.

Mack suspira hondo y deja su copa en el escalón.

—Qué joven, Cleo.

Asiento, consciente de que ese es el eje fundamental de todo lo que me ocurre dentro, la clave de mi necesidad de cambiar, y exponerlo duele como si me arrancaran una costra.

—No tengo recuerdos bonitos de mi padre que rememorar y no conozco el sonido de su voz para evocarlo en mi mente cuando necesito su consejo —digo—. Era el gran amor de mi madre. Se conocieron muy jóvenes, apenas eran unos críos, pero lo suyo era de verdad. Tom nació justo antes de que mi madre cumpliera veintiún años, y mis hermanas poco después. —No puedo imaginarme con tres bebés en tres años a ninguna edad, y aún menos a los veintipocos, cuando apenas era capaz de cuidar de mí misma y no digamos de otro—. Supongo que simplemente les tocó el gordo del amor muy pronto. Mamá siempre la llama su década mágica. Y luego, a los veintiocho, lo perdió y se quedó sola con cuatro hijos. —Siento una admiración infinita por mi madre. Yo acababa de cumplir un año cuando ocurrió, demasiado pequeños los cuatro para ser conscientes del peso que acarreaba—. Mi padre murió en un accidente cuando se dirigía al trabajo. Se marchó como de costumbre un miércoles por la mañana, con el almuerzo que mamá le había preparado en la cartera, y no volvió. Sé que puede parecer una locura, pero cumplir treinta años, ser mayor que mi padre, me parte el corazón.

No puedo contener el quiebro en la voz y Mack se arrima a

mí para rodearme con el brazo. Apoyo la cabeza en su hombro, agradeciendo su calor.

—Ahora lo entiendo —dice—. Tu miedo a cumplir los treinta.

—Nunca se lo he contado a nadie. Es más fácil dejar que la gente piense que me asusta «quedarme para vestir santos». —Suspiro al tiempo que cierro con comillas gestuales la manida y desfasada expresión.

Me aprieta suavemente el hombro.

—Dudo mucho que vaya a ser tu caso.

—Es una posibilidad. Mi historial amoroso deja mucho que desear —digo.

—Oye, el vendedor de jacuzzis parecía un chollo.

—¿Tú crees? —Medio río, medio resoplo—. Fue el primero de la lista de novios impresentables.

—¿Quién fue el último? —pregunta Mack, mirándome—. El que realmente te rompió el corazón.

Guau. Me ve por dentro como si fuera de cristal. No acostumbro a hablar de mi padre, y tampoco de George Portman. Hasta ahora, por lo visto.

—George. —Mi flamenco fallido. El último tío al que dejé acercarse de verdad. El mero hecho de pronunciar su nombre despierta viejas heridas—. De niños vivíamos en la misma manzana. Él era hijo único y pasaba más tiempo en nuestra casa que en la suya. Mamá le gastaba la broma de que iba a tener que cobrarle un alquiler. —Cierro los ojos y vuelvo a tener ocho años. Estoy corriendo por el jardín y me escondo detrás del viejo cobertizo para darle un susto. Me traslado a los trece, estoy vigilando su mochila del colegio llena de espráis de pintura mientras cubre de grafitis los túneles del tren—. Éramos amigos. Íntimos amigos, de hecho. Nunca hubo nada romántico entre nosotros en el colegio, él tenía sus novias y yo tenía...

—¿El vendedor de jacuzzis?

—Y el profesor de inglés —digo con una mueca—. Todo cambió cuando nos fuimos a la universidad. Le echaba muchísimo de menos. Los dos volvimos a casa por Navidad y... nos metimos en mi cama individual. Fue tan natural como respirar. George Portman y yo. Fue una sorpresa para mí, y creo que para él también.

—Parece que era amor —dice Mack frotándome el hombro con el pulgar.

—Sí, eso parecía. Al menos durante un tiempo.

—¿Qué ocurrió?

Junto las manos con la mirada fija en el mar.

—George era una persona complicada y un artista realmente brillante. —Me permito recordar el diminuto estudio que alquiló cuando acabamos la universidad, el olor a óleo en la nariz, el calor sofocante en verano, el combado colchón en el rincón, rodeado de vasos de chupito—. Y pasó de ser un chico egocéntrico a un hombre narcisista. Siempre tenía celos del éxito de los demás y ahogaba su resentimiento en vodka.

Mack no dice nada cuando callo y cojo aire, simplemente espera el resto de la historia.

—Yo me veía como la musa de un artista bohemio y una escritora en ciernes, y no paraba de hacer sustituciones en revistas y periódicos. Dios, me lo tomaba tan en serio —digo—. Y George se ponía furioso en cuanto mostraban el menor interés por mí. —Hago una pausa—. Para ser justa, sus cuadros eran increíbles. Debe de ser muy duro tener tanto talento y que nadie repare en ti. —Cierro mentalmente la puerta a los perturbadores recuerdos, reacia a pensar más en eso—. Resumiendo, un domingo por la mañana mi hermano se presentó en el estudio después de que yo le llamara muy afectada por el comportamiento de George. Puso todas mis cosas en el maletero de su Mini y me dijo que ya había aguantado suficiente. Fue mi salvación, la verdad, porque yo no me di cuenta de lo tóxica que era nuestra relación hasta que mi hermano repitió las palabras que yo le había dicho. «Me preocupa lo que George pueda hacer». Le dejó un sobre con dinero para rehabilitarse.

—¿Lo hizo?

—No lo sé —digo—. Confío en que sí. Poco después se

mudó al norte y perdió el contacto con su familia. Y yo me instalé en Londres. Soltarlo fue doloroso, pero supongo que era el empujón que necesitaba para finalmente perseguir mis sueños. Los que tenía entonces. Siempre abrigo la esperanza de encontrarme un día sus cuadros en una exposición, incluso ver su nombre en el periódico. —Encojo los hombros—. Pero todavía no ha ocurrido.

—Soltar no es fácil —susurra Mack, y nos quedamos un rato bebiendo vino en silencio y contemplando el mar.

Mientras hacemos eso, dejo que todos los pensamientos sobre el pasado regresen adonde pertenecen y me concentro en el aquí y el ahora. Poco a poco me percato del calor del cuello de Mack en mi cabeza, de la seguridad de su brazo sobre mis hombros, del olor a limón y musgo limpio de su piel.

—¿Pudiste hablar con tus hijos?

Noto su suspiro resbalando por mi pelo.

—Sí. Cuando les vi las caras y oí sus voces… —Se le quiebra la voz—. Me dieron ganas de meterme en la pantalla y abrazarlos, ¿sabes?

No lo sé, y solo me queda confiar en que mi padre hubiera sentido esa clase de amor por mí.

—Eres un padre estupendo —digo—. Tus hijos tienen suerte.

Nos quedamos callados una vez más, mi cabeza en su hombro.

Hemos pasado de odiarnos a ser algo parecido a amigos. Amigos con necesidades opuestas: él quiere recuperar a su familia; yo estoy trabajando en emerger de debajo de una montaña de plumas de flamenco, sacudirme el polvo e inspeccionar los daños.

—Somos como dos rompecabezas mezclados —digo—. Una pieza de ti ha ido a parar a mi tablero y no sé dónde encajarte.

—Es por los ojos desiguales —dice—. Nunca podrás encajarme. Tú tampoco encajas en mi rompecabezas —añade después de unos segundos—. No tengo sitio para una inglesa obstinada que se sostiene sobre una sola pierna y come budín con la cena.

Me río.

—Te gustó.

Su resoplido me calienta el pelo.

—Sorprendentemente, sí.

—Añadamos eso a mi descripción. —Levanto la cabeza y le miro—. «Inglesa obstinada y sorprendente» suena más interesante.

La luz de la luna se posa en su frente, situada a unos centímetros de la mía.

—Cleo, tú me has sorprendido desde el primer momento que te vi.

El tiempo se detiene lentamente en los escalones de madera de la cabaña cuando nos miramos fijamente a los ojos, y aunque Mack no encaja en mi rompecabezas y no hay espacio para mí en el suyo, creo que nunca antes he sentido un momento de absoluta conexión como este, y estoy segura de que Mack puede percibir mi desconcierto. Me acaricia el pelo, suavemente, y se me corta la respiración cuando veo que el temor en sus ojos se transforma en deseo. Tragando saliva, nervioso, baja la cabeza y nuestros labios se rozan. Es angustiosamente sexy, esta melancolía, este dolor excitante en los huesos, el calor de su cuerpo contra el mío, la manera en que sus dedos recogen mi nuca. Y, de repente, no queda espacio entre nosotros. Mi mano se desliza hacia la calidez de su cuello mientras compartimos un beso lento y profundo. El quedo sonido de su garganta me indica que él está tan atónito como yo. No pienso en lo mucho que esto se contradice con todo aquello por lo que he venido a Salvación, y es evidente que él no está pensando en la pila de conflictos sin resolver que lo trajeron a Otter Lodge. Algo nos ha unido para este perfecto momento iluminado por la luna en estos gastados escalones de madera, en este beso tierno que parece que haya estado aquí desde el principio, esperando paciente que lo encontráramos. ¿Hemos estado sorteándolo día tras día, discutiendo por encima de él, casi aplastándolo con las suelas de nuestras botas? Cierro los ojos y me entrego a la sensación, a la presión de la boca de Mack en la mía.

—Cleo.

Susurra mi nombre mientras sus dedos me acarician la base del cráneo, la sexy insinuación de su lengua contra mis labios. Es como si me electrocutaran lenta, placenteramente. Confío en que no esté pasando ningún barco porque creo que podríamos estar iluminando la playa como un faro. Deslizo mi lengua en su boca y Mack satisface mis necesidades con la suya, arrastrándome hacia él, respirando con fuerza mientras nuestro beso pasa de lento a ávido, de ávido a ardiente, mis jadeos quedos, su corazón acelerado. Abro los ojos y miro sus ojos cerrados ocultándome su magia, tan perdidos en esto como yo. Sus párpados se abren cuando mis dedos encuentran la suave franja de piel en la base de su camiseta. El pulso se le acelera bajo mi palma. Por un momento, nuestras bocas se detienen la una contra la otra, sus ojos fijos en los míos, un millón de preguntas corriendo por ellos y por mi cabeza, hasta que Mack regresa y me aprieta la espalda contra los escalones con el peso de su cuerpo, las manos dentro de mi jersey, el beso de un hombre desesperado. Le deseo de una manera repentina, innegable, que no he experimentado antes, y su cuerpo me dice que me desea con la misma pasión. Se desprende de la camiseta y la luna ilumina de plata sus anchos hombros. Los escalones de madera me presionan la espalda cuando me cubre con el peso de su pecho, su boca en mi cuello, y me arqueo hacia él, mareada. Sus labios encuentran de nuevo los míos al tiempo que sus dedos avanzan hacia el cierre de mi sujetador, un suspiro de alivio cuando lo abre, una inhalación profunda cuando su mano cubre el ancho de mis senos. Hunde los dientes en mi labio inferior y se me corta el aliento, mis uñas se clavan en su hombro.

No estoy segura de que pueda resistir el sexo con Mack Sullivan, pero estoy dispuesta a correr el riesgo porque este ya es el momento más sexual y primario de mi vida. Siento mucho mi desliz, Emma Watson, pero lo único que quiero ahora es sexo alucinante y salvaje.

—Vamos dentro —susurro, jadeante, con una audacia impropia de mí porque siento que esto es lo que tiene que ser.

Mack me mira con esos ojos mágicos, adentrándose de nuevo en mi alma, y localizo el momento exacto en que la realidad se abre paso y los postigos se cierran. Se tapa la cara con las manos.

—Joder, Cleo —dice—. No sé qué demonios estoy haciendo. Lo siento.

Le acaricio el pelo porque parece un hombre angustiado, pero levanta la mano y me coge la muñeca.

—No —dice con la respiración todavía entrecortada por el beso—. No quiero esto… ni a ti. Es un error.

Suena severo y suena falso porque su cuerpo dice otra cosa. De repente soy consciente del frío de la noche. Me siento como una idiota mientras me despego de él, intentando arreglarme la ropa. Desisto y me dirijo a la puerta con toda la dignidad que soy capaz de reunir. La cierro con violencia y apoyo la espalda contra ella, apretando los puños. Una parte de mí quiere abrirla y arrastrarlo adentro, pero otra, más grande, siente el deseo de cerrarla con llave y dejarlo fuera para que se congele.

Mack
14 de octubre

Isla Salvación
SOMOS BÁSICAMENTE DOS HAMBURGUESAS

Tardo más de una hora en calmarme lo suficiente para poder entrar en la cabaña. Soy un idiota de campeonato. Justo cuando habíamos decidido enterrar el hacha de guerra, voy y pierdo la cabeza después de un par de copas de vino y el calor de su cuerpo junto al mío. Cleo está acostada, con todas las luces apagadas, de modo que me muevo con sigilo, frustrado y todavía alterado. Sé que lo sensato sería echarse a dormir, pero tras unos minutos de tensión en la cama, me descubro intentando decir algo, lo que sea, para explicarme.

—Susie es la única mujer a la que he besado en los últimos quince años. Era la hija de mi profesor de fotografía. Me pasaba los días estudiando su rostro desde todos los ángulos, bajo todas las luces.

Cleo calla, pero se mueve lo justo para indicarme que está despierta y escuchando.

—Para mí es importante ser honesto, Cleo. Necesito poder mirarme al espejo mientras me cepillo los dientes. Mi padre engañó a mi madre en infinidad de ocasiones. Yo no soy mi padre, no me parezco en nada a él, pero aun así me preocupa que pueda joderla, que en realidad no sea tan diferente.

No necesito un terapeuta que me diga que tengo conflictos con mi padre. Me he comido tanto el coco con el tema de la paternidad, con mis miedos a repetir los errores de mi padre, que es un milagro que siga cuerdo.

—Lo que ha ocurrido ahí fuera me dio miedo. Tú me has dado miedo. Yo me he dado miedo. Había olvidado que semejante pasión podía existir. A decir verdad, no sé si alguna vez he sentido ese fuego dentro de mí. Me pilló desprevenido.

Cleo suspira y aguardo.

—Oye, agradezco tus esfuerzos por explicarte, y puede que mañana esté más serena y pueda tener en cuenta tus sentimientos, pero ahora mismo estoy demasiado cabreada para llevar esto con la madurez que desearía, de modo que, si no te importa, ¿podemos dormir?

—Vale —digo, porque tiene razón. Lo sabía incluso antes de abrir la boca.

—¿Sabes lo que más me fastidia, Mack? —dice, y ahora lamento de veras no haber seguido mi propio consejo de dejar reposar las cosas hasta mañana, porque ahora su voz se ha elevado como una olla a presión a punto de estallar—. Que finalmente habíamos alcanzado una tregua, por frágil que fuera. De hecho, tenía la sensación de que podíamos llevar bien esta ridícula situación y, de repente, todo se ha ido a la mierda. Y sé que los dos accedimos libremente, pero no me gusta que me hayas hecho sentir como una maldita idiota ahí fuera, eso es todo.

—No eres ninguna idiota, Cleo.

—Estoy decepcionada conmigo misma —me interrumpe—. Decepcionada por bajar la guardia lo bastante como para tomar otra decisión errónea en lo que a hombres se refiere. Ahí fuera te conté que tengo un don para dejar que se me acerquen los tíos que menos me convienen, y me deprime que pese a ser plenamente consciente de que estoy atrapada en un círculo vicioso, esta noche haya permitido que la historia se repita. A partir de ahora déjate la puta camiseta puesta, ¿quieres? Te pasaste al precipitarte sobre mí con… toda esa piel y esos músculos y esa pasión.

No sé qué decir. ¿Le digo que no pude contenerme, que el calor de su cuerpo junto al mío me recordó lo solo que estoy, que el olor de su piel tiene el poder de colarse bajo mis defensas, que el brillo íntimo de sus ojos ahí, en el porche, me desarmó?

—Y más importante aún —y escucha bien esto, Mack—, no pienso cargar con una culpa que no me corresponde por haber besado a un hombre casado. Llevas casi un año separado y lo siento si tu corazón no acepta la situación. Y engañar es una elección, no una disposición genética. Tú no eres tu padre. —Se revuelve irritada en el sofá—. Joder, creo que me he pasado. Demasiado vino. Pero no voy a disculparme porque a lo mejor necesitabas oírlo, lo que sí voy a hacer es cerrar la boca.

—Buenas noches, Cleo —digo. Ya lo creo que se ha pasado. ¿Me lo merecía? ¿Tiene razón en lo que ha dicho? Cierro los ojos y me esfuerzo por no evocar el sabor de sus labios.

—Y otra cosa —añade. Abro los ojos de golpe—. Existe una muy buena razón por la que esa clase de fuego no se produce a menudo. Porque es peligroso. La gente se quema y tiene que pasarse el resto de su vida sintiendo que le han abrasado las entrañas.

Dejo que la analogía penetre en mi exhausto cerebro.

—O sea que básicamente somos dos hamburguesas. ¿Es eso lo que quieres decir?

Suspira con fuerza.

—Tú quédate en tu lado de la barbacoa, que yo me quedaré en el mío, eso es lo que quiero decir.

Es tarde y nos hemos desviado del tema. Intento retomarlo, contener los daños.

—Para tu información, el único idiota esta noche he sido yo, ¿de acuerdo? Tú te sentías triste, yo me sentía solo, y los dos nos confundimos. ¿Podemos hacer borrón y cuenta nueva y no volver a mencionarlo? En esta casa nosotros ponemos las normas. Si queremos, podemos pulsar el botón de rebobinar y borrar lo sucedido.

Me gusta la idea de poder elegir qué partes de mi historia se quedan.

—De acuerdo. —Su voz suena exhausta y yo estoy muerto—. Hagamos eso.

Cleo
15 de octubre

Isla Salvación
LO SIENTO

Fragmentos de anoche desfilan detrás de mis párpados cuando emerjo de las profundidades del sueño. Al echar un vistazo por encima del respaldo del sofá, compruebo aliviada que la cama está perfectamente hecha y vacía. Celebrando la oportunidad de beberme un litro de café a solas y reordenar mis pensamientos, lo preparo y salgo para permitir que el viento frío del mar se lleve los restos de la noche anterior. Las aves sobrevuelan la cabaña, como si me saludaran; me gusta pensar que empiezan a acostumbrarse a mi presencia. Camino por la playa escudriñando las olas en busca del grupo de delfines que he acabado por pensar que pertenecen a la cabaña. Algunos días salpican el mar de destellos plateados, pero parece que esta mañana han encontrado otro lugar donde estar. Las nutrias también me han abandonado, su rincón de rocas está húmedo y vacío. El viento pega fuerte esta mañana. Agacho la cabeza para protegerme de su azote. Salvación posee un aire antiguo, místico, como si la isla devolviera algo a quienes se dan a ella. Siento el suelo bajo mis pies como algo vivo, algo que respira; estoy convencida de que hay un corazón latiendo bajo el lecho de roca. Si agudizas el oído, casi puedes escuchar el tamboreo acompañado por la música del océano.

Bebo un sorbo de café y paseo la mirada por la playa, y es entonces cuando noto algo diferente en la franja de arena húmeda. Entorno los párpados y suelto un bufido quedo, tratando de decidir si estoy impresionada por las ocho letras mayúsculas grabadas en la arena. «LO SIENTO». Aparto la mirada mientras me ciño la manta a los hombros.

Mack
18 de octubre

Isla Salvación
NO LO VI VENIR

Siento como si Isla Salvación hubiera penetrado en mis huesos. De niño había oído hablar tanto de este lugar que creía tener una idea clara de cómo era, pero ni las fotografías ni las fábulas me habían preparado para lo que representa realmente estar aquí. La tierra se contonea bajo las suelas de mis botas, ondulantes colinas verdes surcadas por muros bajos y desnudos hechos con las manos, turberas terrosas y algún que otro toque de arena salobre. Es un lugar despiadado pero de gran belleza, un lugar que parece totalmente separado del resto del mundo. Debe de ser increíble verlo bañado por la luz del verano. Mi cabeza está llena de sus olores, a sal y tierra húmeda, y a pureza. Cleo dijo que el aire sabe a diamantes; es una descripción acertada. Raros y exclusivos. Nunca he estado en un lugar donde mis dedos ansíen el disparador de mi cámara tanto como aquí, con sus extraordinarias luces y atmósferas conforme se adentran los frentes climáticos. Sería el escenario idóneo para una película gótica deprimente o una tensa historia de misterio. El ambiente en Otter Lodge también es un poco tenso y deprimente. Fue un gran error permitir que las cosas se descontrolaran tanto el miércoles por la noche; hoy es domingo y el mal rollo entre nosotros me está desgastando. Me comporté como un capullo, pero las cosas que me dijo Cleo después, lo de que no he aceptado que mi matrimonio se ha acabado, fue como presionar un globo con la punta de un cuchillo. Me enfurece que se sintiera con el derecho de opinar sobre mi vida privada. No me conoce lo suficiente, y a Susie no la conoce en absoluto. No tiene ni idea de lo que compartimos en Boston. O compartíamos. No necesito que nadie me diga que ha llegado el momento de soltar. Puede que esté en la sala de espera de mi vida, pero soy yo quien decide cuándo es hora de salir por esa puerta. Por lo que a mí respecta, uno no renuncia a su familia. Nunca.

Las luces cálidas de las ventanas del pueblo titilan a lo lejos. Solo son las doce del mediodía, pero es uno de esos días grises que parece que nunca acaben de clarear, uno de esos días de «cierra las puertas y enciende el fuego». Algo que no puedo hacer en Otter Lodge; Cleo y yo no hemos dejado de esquivarnos como animales recelosos desde la otra noche. Es un alivio estar fuera.

He perdido la noción del tiempo colmando mis ojos y mi cámara de incontables instantáneas del pueblo, mi imaginación atrapada por piedras angulares con fechas que se remontan varios siglos atrás, por la certeza de que mis antepasados caminaron por estas mismas calles y tocaron estas mismas piedras. Ahora, no obstante, caigo en la cuenta de que son las dos de la tarde y no he comido, y la luz de las ventanas del Salvation Arms me llama como las sirenas a los marineros. No intento resistirme. La bienvenida calurosa de unos desconocidos vence a la recepción gélida de Cleo. A veces un hombre necesita una copa.

Abro la vetusta puerta negra del pub y descubro que está hasta los topes, como si todos los isleños se hubiesen refugiado también aquí contra el inclemente tiempo. Ya he estado en el pub un par de tardes entre semana tomando una cerveza, y en ambas ocasiones tuve la suerte de conseguir un taburete en la barra y escuchar a Rafferty, el dueño —Raff, como lo llaman todos—, hablar sobre la historia de la isla. Es un hombre de edad indeterminada; por las arrugas del rostro parece septuagenario, pero es de risa fácil y posee un brillo vivaz en los ojos que le da un aire juvenil.

—¡Hombre, mi amigo Mack! ¿Por qué no vienes a sentarte aquí? —Raff se levanta de una mesa situada junto al fuego y me hace señas con la mano—. Acércate. Vosotros, haced sitio que tenemos un invitado.

—Mack, deja tus cosas junto a la puerta si no quieres sacarle un ojo a alguien.

Sigo la voz y encuentro la fuente: Ailsa, con su mujer, Julia, devorando un plato de rosbif. Ailsa alza su vaso mientras me bajo la cremallera de, lo reconozco, mi gigantesca parka. Tiene razón, no hay espacio para cruzar el pub con ella sin que las pintas salgan volando. Exceptuando la cámara, lo dejo todo junto a la puerta y me abro paso hasta la mesa.

—¿Tienes hambre? —me pregunta Raff cuando me siento, posando una mano en mi hombro. De pronto me emociono, no recuerdo un gesto tan paternal por parte de mi padre.

—Me has leído el pensamiento —digo.

—Hay rosbif o rosbif —me informa Raff—. O, si lo prefieres, también hay rosbif.

Suelto una risa sincera.

—Creo que tomaré rosbif.

Raff se vuelve hacia la chica que hay detrás de la barra.

—Tara, tráele un plato de comida a Mack, ¿quieres?

Agradezco la simplicidad de no tener que elegir, la manera en que Raff me ha acogido y me ha hecho un sitio entre los lugareños. Hace que parezca fácil, pero bajo su afabilidad natural siento que hay una persona que se ha pasado la vida ayudando a los demás a sentirse cómodos. No es una habilidad que se pueda aprender.

Una pinta de Guinness y un plato de rosbif llegan poco después, y me descubro dejándome llevar por el vaivén de las conversaciones que mantiene la gente entre las mesas, y Raff me presenta a personas que todavía no he conocido en mis periplos por la isla.

—¿De modo que eres fotógrafo? —pregunta Julia fijándose en la cámara—. Yo también hago fotos. Tienes que pasarte por casa.

—Será un placer —digo.

Como me ocurrió con Ailsa, Julia me cae bien al instante. Luce una mancha de pintura verde en su pelo moreno y restos de diferentes colores en las manos, como si acabara de soltar los pinceles para venir al pub a comer. Me gusta esa actitud informal.

—Si no vas con cuidado, te hará beber su vino casero —me advierte Ailsa.

—También será un placer —acepto con una sonrisa.

—Lo dudo —dice Raff—. Sabe a pipí de cabra hervido.

Julia no parece especialmente ofendida.

—Bueno, todo sale por el mismo sitio.

—Vigila, Mack, yo solo lo probé una vez y estuve dos días sin notarme las piernas. —Delta se inclina hacia mí desde el extremo de la mesa, toda una proeza dado el tamaño de su barriga—. Y tenía solo dieciséis años, no sé en qué estaban pensando, darle gasolina para cohetes a una chiquilla.

—Si no recuerdo mal, te serviste tú misma. Mi sobrina ha sido la adolescente más gamberra que ha visto esta isla —me dice Raff señalando a Delta con el mentón—. El licor casero de Julia fue la menor de tus hazañas, muchacha. La pobre Dolores estaba desesperada.

La expresión de su cara me indica que no siente la menor lástima por su hermana, y la diversión en los ojos de Delta sugiere que Raff y ella probablemente dan más problemas juntos que por separado. Solo he conocido a Dolores de pasada, pero Cleo me ha contado que es un hueso duro de roer. Me reservo mi opinión. Sé por experiencia que tiene que haber algunos hombres abstemios alrededor, el conductor sobrio, el par de manos seguras. No siempre es una elección propia que te asignen ese papel. Es mucho más fácil ser el que vive la vida sin asumir responsabilidades. Mi padre se cuela en mi mente y lo aparto de un manotazo porque últimamente está recibiendo demasiada atención.

—¿Haces retratos, Mack? —Raff le da unos golpecitos a mi cámara—. Necesito fotos nuevas para mi agente.

—¿Eres actor?

Se pone súbitamente serio y, frunciendo el entrecejo, se lleva la mano al corazón.

—¿No me reconoces?

Los demás callan de golpe y se me quedan mirando. Dardos de pánico me atraviesan las costillas. No quiero ofender a esta gente ahora que empezaba a sentirme aceptado.

—Eh...

De pronto estallan en carcajadas y comprendo que me están tomando el pelo.

—Me lo he tragado —digo, meneando la cabeza.

Un tipo mayor, sentado un par de taburetes más allá, echa un vistazo a mi plato.

—¿Te vas a comer ese Yorkshire, muchacho?

Yo también lo miro. En parte me apetece.

—Los probé por primera vez la semana pasada —explico—. Los hizo Cleo.

El Yorkshire que tengo en el plato no parece ni la mitad de bueno, así que invito a mi vecino a servirse.

—¿Dónde está Cleo? —me pregunta Delta—. Le dije que tenía que dejarse caer por aquí.

—Creo que en la cabaña —digo con fingida indiferencia—. Cada uno hace su vida.

No se me escapan las miradas que cruzan unos con otros.

—Bonita chavala —dice Julia.

—Precioso pelo. —Delta me mira de refilón—. Me recuerda a la princesa Leia.

Arrugo la frente, extrañado por la comparación.

Mi plato vacío desaparece y mi vaso vacío es sustituido por otra pinta, a pesar de que no la he pedido. Guinness es la savia de la isla. La primera vez que estuve aquí pedí una botella de cerveza y Raff ignoró mi solicitud y arrastró una pinta por la barra en mi dirección. «Aquí es Guinness, Guinness o Guinness, amigo», dijo, y un vistazo raudo a los demás bebedores me demostró que estaba en lo cierto.

—¡Delta! —La chica de detrás de la barra ríe y mueve las manos como si estuviera blandiendo una espada—. Calla.

Tengo la sensación de que me estoy perdiendo algo.

—Las chicas se están preguntando si has estado utilizando la fuerza en Otter Lodge. —Raff intenta iluminarme, pero es demasiado críptico—. ¿Agitando tu sable láser?

—No hagas caso a estos idiotas —interviene Ailsa—. Anda, agarra la cámara y ponte a hacer fotos. Seguro que te mueres de ganas de fotografiar a esta pandilla de pirados.

Por fortuna, la conversación se desvía pronto de lo que estaría pasando o no en Otter Lodge y disparo discretamente mi cámara procurando capturar el cálido ambiente de la comunidad: Raff riéndose a carcajadas con la cabeza echada hacia atrás; Delta rodeando a su bebé con brazo protector; Ailsa inclinándose sobre su mujer para reírse de algo que esta ha dicho, las puntas azules de su pelo rozando la mejilla de Julia. Esta gente son los descendientes de mi gente, nuestra historia está entrelazada. Siento que pertenezco a esta isla, que unas raíces invisibles se enroscan en mis tobillos. Me gusta, pero también me resulta extraño, porque sé que mi sitio está en Boston, con mi familia. No creo que se pueda pertenecer verdaderamente a más de un lugar.

El camino hasta la cabaña es ventoso, el frío me azota la cara aunque agache la cabeza contra él. La colina no suele ser un reto, pero hoy me está costando subirla. Rememoro la tarde de Guinness y de buena compañía, o de buena jarana, como dicen aquí. Son gente sólida, unida, una auténtica familia. Hoy he hecho algunas fotos de las que estoy muy satisfecho, estoy impaciente por pasarlas al ordenador para verlas bien. Puedo notar los cimientos de algo especial tomando forma; cada vez que descargo mis instantáneas del día siento un hormigueo de expectación. Son buenas. Más que buenas. Tengo experiencia suficiente para saber cuándo un proyecto va bien. Esta tierra inhóspita me ha abierto sus brazos, y sus gentes fuertes constituyen sujetos fascinantes. A lo largo de los años he ido perfeccionando mi oficio y siento como si todo hubiese estado conduciéndome hasta este momento, hasta esta isla, el clímax de mi carrera profesional. Me entristece enormemente el hecho de que mi vida en Boston tuviera que desmoronarse para enviarme aquí. Luz y sombra, como siempre en mi vida personal y profesional. Me dispongo a continuar cuando me vibra el móvil en el bolsillo; la imprevisible cobertura en la Colina de los Aullidos triunfa de nuevo sobre el inclemente tiempo. Lo saco y miro la pantalla brillante en la oscuridad. El estómago me da un vuelco cuando veo el nombre. Susie. Mis dedos sobrevuelan el mensaje de texto. Susie nunca me manda mensajes. En eso quedamos, a menos que se tratara de algo urgente. El corazón me late con fuerza. Pulso para leerlo.

Hola, Mack, ¿puedes llamarme cuando leas esto? Necesito hablar contigo. Un beso.

Leo el mensaje y me obligo a releerlo, más despacio esta vez. ¿Qué significa? Si le hubiese sucedido algo a los chicos, seguro que me lo diría. Si no tiene que ver con los chicos, ¿con qué, entonces? Dios, ojalá estuviera en casa, ojalá pudiera estar ahora mismo ahí y ver a mis hijos, verla a ella. Esto me está matando. ¿Un beso? Estudio de nuevo el mensaje, preguntándome si es otro de los momentos bajos de Susie en que necesita comprobar que sigo esperándola. No puedo evitar que el corazón me salte dentro del pecho cuando pulso para llamarla y rezo para que la conexión aguante.

—¿Mack?

Su voz hace que me entre de inmediato la añoranza.

—Hola, Susie.

—No sabía si recibirías el mensaje —dice. Le noto la voz nerviosa, lo que solo hace que mi inquietud aumente.

—¿Los chicos están bien?

Hace una pausa y durante un segundo siento pánico puro.

—Sí, no te preocupes. —Vacila—. No te llamo por ellos... bueno, no exactamente.

Ahora estoy desconcertado.

—No te sigo —digo.

—¿Has notado que últimamente Leo se pone triste cuando habla contigo? —me pregunta.

Empiezo a sudar. ¿Va a pedirme que deje de llamar a mis hijos? Porque sería como pedirme que dejara de respirar.

—Sí, lo he notado —respondo con toda la calma de que soy capaz—. De hecho, quería hablar contigo y preguntarte si sabes qué le pasa.

Al otro lado de la línea se hace un silencio tan largo que temo que se haya cortado la comunicación.

—Qué difícil es esto. —Su voz suena suave en mi oído.

—Para mí también es difícil —digo—. Estar tan lejos de vosotros.

He hecho un viaje larguísimo para darle a Susie el espacio que necesitaba, pero caminaría mil kilómetros más si eso la ayudara a ver lo que es bueno para nuestra familia. ¿Es eso? ¿Va a pedirme que vuelva a casa? El recelo me roe las entrañas. No sé precisar por qué. Esta podría ser la llamada que estaba esperando, las palabras que he deseado oírle decir.

—Estoy saliendo con alguien, Mack. Es... Es bastante serio.

Noto literalmente que el suelo se desprende de mi mundo. Doce meses de tira y afloja, esperando y esperando, y aun así no lo he visto venir. ¿Me convierte eso en un idiota? Ahora mismo así me siento.

—Leo lo descubrió. Lo consumía por dentro no poder contártelo.

Pobre hijo mío.

—¿Cuánto tiempo?

Calla de nuevo, pero puedo oírla respirar. He dormido junto a esta mujer durante años, buscado su respiración en mitad de la noche. Por eso sé que está respirando más deprisa de lo normal, que su corazón se ha acelerado. También el mío. Puedo oírlo rugir en mis oídos.

—Cuatro meses, puede que cinco. No lo sé, Mack. Un tiempo, pero Leo no lo descubrió hasta la semana pasada.

—¿Cinco meses? —digo.

Lleva cinco meses acostándose con otro hombre. La noticia me golpea como un martillo, doblándome sobre el estómago. No lo entiendo. Solo llevo fuera unas semanas, lo que quiere decir que antes de irme dispuso de tiempo de sobra para mencionármelo.

—¿Quién es?

—Mack, por favor, eso no importa ahora mismo.

—¿Le conozco?

Su suspiro de resignación retumba en la línea.

—Es Robert.

Tardo unos segundos en caer.

—¿Robert? ¿Tu jefe?

Robert, hombre de muchos chalecos, corbatas estrafalarias y la irritante costumbre de llamar a mi mujer «Susie Sausage». Mierda. Quiero partirle la mandíbula. ¿Mi hijo está triste por causa de Robert?

—Pásame a Leo.

—Mack, no creo que…

—Pásame a mi hijo, joder.

Puedo oírla llorar. Creo que no ha habido una sola vez en nuestra vida que el sonido de sus lágrimas no me lastimara el alma. Está visto que siempre hay una primera vez para todo.

Instantes después oigo a Leo.

—¿Papá?

El temblor de su voz me mata.

—Hola, colega —digo, esforzándome para que las palabras

me salgan serenas y despreocupadas—. Oye, tu madre y yo hemos hablado de lo que está pasando ahí.

—Lo sé —dice. Suena como un niño de cinco años. Daría mi pierna derecha por poder darle un abrazo de oso en este mismo instante.

—Vale, ahora necesito que me escuches con atención. ¿Lo harás?

—Ajá —dice.

—¿Dónde estás?

—En mi cuarto.

—¿Solo?

—Sí.

Puedo visualizarlo a la perfección. Leo siempre ha sentido fascinación por el espacio sideral y hace años decoramos su cuarto con motivos astrales: el papel de la pared, las sábanas, las lámparas… Todo tenía relación con el espacio. Por su noveno cumpleaños le compré un móvil de los planetas y se lo colgué del techo mientras dormía con su pelo rubio desparramado sobre la almohada. Quería que la mañana de su cumpleaños abriera los ojos y viera Júpiter, Marte, la Luna…

—¿Ves la luna que colgué? —le pregunto.

—Sí —responde.

—Yo también estoy viendo la luna aquí —digo—. Estoy sentado en lo alto de una colina de una isla situada en medio del mar, mirando la luna.

—Me gustaría que estuvieras aquí, papá.

—Lo sé, hijo, a mí también. Más de lo que imaginas.

—Tendría que habértelo contado, ¿verdad?

Me llevo la mano a los ojos.

—No, hijo, hiciste lo correcto. Algunas cosas son demasiado complejas para que tengas que ocuparte tú, y esta es una de ellas. Siento mucho que estuvieras tan angustiado.

—La culpa no es tuya —dice algo enojado, subiendo el tono de voz—. Es de mamá. Y de Robert.

—Oye, escúchame. Sé que estás enfadado, y créeme, es normal

que lo estés, pero no le hagas sentir a mamá que es una mala persona. Sabes lo mucho que te quiere. Los dos te queremos, más que a nada en el mundo.

—Estaban besándose en la cocina —espeta, soltando su secreto de un disparo—. Entré para coger un zumo y los vi.

Clavos oxidados me atraviesan el corazón. Yo construí esa cocina. Bailé con Susie alrededor de la isla cuando me dijo que estaba embarazada de Nate. Mojaba a los chicos en el fregadero cuando eran pequeños y se arañaban las rodillas.

—Sé que tu madre no quería que te enteraras así —digo con el tono de voz más suave y reconfortante que puedo poner desde miles de kilómetros de distancia—. Habla con ella, seguramente se siente aún peor que tú.

—Pero, papá… —Se le quiebra la voz—. Yo no quiero a Robert, te quiero a ti.

A veces ser padre es el mejor trabajo del mundo, y a veces el más duro.

—No tienes que elegir, colega. Siempre nos tendrás a tu madre y a mí, independientemente de quien haya en nuestras vidas.

—¿Me lo prometes?

—Te lo prometo —respondo —. Nos veremos muy pronto.

—Recuerda que mañana vamos al lago —dice Leo—. Si no me encuentras, será por eso.

—Lo recuerdo —afirmo.

Toda la familia de Susie se va al lago para pasar dos semanas juntos, una tradición de la que yo siempre he formado parte. ¿Irá Robert con ellos? La pregunta se filtra bajo mi piel como el aceite, a pesar de que mi cerebro racional conoce la respuesta. Susie es una buena madre y yo estoy muy unido a su familia; estoy seguro de que no llevará a Robert al lago. La parte egoísta de mi corazón se alegra de que tengan que pasar dos semanas separados.

—No quiero que te preocupes más, ¿de acuerdo? —digo—. Todo irá bien.

Creo que en mi vida he dicho una mentira tan grande.

—Te quiero, papá —dice.

Por su tono de alivio puedo oír que está más tranquilo, que se ha quitado un peso de encima. Me alegro de ser yo quien cargue con él.

—Pásalo bien en el lago y ve con cuidado. Díselo también a tu hermano.

—Lo haré —dice.

—Saluda a tu abuela y a Walt de mi parte. —Así llaman todos al padre de Susie, incluso ella.

—Vale.

La tentación de mantenerlo al teléfono todo el tiempo que pueda es fuerte.

—Oye, aquí es de noche y tengo tanto frío que no me noto la nariz, así que será mejor que cuelgue.

—Yo también —dice—. Mamá me ha pedido que busque mi bañador.

—Seguro que lo necesitarás en el lago —digo.

—Te quiero, papá —repite de nuevo.

—Yo a ti más —digo.

Oigo su risa suave al otro lado del teléfono y río también, desolado.

Cleo
19 de octubre

Isla Salvación
ME SIENTO COMO WINONA RYDER

—Estoy pensando en dar a luz en la playa. —Delta me da un codazo en las costillas con un guiño pícaro—. Como una sirena.

Sentada frente al sofá donde Delta y yo estamos ganduleando, Dolores levanta la vista de las agujas y mira a su hija.

—Ni lo sueñes, Delta Sweeney.

—Me pregunto por dónde dan a luz las sirenas. —Brianne sonríe con un gorro con pompón rosa recién terminado en las manos—. ¿Por el ombligo?

Delta levanta las cejas.

—Creo que la pregunta más importante aquí, Bree, es quién le hace el bebé. ¿Un sireno?

—Chicas, por favor. —Dolores remata el recuadro verde manzana que estaba tejiendo y lo echa en la cesta común—. Dejad el tema de una vez.

—Yo vi *Aquaman* en el cine —digo, lo bastante cómoda ahora para intervenir—. Era enorme y tenía un tridente superbrillante.

Brianne me mira por encima de la mesita de centro conteniendo la risa.

—Yo mataba a alguien atravesándolo con un tridente en una de mis novelas —explica Carmen, menuda pero imponente en su sillón de chintz. Está tejiendo un amplio jersey con su lana gris.

—Creo que esa la he leído —comenta Ailsa—. Es una de tus novelas más verdes.

—La de quejas que recibí. —Carmen se encoge de hombros—. ¿Qué esperaban de un libro sobre un psicópata adicto al sexo? Aparecía ahí mismo, en la tapa.

—De mí no recibirás queja alguna. —Ailsa le da unas palmaditas en el brazo.

—Ya vale, señoras. —Dolores se aprieta la frente con los dedos, un gesto extraído directamente de una adaptación de Jane Austen—. Delta, darás a luz boca arriba en una cama, como han hecho todas las mujeres de Salvación antes que tú.

—De hecho, se ha demostrado que parir de pie es más fácil —dice Erin—. La gravedad empuja el bebé hacia fuera.

Dolores la mira de una manera que sugiere que le gustaría contradecirla, pero no se atreve a hacerlo porque es la mujer del médico.

—En ese caso esperemos que la comadrona sea una buena cácher —señala Delta.

—Es más parecido a agarrar un balón de rugby mojado —dice Erin.

—¿Quién quiere café? —Brianne se levanta rauda de su asiento, deseosa de cambiar de tema. Su táctica funciona y durante un rato nos concentramos en el suave repiqueteo de las agujas y el aroma del bizcocho de zanahoria casero que Brianne ha dejado en medio de la mesa.

—Por cierto, Cleo. —Ailsa abandona las agujas para coger un trozo de bizcocho—. ¿Cómo le va a Mack con sus fotos?

Examino mis diez centímetros de bufanda gris acorazado.

—Si te digo la verdad, no lo sé. No hablamos mucho.

—Vaya. Lo mismo dijo de ti ayer en el pub.

—¿Ah, sí?

Brianne me pasa un plato.

—Dijo que hacéis cada uno vuestra vida.

—Pero le contó a todo el mundo que le diste a probar el budín de Yorkshire.

—Veo que en esta isla no hay secretos. —Me meto un pedazo de bizcocho en la boca para no tener que responder más preguntas.

—Ni uno solo. —Delta pone los ojos en blanco—. Cuando regresé del continente, no tenía intención de contarle a nadie quién es el padre del bebé. Al final dio igual, porque su madre es prima segunda de Ted Murphy, el dueño de la panadería. No me había bajado aún del barco y ya se lo había contado todo por teléfono. —Se da unas palmaditas en la barriga.

Dolores resopla.

—Y, aun así, ni un descuento nos hace en el pan.

Sospecho que no lo ha dicho en broma, de modo que contengo la risa.

—Ya basta, mamá —suspira Delta—. Lo mío con Ryan Murphy no fue una relación de amor. Será un regalo para los ojos, pero se pasa el día jugando a los videojuegos y dando vueltas por el pueblo con su scooter. Ahora en serio, ¿me ves en un sidecar?

Se hace un silencio tenso mientras madre e hija se miran por encima de la mesa. Sospecho que han tenido esta conversación más de una vez.

—Cleo, no se lo digas a Julia pero tu hombre me tiene robado el corazón —dice Ailsa, probablemente para cambiar de tema—. Será por esas espaldas tan anchas.

Brianne se pone colorada y examina el bizcocho.

—Pues ya estás poniéndote en la cola —dice Delta, agradeciendo el cambio de tema—. Venga, Clee, habla de una vez.

Agarrada por sorpresa, titubeo.

—Eh…

Delta me observa con sus ojos clarividentes.

—¿Va todo bien en Otter Lodge?

Y, de pronto, me doy cuenta de que el resto de las mujeres, incluida Dolores, también están observándome.

—Sí, claro —respondo, consciente de que las mejillas me arden—. Pero… a veces no es fácil, ya sabes.

—La verdad es que no lo sé, pero estoy deseando saberlo —dice Delta, intuyendo una historia y dejando que su imaginación llene los huecos—. ¡Dios mío! ¿Os habéis enrollado?

Me tapo la cara con las manos y suelto un gemido.

—No, claro que no. Todavía está colgado de su exmujer y yo vine aquí en busca de soledad. —Aunque de momento, entre Mack y la gente del pueblo, estoy muy lejos de haberla encontrado.

—Pero… —Erin se inclina hacia mí y me escruta con sus ojos de color azul cielo como si me dispusiera a desvelar un final al estilo de *East Enders*. En casa me he acostumbrado a guardarme mis emociones, pero aquí, en este acogedor espacio, la sensación de camaradería y complicidad femeninas se intensifica. Me siento como Winona Ryder en aquella película donde un grupo de mujeres se desahoga y ofrece sabios consejos sobre la vida alrededor de una colcha de *patchwork*.

—Él… Quiero decir, nosotros… —me interrumpo, preguntándome si debería continuar. ¿Realmente quiero hacer esto? Parece que sí—. La otra noche los dos teníamos el ánimo un poco bajo por diferentes razones y un abrazo se transformó en otra cosa y… nos besamos. Fue sin querer, los dos nos sentimos fatal después, y ahora el ambiente se ha enrarecido.

Delta suelta un silbido.

—¿Os besasteis sin querer? ¿Te refieres a un roce de labios o un morreo en toda regla?

Están mirándome fijamente. Creo que han dejado todas de respirar. Deposito el tenedor junto a mi bizcocho a medio comer.

—Un morreo en toda regla.

—¿Y?

—No sabía que existieran besos así.

Una exclamación ahogada recorre la sala. Carmen abre los cierres dorados de su bolso negro de piel rígida.

—Voy a apuntarme eso para mi próximo libro.

Ailsa alarga el brazo y cierra con delicadeza el bolso de Carmen.

—Primera regla del club de tejedoras: nadie habla de lo que escucha en el club de tejedoras —dice, provocando un resoplido por parte de la residente más antigua de Salvación.

—Estaba segura de que besaría así —dice Brianne antes de llevarse una mano a la boca.

Delta se vuelve hacia mí.

—Ese hombre está para parar un tren. Si besa así, imagina cómo...

—Hemos acordado no hablar de lo ocurrido —la interrumpo—. Seremos como hamburguesas, cada una en su lado de la barbacoa, o algo por el estilo.

Erin suelta una risotada y baja la mirada hasta el plato antes de subirla de nuevo, esforzándose por mantener el semblante serio.

—¿Qué te hace tanta gracia? —le pregunta Delta.

La mujer intenta con todo su empeño contener la risa, pero los hombros le tiemblan a causa del esfuerzo. Al final, las palabras salen disparadas de su boca.

—¡Bick Mack! —Sacude la cabeza—. La hamburguesa. —Traga saliva y me mira—. Perdona.

Es una reacción tan impropia de la amable y serena Erin que las demás también se echan a reír y el ambiente se relaja.

—Pero dices que el hombre tiene esposa. —Las palabras de Dolores son un cubo de agua fría.

—Exesposa —la corrige Ailsa, siempre aliada de Mack.

—Todavía es su mujer —digo—. Se han separado, pero creo que él no quiere que su matrimonio se rompa.

Carmen deja lentamente el bolso en el suelo. Reparo en la manera en que se frota el dedo desprovisto de alianza mientras me observa.

—Ten cuidado, muchacha. Si no quieres que te rompan el corazón, mi consejo es que te mantengas alejada de un hombre que ama a otra mujer.

Nadie sabe qué decir después de eso. Lo entiendo. Cojo las agujas y confío en que la cadencia de los puntos calme mi mente agitada.

La roca de la Colina de los Aullidos es, probablemente, mi lugar preferido de la isla. Por la señal, desde luego, pero sobre todo por las vistas. Me recuerda a una escena de una de mis bolas de nieve de la infancia.

Estas horas de compañía femenina han sido un bálsamo muy necesario para mis destrozados nervios. Las mujeres de Salvación son fuertes. Son diferentes como la noche y el día, pero llevan la solidaridad y el parentesco grabados en los huesos. Envidio esa conexión llana que nada tiene que ver con los mensajes de texto o los gifs. Justo entonces me entra un mensaje en el móvil.

Abro la foto que me envía Ruby y veo mi blusa azul con todos los botones arrancados, y al lado de la foto varios emojis de una berenjena para indicarme que Damien fue una auténtica fiera en la cama y se la arrancó en plan hombre de las cavernas.

Ya puedes tirarla a la basura

Respondo eso porque, sinceramente, no sé qué otra cosa decir. ¿Esperaba que me riera? Ruby contesta casi al instante; creo que nunca la he visto sin el móvil en la mano.

Qué mosca te ha picado? No la tomes conmigo porque mi vida sexual sea mejor que la tuya. O no lo es? Te has tirado ya al americano? Sí, he leído tus artículos, yo y el país entero!

Leo y releo el mensaje. Ni un «siento haberme cargado tu blusa favorita» o «qué tal todo, te echo de menos». Tal vez sea porque acabo de dejar el calor de las mujeres de Salvación, pero la falta de empatía en las palabras de Ruby me duele.

No vine aquí por sexo, Rubes. Lo sabes muy bien.

Veo que lo ha leído. Tarda unos minutos en responder.

Sí, claro! Declaras que te vas para autoemparejarte y todo ese rollo de come-reza-ama, y en cuanto llegas ahí lo primero que haces es ponerte a vivir con un hombre casado. Me parto!

Ha metido un emoji con ojos de corazones y una cara riéndose, su manera de añadir que me quiere y está bromeando. «¿Me parto? No sé qué tiene de gracioso, Rubes». Es hiriente.

Sé que está esperando que responda, pero no lo hago. Al rato me escribe de nuevo.

Pero entiendes lo que digo, no, Clee? Que has huido de tus problemas y te has encontrado con la misma mierda esperándote allí. Típico de ti!

Esta vez ha añadido una caca y un sol.

Cada vez veo más claro que por mucho que considere a Ruby mi mejor amiga, este tiempo alejadas está sacando a la superficie enormes lagunas en nuestra amistad. En unos pocos mensajes ha conseguido reducir a la nada mis logros, lo que me parece una crueldad. Me incomoda preguntarme si somos amigas más por conveniencia que por un sentimiento auténtico. Misma dirección, misma edad, misma ciudad. Como no respondo, prueba de nuevo.

Por lo menos da mucho juego, la espectacular historia de un flamenco fallido!

Cuando me acerco la pantalla a los ojos para intentar reconocer el emoji, añade:

Perdón! Le di al pájaro equivocado buscando un flamenco. Pero este también vale!

Un emoji llorando de risa.

Al observarlo más detenidamente, veo que es una gallina. «Que te den, Ruby», pienso. Yo no soy una gallina. He venido sola a esta isla para hacer algo que siento que es importante para mí, no tengo la culpa de que Mack también esté aquí. Conozco a Ruby lo suficiente para darme cuenta de que no era su intención ofenderme, pero no sé si le preocuparía demasiado saber que lo ha hecho.

Vine aquí para aprender algunas lecciones y quizá esta sea una de ellas: que saber cuándo soltar una relación es tan importante como saber cuándo aferrarte a ella.

No contesto a Ruby. Mientras esté aquí seré una mujer más de la isla, alguien que se comunica pasándote un brazo por los hombros, no con estúpidos emojis y signos de exclamación.

Me alegro de encontrar Otter Lodge desierta cuando llego al pie de la colina. Hay algo que quiero hacer y me gustaría mucho tener la cabaña para mí sola. Una vez dentro, pongo agua a hervir y, rompiendo las normas, cruzo a la mitad de Mack el tiempo justo para recuperar mi maleta de debajo de la cama.

La abro sobre la alfombra, frente a la chimenea, y cojo lo único que queda dentro. Un vestido que hace años que tengo pero que nunca he tenido ocasión de lucir. Vintage, de algodón blanco, con unas manguitas diminutas de volantes lacios y un revuelo de encaje alrededor de las rodillas; una compra impulsiva que siempre me ha recordado demasiado a los dramas de época de la BBC para salir de casa con él. No sé por qué me parece apropiado para la ceremonia de mi treinta cumpleaños, pero así es. A Emma Watson le quedaría fantástico. Espero que a mí también. Falta menos de una semana para el gran día. Por un lado, será la culminación de mi experiencia en la isla, pero por otro, ha perdido parte de su trascendencia porque cada momento aquí es transformador. He pensado en mi padre casi cada día, en la increíble huella que dejó en el mundo en su corta vida. ¿Qué legado dejaría yo si me pasara algo mañana? Los artículos de las revistas se convierten en papel para *fisch and chips*, las columnas online son rápidamente anegadas por otros millones de clics y *soundbites*. Formar parte del círculo de tejedoras me ha recordado el valor de crear algo tangible, un recordatorio físico de mi paso por esta isla. No sé quién lucirá, si es que alguien la luce, la bufanda, pero la estoy haciendo con la esperanza de proporcionarle confort a otra persona. También me ha recordado lo mucho que me ha gustado siempre escribir. No tanto la columna del flamenco estos días. Mi portátil está lleno de novelas inacabadas, principios y desarrollos sin finales. Tengo un par de amigos que han dado el salto del periodismo a la ficción y he asistido a sus fiestas de lanzamiento con una punzada secreta de envidia. Aquí, en Salvación, por fin tengo el espacio y el tiempo y una voz que me susurra persistentemente: «Si ahora no, ¿cuándo?».

Introduzco en el vestido la percha acolchada que me traje con la idea de colgarlo en la cabaña para contemplarlo los días previos a mi cumpleaños. Obviamente, con Mack aquí no me he visto capaz de hacerlo. Paso los dedos por los botoncitos de nácar del corpiño. Es lo bastante intrincado para haber formado parte del ajuar de una novia. ¿Quién más lo ha llevado?, me pregunto. Me imagino el vestido tendido en una cama, nuevo y almidonado, junto a otras prendas igual de bonitas, a otra chica abrochando esos botones, los pensamientos que debían de pasar por su cabeza. La imagen encaja con mi corazón romántico.

A continuación suspiro, porque dicho corazón romántico me está dando muchos quebraderos inesperados. Anoche permanecí mucho rato despierta, y si soy franca conmigo misma, la mayor parte del tiempo estuve conteniendo el impulso de meterme en la cama de Mack. Antes de nuestro beso era capaz de racionalizar nuestra extraña situación de pareja. Incluso había empezado a disfrutar de eso de «permanecer cada uno en su lado de la raya». En unas semanas he logrado conocer a Mack Sullivan más de lo que lo habría conocido en unos años en el mundo real. Creo que he compartido más cosas sobre mí con él que con ninguna otra persona. Nuestras «tres cosas» en la oscuridad se han convertido en una especie de terapia para los dos, grandes cosas unas veces, pequeñas cosas otras, las cosas que nos han convertido en quienes somos. Pero luego nos besamos y fue como si alguien hubiera agarrado una bola de nieve con Otter Lodge dentro y le hubiera dado una poderosa sacudida. Mack se ha cargado por completo mi proyecto de autoemparejamiento. No, yo me lo he cargado. No quiero ni pensar cómo voy a escribir mi columna del flamenco las próximas semanas. De una cosa estoy segura: Mack y yo no tenemos futuro. Él volverá a Boston y yo regresaré a Londres. Es un hecho innegable.

Cuelgo el vestido de la estantería y, aunque solo son las cinco y media de la tarde, cambio el café por una copa de vino.

Mack
19 de octubre

Isla Salvación
NO ES UNA SIRENA, ESO ESTÁ CLARO

—Dentro de un rato bajaré a la playa para hacerle fotos a la bahía —digo, mirando por la ventana mientras lavo los platos después de cenar.

Las nubes cruzan raudas el cielo jugando al escondite celestial con la luna llena. No llueve y, según el informe meteorológico, el viento ha pasado de huracanado a brisa fresca. Sigue siendo vigorizantemente frío, pero, por lo menos para Salvación, bastante tranquilo.

—¿Te importa que te acompañe?

Cleo me pasa una sartén mientras habla. Parecía apagada en la cena, empujando la comida por el plato como si pensara en algo. Ya somos dos.

—En absoluto —digo, sorprendido de que quiera aventurarse. Al otro lado de las ventanas la oscuridad es total.

Asiente.

—Para bajar la cena.

—No parecías tener mucha hambre.

Me sostiene un instante la mirada, como si se dispusiera a decir algo, luego cambia de parecer y se encoge de hombros.

—Voy a por el jersey.

—¡Qué frío!

Cleo está dando saltitos en la orilla, descalza, con los pantalones enrollados alrededor de los tobillos. Lleva media hora recogiendo conchas y reuniéndolas en el dobladillo plegado de su holgado jersey. Parece una quinceañera con el pelo ondeando alrededor de su cara mientras grita y corre hacia mí, escapando de la espuma helada.

—Ven —dice, riendo y haciéndome señas.

La luna se posa en su rostro, cubriéndole los pómulos de plata, bailando en sus ojos. Incapaz de contenerme, la enfoco con la cámara. Instintivamente sé que va a ser una de las fotografías más impresionantes que haya hecho en Salvación.

—No puedo arriesgarme a que se moje —digo alzando la cámara que llevo colgada al cuello como excusa.

—Pues déjala en la arena —propone al tiempo que señala con el brazo la arena seca junto a la cabaña—. Aquí solo estamos nosotros, no le pasará nada.

Sé que tiene razón. En realidad no estaba preocupado por la cámara.

—¡Pillarás una hipotermia si sigues ahí mucho más tiempo! —grito.

—¡Qué va! —dice saltando desenfadadamente de un pie a otro.

No se percata de la ola especialmente vigorosa que se acerca por detrás hasta que le golpea las pantorrillas, porque me está mirando a mí en lugar del agua. Pega un grito de sorpresa con los ojos muy abiertos cuando pierde el equilibrio y se precipita hacia atrás. No llego a tiempo y Cleo cae de culo en el agua helada, aullando como si le hubieran disparado, cuando una segunda ola le pasa por encima de la cabeza.

Está gateando, maldiciendo, tosiendo agua, y suelto la cámara para agarrarla de las manos y levantarla.

—Estás empapada —digo. En realidad me quedo corto. Tiene la ropa pegada al cuerpo y mechones de pelo chorreantes enmarcan su cara pálida como la cera.

—Tengo mucho frío, Mack —dice castañeteando los dientes y aferrándose a mis manos.

—Hay que ir adentro enseguida.

La cojo en brazos, instintivamente, como haría con mis hijos. Se resiste durante una milésima de segundo, aunque sin excesivo entusiasmo porque ha pasado de estar divirtiéndose a encontrarse al borde de las lágrimas.

—He perdido las conchas —dice con un hilo de voz.

—Lo sé. —Avanzo por la arena hacia Otter Lodge, agarro la cámara y se la pongo en el regazo.

—Estás calentito —dice, y se acurruca contra mí como un animal necesitado de cobijo.

—Tú no. —Subo de dos en dos los escalones del porche y la deposito en el interior de la cabaña antes de quitarme el abrigo. No me gusta su aspecto, está blanca como un fantasma—. Siéntate junto al fuego mientras te preparo la bañera, tienes que entrar en calor.

Asiente, tiritando.

—Vale.

Echo espuma de baño bajo el chorro de agua y dejo que la bañera se llene mientras cojo dos toallas limpias de la repisa. Cuando regreso a la sala, Cleo sigue junto al fuego y hace muecas de dolor al intentar doblar sus dedos colorados y rígidos.

—Me siento como una idiota —dice.

—Qué pena que no levantara la cámara a tiempo —digo para intentar arrancarle una sonrisa.

—Me duelen mucho los dedos.

—Se calentarán en la bañera —digo—. Ve, ya está lista.

Lleva dos minutos en el cuarto de baño cuando caigo en la cuenta de algo.

—Cleo —digo llamando a la puerta con los nudillos—, ¿puedes desvestirte?

No responde de inmediato.

Ha conseguido quitarse el jersey mojado y arrojarlo al otro lado de la puerta.

Transcurridos unos segundos, masculla:

—No puedo desabrocharme los botones de los vaqueros. Putos dedos.

—¿Necesitas que te ayude? —digo, tratando de sonar natural.

La puerta se abre. Trago saliva cuando la tengo delante y hago lo posible por mantener la mirada gacha, porque está desnuda de cintura para arriba salvo por un sujetador negro de encaje. ¿Siempre ha sido tan pequeño este cuarto de baño? Tengo la sensación de que las paredes están cerrándose. Mis dedos encuentran el botón superior de los vaqueros y lo desabrochan, luego el siguiente, y el siguiente, hasta llegar al último. Sé que es del todo inapropiado excitarse dadas las circunstancias, pero hay algo innegablemente íntimo en desabotonarle el pantalón a una chica. Me siento como un adolescente al que le cuesta controlarse.

—¿Te ayudo a quitártelos? —pregunto con la respiración entrecortada.

Asiente. Tiene sus ojos clavados en los míos.

Agarrando la cinturilla por ambos lados y tratando de ir deprisa sin resultar brusco, tiro de los vaqueros hacia abajo con toda la eficiencia que puedo y flexiono las rodillas para deslizarlos por los muslos. Tengo que cerrar los ojos porque mi cara está prácticamente a la altura de su ropa interior.

—Mack, creo que ya puedo sola —dice mientras retrocede para sentarse en la tapa del retrete y empuja los vaqueros por las pantorrillas.

Cuánta piel blanca, cuánta curva.

—Genial. —Reculo hacia la puerta—. Si necesitas algo, grita.

Salgo disparado al porche para aspirar una bocanada de aire frío.

—¿Mejor?

Cleo ha salido hace unos minutos del cuarto de baño con el pelo mojado, se ha servido una copa de vino de la botella que descansaba en la mesita de centro y se ha acurrucado en el otro extremo del sofá.

—Ha sido humillante —dice mientras se frota el pelo—. No puedo creer lo que hice.

—Fue una caída bastante espectacular —afirmo, e intento contener la risa—. No eres una sirena, eso está claro.

—Clarísimo.

—Hice buenas fotos ahí fuera antes de que te diera por hacer piruetas —digo.

Les eché una ojeada cuando Cleo estaba en el baño, algunas son serias aspirantes a la exposición. La resguardada bahía adquiere un aura de «último reducto de la tierra» todavía mayor por la noche, y no estaba seguro de que pudiera captarla. La luna de esta noche ha sido un auténtico regalo, mejor la luz natural que lo que podría conseguir el flash de cualquier cámara. Suave, vintage, atemporal. Presiento que serán algunas de las imágenes de las que estaré más orgulloso de mi tiempo aquí. Son las primeras fotos que le hago a Cleo. Posee un carisma discreto del que no es en absoluto consciente, una forma luminosa de mirar al objetivo que casi parece un desafío.

—¿Me dejarás verlas? —pregunta recogiéndose las piernas bajo los muslos.

—Puede —digo. No suelo enseñarle mi trabajo a la gente hasta que está listo.

—Si no quieres, no pasa nada —dice, al darse cuenta de mi reticencia—. A mí me ocurre lo mismo con mis cosas.

Me inclino y echo otro leño al fuego.

—¿Para qué es el vestido?

Con su copa de vino en las manos mira el vestido blanco que pende de la estantería.

—Es el vestido de mi treinta cumpleaños. Hace siglos que lo tengo, pero nunca me lo he puesto —explica sin apartar la mirada de él—. Nunca he encontrado el momento adecuado. Cuando me enteré de que iba a venir aquí para estar completamente sola —se interrumpe y me mira de forma intencionada— me pareció el vestido perfecto para casarme conmigo misma.

—¿Casarte contigo misma?

—Así lo llama mi jefa —dice—. No será una boda de verdad, obviamente, sino un acto simbólico, una aceptación de mí misma como un ser completo y no alguien que está esperando que aparezca su media naranja. —Bebe un trago de vino—. Sé que suena un poco hippie.

—¿Tienes anillo?

—Joder, no. Ojalá se me hubiese ocurrido. Podría haberme comprado un anillo y cargárselo a la empresa. —Sonríe, arrepentida, pero puedo ver que esto significa mucho para ella a un nivel complejo.

—¿Sabes qué, Cleo? No necesitas un anillo ni ningún otro símbolo de compromiso. El matrimonio se lleva aquí dentro. —Me toco el pecho.

—¿Quién es el hippie ahora? —pregunta.

Pongo los ojos en blanco.

—Siento lo que dije la otra noche —añade—. Lo de no aceptar el final de tu matrimonio.

Sus palabras me enfadaron en aquel momento, pero la revelación de Susie me ha hecho darme cuenta de que Cleo tenía razón.

—No tienes nada de que disculparte. Soy consciente de que debo de parecerte patético, como si intentara aferrarme a algo que ya no es mío. —Suspiro, desalentado—. Sobre todo ahora.

Frunce el entrecejo.

—¿Por qué sobre todo ahora?

Me resisto a pronunciar las palabras en alto.

—Hablé con Susie. Está… Está saliendo con alguien. Su jefe. Desde hace cinco meses.

Cleo me mira con ojos como platos.

—Lo sé, ¿vale?

—Su jefe. —Asiente despacio con la mirada llena de compasión—. Qué poco imaginativo.

—Un cliché donde los haya. Supongo que tendría que habérmelo imaginado —digo, contemplando el fuego—. Siempre era exageradamente simpático con ella. El tío la llama «Susie Sausage».

Cleo pone los ojos en blanco.

—Esa relación tiene los días contados —asegura—. Según una encuesta, los apodos cursis son la primera causa de separación. Y sé que es verdad porque yo redacté esa encuesta.

—Y lleva gemelos de personajes de dibujos animados —digo.

—Borra lo de poco imaginativo y cámbialo por peñazo —sugiere.

—Mantengamos los dos y añadamos…

—¿Comemierda? —propone.

Eso me hacer reír.

—¿Comemierda? Qué fino suena, Cleo.

Ella también se ríe.

—Pues anda que cuando lo dices tú.

—O sea que es un peñazo comemierda poco imaginativo —declaro—. Me aseguraré de decírselo la próxima vez que lo vea. —A decir verdad, prefiero no tener que ver a ese tío nunca más.

Me vuelvo hacia ella.

—Nunca he conocido a nadie como tú, Cleo. Tienes un don para hacer que las cosas parezcan menos terribles. —Suspiro—. Te echaré de menos cuando me vaya.

Sus ojos castaños me miran ahora muy serios.

—¿Te vas?

En cuanto escuché la voz de Leo supe que tenía que estar allí cuando regresaran del lago.

—Dentro de ocho días. He reservado un vuelo esta tarde. Una cosa es que mis hijos tengan que aceptar que ya no viva con ellos y otra cosa es… lo de ese Robert… Necesito estar allí para ellos, que vean que todo va bien, que sigo siendo su padre aunque haya otro hombre en sus vidas.

Cleo me sostiene la mirada.

—Sí. Yo también creo que deberías estar allí —dice.

Me sorprendo. No esperaba que dijera eso.

—Yo no tuve a mi padre conmigo cuando era niña —prosigue—. ¡Y son tantas las veces a lo largo de los años que he deseado que estuviera a mi lado para poder hablar con él! —Los ojos se le llenan de lágrimas—. Se ha convertido a mis ojos en una especie de superhéroe ausente.

—Qué difícil.

—Pero tú no tienes por qué estar ausente, Mack. Tú puedes ser su superhéroe.

Dios mío, qué mujer. Trago saliva.

—Las palabras son tu superpoder, Cleo. No me sorprende que seas escritora.

Deja la copa en la mesa y se frota la cara con las manos, gesto que a estas alturas sé que significa que se está preparando para decir algo.

—¿Sabes qué? Tienes razón, las palabras son lo mío, pero ahora mismo las palabras adecuadas me están abandonando justo cuando más las necesito.

No sé muy bien a qué se refiere.

—¿Te estás peleando con tu columna?

—No, no es eso. —Dirige la vista al techo unos segundos, como si esperara encontrar las palabras que busca impresas en las vigas de madera—. Vale. Se trata… de ti. Y de mí —dice, y se vuelve para mirarme—. Necesito decir algo y me gustaría que me dejaras llegar hasta el final sin interrupciones.

Intuyo, por la expresión de sus ojos, que sea lo que sea, va a ser más difícil de escuchar de lo que imaginaba, pero asiento de todas formas.

—Sé que acordamos no volver a mencionar lo del beso, pero he estado pensando en ello. Mucho, de hecho. Y si restamos de la ecuación todas las razones por las que no deberíamos habernos besado y pensamos en el beso en sí, fue, al menos para mí, un beso como el calor de mil soles. Si tuviera una lista de todos los besos de mi vida, el nuestro ocuparía el primer lugar con luces de neón. —Imita con las manos el parpadeo de unas luces de neón—. Sé que fuera de aquí ambos tenemos vidas complejas y ocupadas, Mack, y no me engaño pensando que no regresaremos a ellas. Soy plenamente consciente de que no volveremos a vernos una vez que nos vayamos de Salvación, pero ahora estamos aquí, y tengo la madurez suficiente para mirarte a los ojos y decirte que te deseo. No para siempre. Sé que no eres el amor de mi vida, y tampoco te estoy pidiendo que lo seas. No necesito que me quieras, Mack. Pero te deseo. Durante una hermosa semana de fuego que arde y muere. —Hace una pausa para coger aire—. Vine aquí para estar sola. Pero ahora, lo que creo que necesito, lo que sé que necesito, es un romance de vacaciones sin restricciones. Sin sentimiento de culpa por tu parte. Sin expectativas por la mía.

Deja de hablar y clava esos ojos castaños y brillantes en mí. Puedo ver que está nerviosa, y sé lo mucho que debe de haberle costado poner sus sentimientos sobre la mesa. Joder, qué valiente. Pero sigo sin decir nada porque yo no soy como ella. No tengo las palabras justas. Los segundos de silencio se alargan hasta un minuto. Dejo la copa en la mesa y me levantó.

—Necesito que me dé el aire —digo.

Me encamino a la puerta y la dejo ahí sentada, sola.

Cleo
19 de octubre

Isla Salvación
DOSCIENTAS HORAS

Nunca me he sentido tan estúpida. Me iría, pero no tengo adónde. ¿Un romance de vacaciones sin restricciones? ¿En qué estaba pensando? Hablaba como si tuviera diecisiete años en lugar de treinta. Quería sonar sofisticada y erré por una década. Mack se va dentro de ocho días. ¿Por qué no he podido dejar que pasara esta semana y nos despidiéramos como amigos? ¿Somos siquiera amigos? Casi lo éramos, creo, antes del beso. Y ahora no sé cómo vamos a sobrevivir los próximos ocho días. Ni siquiera sé cómo vamos a sobrevivir esta noche. Mack lleva fuera cerca de media hora y me pregunto si debería... Oh, mierda, ya vuelve.

Levanto la vista cuando la puerta se abre. Se detiene un segundo en el marco y me mira, y no tengo ni idea de qué está pasando detrás de esos ojos desiguales. Creo que se dispone a decir algo, pero al final no lo hace. Cierra la puerta, se quita la camiseta y se arrodilla. Tardo unos segundos en comprender lo que está haciendo. Está utilizando su camiseta para borrar la raya de tiza.

No muevo un músculo. Se asegura de que no quede ni una mota de tiza, luego se levanta y arroja la camiseta al suelo.

—La raya... —digo, tragando saliva.

—Ya la hemos cruzado —dice—. Ven aquí.

Un estremecimiento quedo me recorre por dentro al oír su voz ronca. Me levanto y rodeo nerviosa el sofá.

—Nunca he tenido un romance de vacaciones —dice cuando me detengo frente a él.

—Yo tampoco —susurro.

—Los americanos no vamos de vacaciones.

—¿Un romance de verano?

—Tampoco he tenido de esos.

Posa su mano en mi mejilla. Le beso el pulgar cuando lo desliza por mi boca.

—No sé cómo estar contigo, Cleo —dice—. Pero quiero estar contigo.

Si alguna vez se me ha presentado la oportunidad de ser audaz, sin duda es esta. Acerco las manos al cinturón de mi albornoz, deshago el lazo y dejo que se abra. Mack sigue mis manos con la mirada antes de levantar los ojos para permitirme ver el efecto que estoy teniendo en él.

—Quítatelo —dice quedamente, a medio camino entre una pregunta y una orden.

¿Sabes eso que hacen en las películas, cuando encogen los hombros y el albornoz cae? Pruebo un leve aleteo y tengo la suerte de que caiga exactamente de esa manera, deslizándose por mi cuerpo y arremolinándose en torno a mis tobillos.

—Lo has bordado —dice con las comisuras de los labios temblando.

—Estoy muy orgullosa —respondo deslizando la mano por su pecho hasta el botón de los vaqueros.

—Me equivoqué cuando te dije que no eras una sirena. —Enrosca un mechón de mi pelo en sus dedos. Su otra mano resbala por mi cuello, entre mis senos, sobre mi estómago—. ¿Quieres dormir esta noche en mi cama?

Como si necesitara preguntarlo.

Lo atraigo lo bastante hacia mí para que nuestros cuerpos se toquen. Su garganta emite un gemido sordo y nuestras cabezas se unen. Se me corta la respiración cuando sus manos bajan por mi columna y envuelven mis nalgas.

—Cleo —dice retirando el rostro lo justo para mirarme con sus preciosos ojos—. ¿Estás segura?

Acaricio los marcados músculos de sus hombros y tomo su cara en mis manos.

—Segurísima, Mack.

—Esta semana es cuanto puedo ofrecerte —dice con ternura.

Tampoco yo puedo ofrecerle más.

—En ese caso, haz que sea memorable —digo.

—Eso sí puedo hacerlo.

Baja la cabeza e introduce mi pezón en el calor de su boca, y con un gemido sumerjo los dedos en su pelo porque siento que está haciendo auténtica magia con su lengua.

La colcha de pelo de la cama me acaricia la espalda cuando me tiende sobre ella, sus ojos ardiendo en los míos, y el superficial vaivén de su pecho me indica que esto también es muy fuerte para él. Durante unos instantes se torna salvaje, sus labios me buscan hambrientos. Sabe a sal de mar y a vino tinto y a deseo contenido, su lengua en mi boca, sus manos por todo mi cuerpo. Se me hace un nudo en la garganta porque ansío tanto el peso de su cuerpo contra el mío que duele.

—He intentado no pensar en esto. —Se quita el resto de la ropa y se tumba desnudo a mi lado—. He intentado no imaginar qué pasaría entre nosotros.

—Yo no he pensado en otra cosa desde que nos besamos —confieso. Gira sobre su costado y yo hago otro tanto para encontrarme con él. Cuando nuestros abdómenes se juntan, el impacto de intimidad nos hace gemir a los dos.

—Solo desde que nos besamos, ¿eh? —dice—. Yo incluso antes de eso.

Me coge las manos y las coloca por encima de mi cabeza, contra la almohada, y su mirada parece desencajada cuando desliza su rodilla entre las mías.

—Cleo. —La ronquedad de su voz lo dice todo.

Enrosco los dedos dentro de las palmas de sus manos, por encima de mi cabeza, y siento su boca contra la mía cuando avanza sobre mí y se acomoda entre mis piernas.

Sus labios entreabiertos me rozan la frente, la mejilla, la mandíbula. Me mira a los ojos cuando baja la cadera, lenta y profunda, mordiéndose el labio como si le doliera. Dibujo el momento en el cuaderno mental de mis recuerdos más preciados.

—Eres preciosa —murmura moviéndose contra mí, dentro de mí.

Arrastra la boca por mi cuello, la aspereza de su mandíbula, sus manos aferrándose a las mías, el arco de mi cuerpo, el embate continuo de sus caderas. Estoy empapada de él, tan caliente por dentro que creo que podría explotar. Y entonces exploto, y la intensidad me hace llorar. Lágrimas inesperadas corren por mis mejillas. Mack me besa las lágrimas, apretando mis manos con tanta fuerza que casi duele cuando suelta el control y se deja ir con mis piernas abrazadas a su cuerpo. Es poderoso. No estamos haciendo el amor porque no nos amamos, pero tampoco es solo sexo. Es otro nivel de intimidad, puro fuego, una emoción nueva para la que todavía no tengo palabras.

—Joder, Cleo —resopla con el corazón latiendo contra el mío.

Una risa incontrolable me sacude por dentro.

—Por un momento pensé que iba a morir —digo.

Descansa su frente en la mía, recuperando el aliento, besándome despacio.

—Me alegro de que no te hayas muerto.

—Por lo menos habrían enviado el maldito barco —murmuro, haciéndole reír.

Dejo que mis manos memoricen los ángulos y curvas de sus hombros, las hendiduras de su columna. Cierro los ojos. Algunos besos tienen un final. Este no. Sigue y sigue, es nuestra nueva forma de comunicarnos. Mi lengua se desliza por la suya, sus manos se mueven en mi pelo, rodamos sobre el costado. Él susurra mi nombre como un conjuro, me muevo para acomodarme en sus brazos, y seguimos besándonos. Tira de la manta y cubre con ella nuestros cuerpos, mis piernas enredadas en las suyas, y seguimos besándonos.

Para una mujer que se comunica con el mundo a través de las palabras, este es un lenguaje totalmente nuevo.

Estoy más dormida que despierta cuando Mack habla, su aliento caliente en mi coronilla.

—Uno, vine aquí con el miedo de que Susie pasara de mí y ahora mismo me da más miedo ser yo quien pase de ella.

Noto su agitación en la elevación y la caída de su pecho.

—Dos, me bebí mi primera cerveza a los diez años. La robé de la nevera de mi padre después de pillarlo montándoselo con su ayudante en la clínica dental. Ahí mismo, en el sillón de los pacientes. Él no me vio. Ella sí, pero creo que nunca se lo dijo. Y tres... —Desliza suavemente su mano por mi brazo, desde el hombro hasta el codo—. No me arrepiento.

Cubro su mano con la mía.

—Se suponía que era yo la que tenía un don con las palabras —susurro apretando mis labios contra su pecho—. Uno, me preocupa volver a Londres. Yo ni siquiera quería venir aquí, pero ahora marcharme me asusta más que quedarme. Vine por una cosa y se ha convertido en otra, y estoy intentando entender qué significa eso para mí.

Así ocurre a veces, ¿no? La vida son las cosas que suceden entre las grietas de tus planes y expectativas. Busco algo que lanzar como número dos.

—Dos, no me dio rabia el final de *Perdidos*, aunque me habría gustado que Kate y Sawyer acabaran juntos. —Como siempre, me tiraban los chicos malos—. Y sigo sin entender de dónde salieron esos osos polares.

Mack ríe. Fuera, el viento aúlla y zarandea las ventanas de la cabaña, pero aquí, en la cama, se está increíblemente a gusto.

—Tres —digo—, yo tampoco me arrepiento.

La aurora incipiente dibuja unas sombras grises en las facciones de Mack mientras yazgo despierta, observándolo. Desprende una paz inusual en él, por lo menos en mi presencia. ¿Parece así de tranquilo cada noche cuando duerme? ¿O nuestra noche juntos ha liberado una tensión en él, como en mí? Fiel a mi palabra, no me arrepiento de lo que ha sucedido entre nosotros. Espero que él sienta lo mismo cuando se despierte, que el pudor no disminuya la pasión abrasadora de anoche. Lo que sucedió entre nosotros fue inevitable y auténtico, y luego, en las horas que siguieron, nos envolvió una calma honda y profunda.

Sabía que era arriesgado pedirle que pasara conmigo esta semana. No tenía un plan B, un lugar al que ir si Mack me rechazaba. Y soy consciente de que seguramente la decisión era más difícil para él que para mí. Mi vida amorosa ha sido una sucesión de altibajos. Mack ha pasado más de una década siendo el marido de alguien, abrazando a la misma mujer cada noche. Estamos en polos opuestos, pero esta isla, esta cabaña, tienen un aire a cuento de hadas en el fin del mundo difícil de explicar. Es como si anoche una burbuja hubiera entrado por la chimenea y nos hubiera succionado. Espero que se quede estos ocho días, como una telaraña iridiscente suspendida en el aire, protegiéndonos hasta que sople un viento fuerte del norte y la empuje hacia el mar, llevándose consigo a Mack, dejándome a mí atrás. Ocho días y siete noches. ¿Cuántas horas juntos es eso? Me aprieto contra su calor y su brazo se acomoda alrededor de mis hombros, sus dedos extendidos sobre mi pelo. Cierro los ojos al tiempo que descanso mi rostro en su pecho.

—Doscientas horas —susurro. Ya puedo escuchar el reloj marcando los segundos.

Mack
20 de octubre

Isla Salvación
PARA NO AHOGARSE HAY QUE NADAR

—¿Qué haces aquí fuera?

Es mediodía y Cleo lleva un buen rato sentada en los escalones del porche mientras el viento le agita el pelo alrededor del rostro. Quiero decirle que me recuerda a una diosa etérea del mar, pero no lo hago porque incluso a mí me suena a cliché.

—Pensar —dice, a millones de kilómetros de aquí.

—Mi reino por tus pensamientos —propongo sentándome a su lado. Joder, qué frío hace aquí fuera sin jersey.

—Me preguntaba si no deberíamos cambiar las normas. —Sonríe y choca su hombro con el mío.

—O podríamos no tener normas —digo.

—Me molaba la raya de tiza —dice.

—Vale. ¿Qué te parece no seguirnos mutuamente en las redes sociales?

—¿Después?

Asiento. Quería decir nunca, pero sobre todo después.

Vuelve la cabeza para mirarme en silencio unos segundos.

—¿Sigues sin arrepentirte?

No le reprocho que quiera una reconfirmación. Esta mañana la dejé durmiendo porque necesitaba dar un paseo y despejar la cabeza.

—Es muy difícil arrepentirse de algo que me hizo sentir tan bien —digo.

Esboza una sonrisa torcida.

—Fue bastante alucinante, sí.

Echo su manta también sobre mis hombros y nos apretamos el uno contra el otro.

—Lo que voy a decir probablemente suene diferente de la idea que quiero dar —digo, pero no me censuro porque seguramente será peor si lo hago—. Necesitaba lo de anoche. Necesitaba estar con alguien que no fuera Susie.

—¿Y yo estaba simplemente a mano? —pregunta impasible.

—No, no. No es en absoluto que estuvieras simplemente a mano —respondo—, sino que eras tú. Mi mente estaba atrapada en un lugar donde no podía imaginarme deseando así a otra mujer. —Me asalta una imagen de mí mismo la mañana de mi boda; los nervios amenazando con hacerme vomitar el desayuno, mi madre arreglándome la corbata—. Mi matrimonio. Hice un juramento, prometí amar siempre a la misma persona. Para mí era importante, y no es fácil soltar todo eso, ¿sabes?

Claro que no lo sabe. ¿Cómo va a saberlo? Pero confío en que al menos comprenda que mi vida es complicada. Aunque, la verdad, aquí y ahora no me lo parece en absoluto. Cleo expuso claramente sus expectativas: compartamos todo lo que somos durante ocho días y no volvamos a vernos. Más claro imposible.

—¿Estás seguro de que quieres soltarlo?

—¿Si estoy seguro? —Meneo la cabeza, negándome a mentirle ni siquiera un poco—. Llevo mucho tiempo definiéndome a mí mismo por mi posición de marido y padre; supongo que estoy intentando averiguar cómo ser una cosa sin ser la otra. He vivido el último año como un hombre a la deriva, aferrándome a un bote salvavidas con la esperanza de que me subieran de nuevo a bordo pese a ver cómo las luces del barco se alejaban lentamente, y... y sé que es una analogía cutre, pero venir a Salvación era la única manera que se me ocurría de no ahogarme. ¿Tiene sentido lo que digo?

—Sí —responde—. Más de lo que crees. Yo también me estaba ahogando en Londres, en relaciones superficiales y sueños frustrados. Venir aquí era como un reseteo para mí.

—Un reseteo, ¿eh? —Me gusta esa manera de verlo. Hay algo más que necesito decir—. Quiero que sepas que no me acosté contigo para devolvérsela a Susie, por lo de Robert, me refiero.

—¿No?

Niego con la cabeza.

—Para no ahogarse hay que nadar. Supongo que podría decirse que tú eres la prueba de que debo seguir moviendo los pies.

Cleo guarda silencio mientras asimila mi torpe intento de explicar qué pasa en mi cabeza y en mi corazón. Que esta semana ella es lo que está pasando en mi cabeza y en mi corazón. Mi reseteo.

—Soy una excelente nadadora —dice apoyando la cabeza en mi hombro—. Yo te sostengo.

Estoy acostumbrado a necesitar ser el fuerte en la vida, por los chicos, por mi madre, por Susie. Es un alivio extraordinario que alguien te diga «yo te sostengo». Se me forma un nudo en la garganta, así que guardamos silencio mientras contemplamos los delfines al fondo de la bahía.

Cleo
21 de octubre

Isla Salvación
EN STARBUCKS NO LO SIRVEN ASÍ

En los últimos años he asistido a un número desproporcionado de bodas —un buen puñado cada verano desde que cumplí los veinticinco—, por lo que cabría esperar que supiera por dónde empezar con los votos para la mía. Y seguramente lo sabría si se tratara de una ceremonia normal, pero es complicado saber qué decir cuando no hay otra persona a quien decírselo. Los típicos «en la salud y en la enfermedad» y «en la riqueza y en la pobreza» no tienen sentido aquí. ¿Realmente necesito votos? Puede que no, pero me gusta la idea de hacerme algunas promesas. He escrito una lista que iré reduciendo. Algunas se inclinan decididamente hacia el lado frívolo de la balanza: prometo no ver más de tres episodios seguidos de «¡Sí, quiero ese vestido!» mientras como helado directamente de la tarrina y grito «¡Parece un visillo!» a la pantalla. Otras son medianamente serias: prometo no obligarme a terminar libros que no me hayan atrapado antes de la página cincuenta y nueve. No me preguntes por qué la cincuenta y nueve, simplemente me parece un margen suficiente para saberlo. Y luego están las promesas grandes, las de primera línea, las más significativas y seguramente las más difíciles de cumplir. Por ejemplo, esta: prometo replantearme mi vida laboral y tomarme en serio la idea de irme de Londres. Me concedo hasta Navidad para dar el paso. Es lo que debo hacer. Lo sé porque el mero hecho de escribir la intención me hizo sentir como si alguien me hubiera dado un estupendo masaje, esa dulce sensación de alivio cuando los nudos se deshacen y al fin puedes aflojar la mandíbula.

—¿Café?

Posando una mano cálida en mi hombro, Mack deja una taza en la mesa, al lado de mi portátil. Cierro los ojos, me inclino sobre su torso y suspiro cuando me aparta el pelo para deslizar poco a poco los labios por mi nuca. Es sorprendente, sensual, íntimo, un preludio. Sus dedos envuelven mis brazos y echo la cabeza hacia delante, alucinando con la facilidad con que puede robarme el aliento. Ríe bajito en mi oído, reteniéndome contra la silla, sabiendo perfectamente lo que me está haciendo cuando mi camisa me resbala por el hombro y él sigue la tela con el roce de los dientes. Me toca el pecho al subir la mano para sostenerme la mandíbula y girarme el rostro. Nos besamos, boquiabiertos y jadeantes, luego se aparta y sonríe.

—Sigue trabajando —dice.

—Me has desconcentrado —protesto.

—Solo te he traído café. —Se encoge de hombros.

—En Starbucks no lo sirven así.

—Más les vale.

Giro los hombros hacia atrás.

—¿Alguna vez has salido a recoger frutos?

Si mi repentino cambio de tema le sorprende, no lo dice.

—Como mucho moras con mis hijos. ¿En qué estás pensando?

—Tengo una lista de cosas que hacer mientras estoy aquí —digo—. Salir a recoger frutos es una de ellas.

—¿Qué más?

Abro la lista en mi pantalla.

—Hacer un fuego en la playa. Escribir un poema.

—Pasar veinticuatro horas desnuda —lee por encima de mi hombro enarcando las cejas.

—Eso era cuando pensaba que iba a estar sola —me apresuro a aclarar.

Sonríe.

—Me encanta la idea.

—¿Crees que hay algo que recoger en la isla?

Frunce el entrecejo.

—¿Prefieres recoger frutos a desnudarte?

—Creo que es mejor no hacer las dos cosas al mismo tiempo —digo—. Por los pinchos.

Hace una mueca.

—Acabas de cargarte la imagen.

Cojo la taza mientras Mack sigue ojeando la lista.

—Creo que puedes tachar lo de nadar en el mar después de tu chapuzón de la otra noche.

Me entra un escalofrío al recordarlo.

—Creo que no he visto muchas cosas comestibles ahí fuera, llueve demasiado —dice—. ¿Algas quizá?

Pienso en las hebras densas y oleaginosas que se enroscaron en mi cuerpo cuando me caí al agua y niego con la cabeza.

—Puede que me haya pasado de optimista.

—Nunca dejes de hacerlo —dice con dulzura—. Es una habilidad que yo perdí hace mucho tiempo.

A veces me deja ver el enorme agujero en su felicidad; es como si alguien le disparara una bala de cañón en el pecho. Quiero acurrucarme en ese espacio y hacerle sentir pleno de nuevo. No es un acto altruista, estoy tomando tanto como doy. Cuando Mack borró esa raya de tiza, puede que un poco de mi resiliencia calara en él, un poco de su valentía en mí. Una ósmosis mutuamente beneficiosa. Eso espero, en cualquier caso.

Hice un fuego. Otra cosa que tachar de mi lista. Bueno, estrictamente hablando, hice un fuego siguiendo las instrucciones de Mack, pero en cualquier caso hay luz y llamas de verdad gracias a las ramas que yo misma he recogido y me siento plena y en armonía con la naturaleza.

Mack está sentado a mi lado en la arena. Un tapete de pícnic a cuadros nos protege el trasero de la humedad y tenemos mantas calentitas sobre los hombros. Hace una noche límpida, de esas en las que puedes verte el aliento, con un cielo cubierto de estrellas y una medialuna baja sobre un océano ondulante. Parece que esté vivo, y yo me siento más viva por estar aquí. Espero no olvidar nunca la belleza de esta noche. Como siempre, Mack lleva la cámara colgada del cuello, forma parte de él tanto como sus brazos.

—¿Cómo va el plan de la ceremonia? —me pregunta dirigiendo su mirada seria hacia mí.

Me gusta que no se burle de mi proyecto de autoemparejamiento. Espero no pelearme nunca conmigo misma, porque separarme conscientemente a lo Gwyneth y Chris no es una opción.

Asiento.

—Avanzando, creo. He anotado algunas cosas, pero seguramente acabaré improvisando. No habrá nadie escuchándome.

—¿Insinúas que no estoy invitado? —pregunta con una media sonrisa—. Pensaba lucir mi mejor camisa.

Pongo los ojos en blanco.

—Desde luego que no estás invitado —digo.

—Podría oficiar la ceremonia.

—¿Eres capaz de hacer una imitación decente de Elvis?

Se aclara la garganta y entona un par de frases de «Are You Lonesome Tonight?» con una voz ronca alarmantemente sexy y luego su rostro se ilumina con una sonrisa.

—Para, voy a desmayarme —digo riendo, y me recuesto en él—. Sigues sin estar invitado.

—Vale —dice—. Pero al banquete sí, ¿no?

—¿Banquete?

—Pues claro. —Pone los ojos en blanco como un adolescente—. Con DJ, tarta, discursos…, el lote completo.

—Idiota —digo, abrazándome las rodillas.

—Por lo menos deja que sea tu fotógrafo oficial.

Lo medito.

—Si acepto, ¿podemos pasar del banquete?

—Si insistes.

—Entonces, trato hecho.

—Utilizaré un teleobjetivo para no molestarte. Ni siquiera me verás.

—Paparazzi —digo, sabedora de que a Ali le entusiasmará la idea de contar con fotos profesionales.

Se abraza también las rodillas y descansa la barbilla en los brazos.

—Mi padre no vino a mi boda —dice—. Estaba dando una charla en una conferencia de odontólogos.

—Tu padre no me gusta mucho.

—No lo pone fácil.

—En cambio su hijo es la bomba —añado, golpeando mi hombro con el suyo.

—Me crio mi madre —dice—. Ella sí que es la bomba.

Conozco bien ese sentimiento.

—Mi madre hizo todos los disfraces para el pesebre de mi clase cuando yo tenía cinco años. María, José, Reyes Magos, pastores, incluso el asno. Estuvo cosiendo durante semanas.

—Tu madre también es la bomba —dice—. ¿Qué papel te tocó?

Suspiro.

—El de mesonera. Mi madre es una gran costurera, pero yo soy una actriz pésima.

—Puede, pero apuesto a que eres una escritora increíble.

Mack tiene una manera de saltar del humor a la seriedad que me corta la respiración cada vez. Dejo de reír y trago saliva mientras observo la luz del fuego en su rostro y lo grabo en mi memoria para que nunca se apague.

—Recuérdame una cosa, ¿estaba «Sexo apasionado en la playa» en tu lista? —me pregunta deslizando la mano por debajo de mi jersey.

—No —digo mientras saco torpemente los brazos de las mangas bajo la manta—. Pero ahora sí.

Poco después de la una de la madrugada, Mack posa los labios en mi frente. La cama ha alcanzado ese nivel de comodidad óptimo, ya sabes, cuando las sábanas se encuentran a la misma temperatura que el cuerpo y es imposible estar más a gusto. Hechos un ovillo, mi pierna sobre su muslo, su mano sobre mi cadera, la neblina del sueño comienza a envolvernos. No parece que hayamos estado tan unidos únicamente tres días. O tres semanas o incluso tres meses. Parece que hayamos estado así de unidos toda la vida, como si lo supiéramos todo el uno del otro. ¿Cómo puede ser? Hemos pasado semanas en esta cabaña sin tocarnos, aunque puede que ya entonces estuviéramos tocándonos de otra manera, con secretos compartidos en la oscuridad y miradas compartidas desde la otra punta de la estancia. Mack y yo hemos conectado de una manera nueva para mí, una manera que, la verdad, no sé cómo manejar.

—Uno, mi primer coche fue un Chevy Camaro de segunda mano, una maravilla plateada con asientos de piel sintética —dice—. Donde, no casualmente, perdí la virginidad. Un pacto con Alison Green, los dos teníamos dieciséis años y queríamos quitárnosla de encima. En ese coche me hice un hombre.

—Los chicos y sus coches —murmuro.

—Dos —continúa—, he visto a Springsteen siete veces. Nunca envejece. Mi madre es su mayor fan, cada noche me mecía con «Thunder Road» para que me durmiera.

—¿Se puede ser más americano?

—Y tres —suspira—, sigo sin arrepentirme.

Algo en la ronquedad de su voz avanzada la noche me provoca un estremecimiento en todo el cuerpo. Estamos demasiado cansados y demasiado adormilados para volver a acostarnos esta noche, pero disfruto de nuestra cercanía, del roce de sus dedos en mi piel. El sexo siempre ha sido un acto que comienza con un beso y termina con una carrera al cuarto de baño, un cigarrillo o un hombro girado. Pero con Mack es interminable, un fuego que se reduce a rescoldos pero nunca se apaga.

—Para tu información —digo—, yo no tengo intención de arrepentirme nunca.

Me envuelve con sus brazos y me aspira profundamente.

—¿Es el número uno? —Me hace rodar sobre él bajo las sábanas.

—Esta noche es el uno, el dos y el tres —digo.

Y, de repente, de los rescoldos pasamos a un fuego capaz de incendiar la cabaña.

Mack
22 de octubre

Isla Salvación
TEMPORALMENTE PERFECTO

—Está abierto —digo, mirando las ventanas iluminadas del pub situado más adelante en la calle principal.

Cleo y yo hemos aprovechado que no llovía para dar un paseo por la isla, un intento de recolecta de frutos fallido por su parte, una tarde fotográfica espectacular por la mía. Me descubrí dirigiendo el objetivo hacia ella a menudo; Cleo ilumina mi visor como los fuegos artificiales del Cuatro de Julio. Todavía no sé si, una vez en Boston, contemplaré sus fotos con cariño o si lo sentiré como un libro que no debo abrir, un capítulo cerrado que solo nosotros sabremos que se escribió. Sería una pena, creativamente hablando: las fotos que le he hecho están entre las mejores. Se vuelve hacia mí dando palmadas con sus manos enguantadas para calentarlas.

—Menos mal —dice—. Estoy muerta de hambre.

Hemos realizado nuestro lento recorrido por la isla con la intención de cenar en el pub, pero al abrir la puerta pienso que tal vez hayamos pecado de optimistas. Está tan lleno que parece Fin de Año.

—No cabe un alfiler —murmura Cleo escurriéndose detrás de mí y cerrando la puerta mientras se quita el gorro rojo.

—Cleo. —La chica de detrás de la barra levanta la mano para saludarnos con un paño a cuadros colgado del hombro—. ¿Habéis venido por el concurso?

Me vuelvo hacia Cleo y cruzamos una mirada de «¿cómo nos libramos de esta?».

—¡Cleo, Mack, estamos salvados! —aúlla alguien. Delta agita los brazos como si estuviera dirigiendo un aterrizaje desde su asiento—. Apuntaos a nuestro equipo, por favor, así tendremos una oportunidad de ganar. Ailsa y Julia no pueden venir.

Raff levanta los pulgares y una generosa copa de vino tinto y una pinta de Guinness pasan de mano en mano en nuestra dirección aunque no hemos pedido nada.

—Parece que nos va a tocar concursar —susurra Cleo bajándose la cremallera del abrigo—. Ya podemos olvidarnos de la cena.

—Creo que voy a morir de inanición —le digo al oído.

—Yo ya estoy hambrienta —dice.

—¿Tienes hambre de todo? —susurro.

—Sí —dice, riéndose, antes de abrirse paso entre las mesas con la copa en alto.

La sigo, mientras los lugareños que he conocido y fotografiado en mis exploraciones diarias por la isla me saludan como a un viejo amigo, y me embarga un sentimiento de camaradería. Casi todo el mundo se ha mostrado hospitalario conmigo, puede que en parte por mi conexión familiar con el lugar, pero también porque están orgullosos, y con razón, de su tierra y quieren contribuir a la exposición, asegurarse de que la rica historia de la isla y de su familia sea debidamente documentada. Me han hecho el regalo de un tiempo sin prisas, compartiendo conmigo historias y folclore que darán vida a mis imágenes cuando las muestre a gente que se encuentra a miles de kilómetros de aquí. Me iré de la isla con una mayor conciencia de quién soy y de dónde vengo. Siempre he tenido un profundo sentido de la familia gracias a mi madre y a mi abuela, pero pasar tiempo aquí ha impregnado las historias de mi infancia del sabor salobre del mar y del tacto áspero de la piedra local bajo mis manos. Algún día traeré aquí a mis hijos, y a mis nietos si tengo la fortuna de ser abuelo. Sentirme parte de un lugar como este ha conectado mi alma con la tierra.

Delta se apretuja en el banco para hacerle sitio a Cleo, y Raff aparece por arte de magia con una silla para mí que coloca a su lado. Mis piernas forcejean con las de Cleo por el espacio debajo de la pequeña mesa. Es puramente práctico, pero se trata de un gesto que nunca harías con alguien con quien no te sintieras próximo. No las aparto, aunque casi siento que debería. Como si estuviera haciendo algo malo. No es que me avergüence; de Cleo seguro que no, en cualquier caso. De mí puede que un poco. Me imagino lo que diría mi madre si estuviera mirando ahora por las ventanas empañadas. No es ninguna mojigata, pero tiene una clara opinión de lo que está bien y lo que está mal; de ahí me viene el sentimiento de vergüenza, supongo. Está claro que no heredé mi brújula ética de mi padre.

—¿Qué canción quieres para el karaoke, Mack? —me pregunta Delta.

Cruzo una mirada rauda con Cleo.

—No esperarás que cante, ¿verdad?

Delta no podría poner más cara de traviesa aunque lo intentara.

—Solo digo que la noche es joven, ¿no?

—Me temo que no sé cantar. —Me río para cambiar de tema. En casa me paso el día cantando, pero principalmente porque considero un deber paternal avergonzar a los chicos.

—Hum, hola, Elvis. —Cleo sonríe—. Lamento disentir.

—¿Qué está pasando aquí? —Inclinándose sobre la mesa, Delta nos observa detenidamente—. ¿Habéis estado de serenata? ¿Cleo, Mack?

—Yo canto una versión impactante de «All Shook Up» —dice Raff—. Me ha sacado de más de una situación peliaguda.

—Y te ha metido en otras tantas —añade Delta, que parece más su tía que su sobrina.

La conversación se desvía del canto. Me rasco la cabeza y bajo la vista para evitar la mirada de Cleo. Empiezo a pensar que ha sido un error venir aquí.

—Espero que no hagan muchas preguntas de deportes —dice Cleo—. Nadar es el único deporte que se me da bien.

—¿Habéis estado en la gruta? —pregunta Raff—. Hace un montón de años que no voy.

Cleo y yo nos volvemos hacia él.

—¿La gruta?

Delta suspira.

—De pequeña me encantaba ir.

—Hay una cueva al final de la playa, después del promontorio de Otter Lodge —explica Raff—. Cuando la marea está baja puedes entrar caminando, hay un estanque que nunca se vacía. No encontraréis agua más pura en todo el mundo.

—Ni tan fría —añade Delta—. Os lo enseñaría, pero ya sabéis, el bebé. —Se señala la barriga—. Ya no le gusta la colina. Ni el agua fría.

Raff se estremece con un escalofrío pese al fuego que arde en la chimenea.

—Seguid las rocas con la marea baja y llegaréis a ella.

Asiento, estimulado por la idea de un lugar nuevo y secreto que fotografiar.

—Gracias, tío, lo haré.

—¿Qué dices tú, Cleo? —pregunta Delta—. Bañarse desnuda es buenísimo para la salud. La gente de aquí no va nunca salvo en pleno verano, por lo que estarás a salvo de los mirones. —Se vuelve riendo hacia mí—. Por lo menos irlandeses.

Aparece de nuevo esa incomodidad que siento ante cualquier comentario que dé a entender que la gente sabe que hay algo entre Cleo y yo. Me la trago pero no puedo evitar frotarme la nuca y girar torpemente los hombros hacia atrás. Cleo me sonríe cuando la miro y me vuelvo raudo hacia Raff con la esperanza de que me rescate.

—«Heartbreak Hotel» —dice—. Y «Wooden Heart». He de reconocer que ese tío sabía camelarse a las mujeres.

Hemos vuelto a Elvis.

—Nada como un hombre con uniforme —dice Delta.

—¿Cómo está tu madre? —le pregunto agarrándome a un clavo ardiendo; no espero que Delta tenga grandes novedades sobre Dolores—. Hace un par de semanas le hice unas fotos geniales trabajando en la biblioteca, espero que le gusten. —De todas las personas que habitan la isla, Dolores era una de las más reacias a ser fotografiadas.

—Está fantástica —dice Delta—, aunque nadie lo diría por cómo se queja de las piernas.

—Deja que se queje, siempre le ha gustado refunfuñar, ella es así —interviene Raff—. Mi hermana es una buena mujer.

—Tú no vives con ella —dice Delta.

—Y tú tienes suerte de hacerlo. —Raff la escruta por encima de las gafas, volviendo a la relación de tío y sobrina. Me caen bien estos dos: es evidente que se quieren y no tienen miedo de decirse lo que piensan—. Mujeres. —Me mira con cara de resignación—. No hay quien las entienda.

Dudo mucho que eso lo haya frenado. Raff lleva las palabras «granuja adorable» escritas en la frente.

Cleo sonríe y alcanza su bebida al mismo tiempo que yo, rozándome la mano en el proceso. La aparto deprisa, demasiado deprisa, derramando el resto de mi cerveza en la mesa. No tiene importancia, enseguida pasan un paño y me ponen otra, pero presiento que Cleo ha captado mi malestar. Dios, ojalá estuviéramos de vuelta en la cabaña. Estoy hambriento, e irritable a causa de la tensión. Cleo me mira mientras continúa la conversación y posa una mano en mi rodilla por debajo de la mesa. No puedo evitarlo; aparto la pierna y esbozo una sonrisa torcida de disculpa.

Cleo se recuesta en el banco y me observa con la cabeza ligeramente ladeada. Apura su copa sin apartar los ojos de mí.

—Lo siento mucho, creo que tendréis que seguir sin mí —dice cogiendo el abrigo y levantándose—. No me encuentro muy bien, puede que sea el principio de una migraña.

Raff se levanta de inmediato.

—Es por el fuego y toda esta gente. Les dije que no lo encendieran. ¿Te quedas si lo apago?

Cleo sonríe y le frota el brazo.

—No es el fuego, soy yo —dice—. Estaré como nueva cuando me haya tomado un par de pastillas y eche una cabezada.

Agarro la cerveza y me bebo la mitad.

—Espera, te acompaño —digo.

—No, quédate —dice evitando cruzar su mirada con la mía—. Estaré mejor sola.

Ni en broma voy a permitir que atraviese sola la isla. De noche es una bestia diferente. Consigo beberme casi toda la Guinness mientras Cleo se inclina para besar a Delta.

No mira atrás cuando cruza rauda el pub y desaparece mientras alguien me aborda y me estrecha la mano. Me encanta la locuacidad con la que parecen haber nacido la mayoría de los isleños, pero no te facilita una huida rápida cuando la necesitas. Para cuando salgo con la parka en la mano, Cleo está prácticamente al final de la calle. Le doy alcance en la última farola, justo antes de que la carretera se convierta en un sendero oscuro.

—Cleo —digo poniéndole la mano en el hombro—, espera.

Detiene sus pasos y se vuelve hacia mí.

—¿Qué ha pasado ahí dentro, Mack?

Saco mi parte cobarde y finjo que no la entiendo.

—¿De qué estás hablando?

Me mira fijamente a los ojos, a la espera de que me sincere.

—Oye, lo siento, ¿vale? —pruebo.

La pálida luz de la farola de hierro forjado ilumina su rostro.

—Sentías vergüenza —dice.

No es la palabra que yo habría elegido.

—No de ti —digo, esforzándome por poner palabras a lo que siento.

—De nosotros, entonces.

Me froto la frente.

—Cleo, por favor. No me avergüenzo de nosotros. Digamos que... cuando estamos tú y yo solos es fácil. Sé que la gente de aquí no nos juzgará, pero...

—¿Juzgarnos por qué exactamente? —me interrumpe en un tono mordaz—. Esta isla estará en medio de la nada, pero no se

194

ha quedado estancada en el siglo diecinueve, Mack. No creo que a nadie le importe lo más mínimo que tengamos o no un rollo.

—Yo sí —digo a la defensiva—. Todavía soy un hombre casado.

Cleo dirige la vista al cielo y el aire abandona su cuerpo con un resoplido lento que flota en el frío aire de la noche.

—¿Sabes qué te digo, Mack? Que hagas lo que quieras. Sigue siendo un hombre casado aunque te hayas separado de tu mujer hace más de un año y ella haya pasado página. Sigue siendo un hombre casado hasta que tengas un trozo de papel que te diga lo contrario. ¿Y sabes qué? Que incluso entonces seguirás sintiéndote un hombre casado porque tú no elegiste separarte. ¿Y sabes en qué te convertirá eso? En un hombre amargado y solitario que vive la vida desde la barrera.

Nos sostenemos la mirada. Ella está jadeando y yo estoy desgarrado por dentro por la inesperada dureza de sus palabras.

—¿Sabes una cosa, Cleo? Deberías guardarte tus consejos románticos para tus lectores porque yo ya soy un hombre hecho y derecho.

—Pues compórtate como tal —replica alzando el mentón.

Nos miramos desafiantes. Sus ojos echan fuego, tiene el pecho agitado y, de repente, la deseo con una intensidad que no puedo controlar. Veo que a ella le sucede lo mismo —el torbellino de rabia se ha transformado en otra cosa— y la atraigo hacia mí, su boca busca la mía, chocan en un beso feroz, jadeante.

—Nunca podría avergonzarme de esto —susurro con los ojos cerrados.

—No era mi intención decirte todas esas cosas —dice acariciándome la nuca.

—Vamos a casa. —Deslizo el pulgar por su boca.

Mucho después, mientras enrosco un rizo de su pelo en mi dedo, pruebo de nuevo.

—Estar casado es un hábito que cuesta romper, Cleo, yo

soy un tío monógamo —digo quedamente—. Me gusta la seguridad, la certeza del «nosotros contra el mundo». Perder eso ha sido para mí como perderme a mí mismo. Me sentía solo, increíblemente solo. Luego vine aquí y te arrojaste a mis brazos con tus rizos salvajes y tu ingenio y un corazón del tamaño de Júpiter. Pero esta noche, que me vieran en público contigo... me hizo sentir como si estuviera haciendo algo ilícito, algo malo. Y me remontó directamente a ese niño que entró en la consulta de su padre y lo encontró tirándose a su enfermera. El profundo malestar que siento no tiene que ver contigo ni con nosotros, sino con la infidelidad, con cómo se carga a las familias.

Cleo se revuelve ligeramente en la cama, su cuerpo un peso cálido junto al mío. Guarda silencio y sé que está procesando mis palabras.

—Tú no te cargarás tu relación con tus hijos —dice—. Lo que está pasando aquí, entre nosotros, es temporal. Temporalmente perfecto. No estás haciendo nada malo y no estás rompiendo ninguna promesa. Y después, cuando vuelvas a casa... Mack, depende de ti si decides contarlo o no, no porque sea un desliz sucio que has de mantener en secreto, sino porque no lo es. Es el presente y solo nos pertenece a nosotros.

Agradezco su comprensión más de lo que imagina.

—Me gusta lo de temporalmente perfecto.

Dibuja círculos lentos en mi pecho.

—Si de verdad necesitas que esto quede entre nosotros, incluso aquí en la isla, no es un problema para mí. La cabaña será nuestra bola de nieve privada.

Su compasión y su comprensión me dejan sin palabras. Visualizo una cúpula protectora sobre la cabaña, la bahía, la colina.

—Probablemente seas la mujer más extraordinaria de la tierra, ¿lo sabes?

—Lo sé —dice.

Noto que se le cierran los párpados, alas de mariposa contra mi pecho, y yo los cierro también, cansado. Me siento como si caminara por una cuerda floja entre dos escenarios de mi vida y Cleo fuera en estos momentos mi red de seguridad. Se lo diré mañana, si puedo encontrar la manera de expresarlo sin parecer un gilipollas.

Cleo
23 de octubre

Isla Salvación
¿SOY LO BASTANTE VALIENTE?

Hoy es el último día en que soy una veinteañera. Adiós a la chica que he sido, hola a la mujer que voy a ser. Todavía no sé muy bien quién es, qué hará o adónde irá, pero sí sé que dirigirá su propio barco, tanto en aguas tranquilas como en mar abierto. Sin icebergs, esperemos.

Estoy lista, creo, para mi ceremonia de mañana. Todo lo lista que puedo estar, en cualquier caso. He escrito unas palabras, las arrugas han desaparecido del vestido y estoy sentada en el café con Delta y Dolores después de intentar explicarles qué es el autoemparejamiento. Delta lo pilla, pero Dolores, por su cara, se diría que está intentando no tocarme la frente para ver si tengo fiebre.

—Pero ¿no tienes anillo? —Delta frunce el entrecejo—. Qué manera de perder una oportunidad. Podrías haberlo añadido a los gastos. Un pedazo de esmeralda, por ejemplo.

—Lo sé. Mack me dijo lo mismo. No entiendo cómo no se me ocurrió.

—El matrimonio implica mucho más que un anillo, Delta —dice Dolores mientras dobla su servilleta.

—¿Como un novio? —replico, porque lo lleva escrito en la cara.

—Todo esto es muy inusual. —Dolores elige las palabras con cuidado, pero es evidente que lo que realmente quiere decir es que se me ha ido la pinza. No me ofendo.

—A mí me parece romántico —suspira Delta—. Yo no me quiero lo suficiente para casarme conmigo misma.

—Pues deberías, Delta. —Cubro su mano con la mía, sorprendida por su inesperado derrotismo. Rezuma seguridad y optimismo; no me gusta que no sienta por dentro lo que aparenta sentir por fuera.

Se deshace de mi mano con unas palmaditas y ríe, pero también veo preocupación en el semblante de Dolores por la falta de autoestima de su hija. Pienso en el padre del hijo de Delta, el desdichado jugador de videojuegos que conduce una scooter, y me descubro admirando a Delta todavía más por tener la fortaleza de no conformarse. No debe de ser fácil volver a casa embarazada y sola.

—¿Llevarás velo? —Dolores me clava la mirada, todavía escéptica.

Delta la fulmina con los ojos.

—¿Quién esperas que lo levante, mamá?

Dolores se retoca su impecable moño, claramente en desacuerdo.

—Yo llevé velo —dice—. De hecho, todavía lo tengo. ¿Te gustaría lucirlo? —me pregunta antes de volverse a propósito hacia Delta—. Porque dudo mucho que alguien más vaya a usarlo antes de que me muera.

—Lo que acabas de decir es muy feo, mamá. ¿Preferirías que me casara con Ryan Murphy solo para que te hicieran un descuento en el pan? Oye, ¿por qué no me lo pongo para una de esas sesiones de fotos de embarazadas desnudas, como hacen todas las famosas? Estaría fabulosa. —Sus ojos verdes chispean—. Puedo utilizar el velo para taparme las partes femeninas, para no sacarle los colores a Mack.

—¿Mack? —pregunto.

—¿Se te ocurre alguien mejor con la cámara? —ríe Delta.

—No permitiré que hagas eso con mi precioso velo —dice Dolores—. Para tu información, son cuatro metros de puro encaje blanco de Donegal hecho por las mejores artesanas del momento. Me sentía como una princesa, ya lo creo que sí.

—Ah, mamá, parecías una auténtica actriz de cine.

Puede que Delta y su madre choquen a menudo, pero si rascas la superficie, es evidente que se quieren con locura.

—Será mejor que me vaya —digo—. Solo he venido a por la tarta.

—¿Tarta nupcial? —pregunta Dolores sin perder la esperanza.

—Tarta a secas. —Me encojo de hombros—. No es esa clase de boda.

—Evidentemente —replica Dolores.

Su sonrisa es débil, como si estuviera decepcionada conmigo en nombre de mi madre, quien —que conste— piensa que todo esto es un recurso publicitario más de Ali y no le ha prestado demasiada atención. La culpa no es suya; le he contado solo los titulares, no la emoción o el sentimiento que hay detrás. No sé si comprendería la relación que existe para mí entre cumplir treinta años y superar la edad a la que murió mi padre. Nos cuesta hablar de él; ella lo conocía a la perfección y yo, en cambio, no lo conocí en absoluto. No tenemos recuerdos entrañables que evocar juntas. Por no hablar de los recuerdos entrañables que nunca podremos crear. Él nunca me llevará hasta el altar y ella nunca lo verá dar el discurso que todo padre de novia da.

Me despido y salgo del café subiéndome la capucha para protegerme de la lluvia. Estaré calada hasta los huesos cuando llegue a lo alto de la Colina de los Aullidos.

—Estás empapada —dice Mack levantando la vista del portátil cuando entro en la cabaña.

Me río y procedo a quitarme el abrigo, pero se pone de pie y extiende las manos para detenerme.

—¿Te apetece que vayamos de aventura?

Qué pregunta tan rara.

—Depende. ¿Qué clase de aventura?

—Una que implica buscar una cueva y nadar.

Es el último día de mi década, por qué no despedirme de ella con estilo. Encojo los hombros.

—Vale.

La cueva no es difícil de encontrar cuando sabes que está ahí. La marea ha bajado lo suficiente para revelar la entrada y deberíamos disponer de unas horas para explorarla sin problemas. El ciclo regular de la marea resulta en cierto modo reconfortante, no te queda más remedio que moverte con el ritmo de la isla. Tan diferente de Londres, donde hay un millón de ritmos y puedes elegir cuál de ellos seguir en cualquier momento del día. Me ha encantado mi vida como londinense, pero tomar distancia de ella me ha hecho ver que estoy lista para dejarla. Más que lista, en realidad: necesito dejarla. Necesito un santuario de silencio, calma y lucidez. Necesito agua en mi vaso durante un tiempo en lugar de tequila.

—Cuidado —dice Mack buscando mi mano—. Esto resbala.

Caminamos sobre rocas cubiertas de algas escurridizas, adentrándonos cada vez más en la enorme boca de la cueva y alejándonos de la luz. Conforme mis ojos se acostumbran a la penumbra veo que hay pinturas en las paredes. No son antiguas. Dibujos de los isleños, garabatos infantiles que alternan con obras más sofisticadas. También hay nombres pintados, de los cuales reconozco solo unos pocos. Alguien ha escrito el nombre de la isla, *Slánú*, y decorado cada letra con flores y zarcillos. Me acerco a una pared para observar el precioso dibujo de un galeón con el velamen inflado por el viento. Estoy lo bastante cerca para ver que está firmado.

—Lo ha pintado Julia —digo trazando la proa del barco con el índice—. La mujer de Ailsa.

Mack desliza la mano por los colores que cubren la pared de roca.

—Parece que se mueva —dice.

Tiene razón, las ondulaciones de la roca dan vida a la imagen. Me hago a un lado cuando alza la cámara.

—Jamás habría imaginado que fuera fácil esconder algo del tamaño de una piscina aquí abajo —digo. Me vuelvo hacia el fondo de la cueva y veo que se bifurca—. Tú ve por ese lado y yo iré por este. Si encuentras el estanque, grita.

—No te alejes demasiado ni corras riesgos innecesarios —dice.

—¿Te parezco una loca temeraria?

—Viniste a una isla perdida para casarte contigo misma —replica encogiéndose de hombros.

—*Touché*. Aunque mejor eso que ser un muermo.

—Mucho mejor —dice. Acto seguido se saca la linterna frontal del bolsillo, me la encasqueta y la enciende—. Ya está. Ve con cuidado.

Pongo los ojos en blanco.

—Veía bien.

—Ahora ves aún mejor —asegura.

No discuto porque tiene razón. Me pongo de puntillas, me agarro al cuello de su parka y le planto un beso.

—Cleo, me estás dejando ciego —dice riéndose contra mis labios.

—Nos vemos de nuevo aquí dentro de diez minutos si ninguno encuentra el estanque antes.

Mira su reloj.

—De acuerdo.

Yo encuentro el estanque primero. El camino gira angosto hacia la derecha y se abre para desvelar su secreto, pero algo me impide avisar a Mack. Aunque casi todos los rincones de Salvación tienen algo mágico, la cualidad etérea de este lugar no tiene parangón. Un fino rayo de luz procedente de las alturas tachona de estrellas el agua, y la tranquilidad de la caverna me deja unos instantes sin habla. Parece irreal. Contemplo el agua mientras una idea empieza a tomar forma en mi cabeza. Hace mucho frío aquí, pero me encantaría rememorar el último día de mis veinte años y recordar lo intrépida que fui.

Me pongo a dar saltitos, consciente de que Mack no tardará en venir en mi búsqueda. Me abro la cremallera del abrigo a toda prisa. Sé que hace un frío que pela, pero ahora mismo no lo siento porque la adrenalina corre por mis venas, calentándome por dentro mientras me desvisto —abrigo, jersey, botas, vaqueros— hasta quedarme en ropa interior. Titubeo. ¿Soy lo bastante valiente? Pienso en el majestuoso galeón de Julia apuntando hacia costas desconocidas y eso me da el coraje necesario para despojarme del resto de la ropa. Me siento viva y exultante, este es el acto más liberador que he realizado en mi vida. Estiro una pierna y meto los dedos en el agua. Por Dios, está congelada.

—¿Cleo, estás…?

La voz de Mack me sobresalta y cuando me giro lo veo entrar en la caverna.

—Oh. —Abre la boca para hablar y vuelve a cerrarla, visiblemente sorprendido—. Lo has encontrado.

—Sí.

—Y te has quitado toda la ropa.

—También —digo, intentando que no se me escape una sonrisa al ver que el americano grande y seguro de sí mismo está tan cohibido y descolocado como un adolescente.

Mira atrás.

—¿Quieres que te deje sola? —pregunta—. Parecía que estabas viviendo un momento íntimo.

Considero su ofrecimiento. Tiene razón, «estaba viviendo» un momento íntimo. Echo los hombros hacia atrás y dejo que el aire gélido me endurezca los pezones. Creo que nunca me he sentido tan femenina quitándome el pasador y soltándome la melena.

—Mack, tengo veintinueve años y trescientos sesenta y cuatro días. Me siento de maravilla, y ahora voy a meterme en este estanque y me gustaría mucho que te quedaras y me fotografiaras mientras lo hago.

Le oigo literalmente tragar saliva en el silencioso espacio.

—Si me lo pides así —responde en plan sexy, pero su tono

deja entrever que le conmueve que le haya pedido que documente este momento de mi vida—. Aunque no deberías estar mucho rato ahí dentro. No quiero que lo de rescatarte de aguas congeladas se convierta en una costumbre.

Sonrío sosteniéndole la mirada durante un segundo abrasador. Luego cierro los ojos y hago una inspiración profunda y vigorizante. Noto que el aire se adhiere a mi piel como si fuera purpurina. Soy un rayo de magia pura. Me mentalizo y me tiro al agua de golpe porque sé por experiencia que es la única forma de hacerlo.

—¡Dios! —grito parpadeando enérgicamente para sacudirme las gotas de las pestañas—. ¡Mack, es puro hielo! ¡Creo que me voy a morir!

Sentado en cuclillas con la cámara en alto, Mack levanta el pulgar mientras resoplo y río de puro shock, muerta de frío cuando cruzo el estanque a nado, giro sobre mi espalda y floto, feliz, excitada, viva. Quiero que capte cada brazada con su objetivo, que vea la mujer que ha mudado de piel en la roca cual serpiente, que grabe esta sensación embriagadora para que, de vuelta en casa, pueda mirar atrás y recordar quién era yo en este preciso instante, porque quiero ser esta versión de mí misma el resto de mi vida.

—Creo que nunca he pasado tanto frío —digo, acurrucada en el sofá con un chocolate caliente en la mano.

—¿Ni cuando te caíste al mar?

Mack está a mi lado, en el sillón, con el portátil en las rodillas. Encendió la chimenea mientras yo disfrutaba de un baño caliente y finalmente siento que mi temperatura interna es casi normal.

—Creo que no ha sido tanto el frío como el shock —digo—. Hoy ha alcanzado niveles desconocidos.

Lleva un rato callado, mirando las fotografías de la cueva. Yo todavía no las he visto. Ignoro si mis sentimientos se reflejan en ellas o si parezco una loca ahogándose en un estanque tenebroso. Gira la pantalla hacia mí.

—Esta es una de mis favoritas —dice.

Enmudezco durante unos segundos. Probablemente sea la mejor fotografía que me harán nunca. Estoy suspendida de espaldas en el agua con el pelo flotando a mi alrededor, los ojos cerrados y los brazos extendidos. Estoy sonriendo, absorta en el instante. Soy una mujer de las cavernas, soy una reina de los mares, soy una fuerza de la naturaleza.

—Gracias —digo—. Me alegro de que estuvieras allí.

Cierra el portátil y se sienta conmigo en el sofá.

—Yo también —dice—. Nunca he visto nada como tú hoy.

Dejo mi taza vacía en el suelo y yacemos juntos, calentados por las llamas del hogar. Siempre que rememore el último día de mis veinte años recordaré el fuego y el hielo, el galeón de Julia en la pared de la cueva y la mujer en la que me convertí mientras nadaba en ese estanque.

Cleo
24 de octubre

Isla Salvación
MI QUERIDO YO

Los dioses del tiempo han decidido llevarse los nubarrones en honor a mi trigésimo cumpleaños. Llevo diez minutos despierta, remoloneando en el confort de la cálida cama, en la zona intermedia entre el sueño y los nervios por el día de hoy. Mack no estaba cuando he abierto los ojos, pero puedo oler el café en el fogón y un fuego nuevo arde en la chimenea.

—Feliz cumpleaños, Cleo —digo a la quietud de la cabaña—. Te quiero.

Me resulta extraño. Suena extraño. Pero el día de hoy trata de la autoaceptación, lo que quiere decir que trata del amor, de modo que he empezado el día tal como espero que continúe.

El vestido está preparado, un revuelo de algodón vintage de color blanco roto. Tendida en la cama con mi pijama, noto en el estómago el lento y agradable cosquilleo de la expectación. ¿Cómo sería despertarte el día de tu boda de verdad? ¿Cómo te sentirías sabiendo que en cuestión de horas ibas a comprometerte a pasar el resto de tu vida con otra persona? ¿Sería un manojo de nervios o estaría serena y llena de dichosa certeza? Por lo menos de una cosa estoy segura, y es que no voy a darme plantón en el altar. Una vez fui a una boda en la que la novia le dio plantón al novio y fue un auténtico circo. Por fortuna, no la conocía mucho, pero aun así fue bochornoso. Me pareció innecesariamente cruel permitir que las cosas llegaran a esa fase antes de echarse atrás, el pobre novio estaba destrozado. No obstante, hasta los mejores matrimonios se terminan a veces antes de lo esperado. Seguro que mi madre se despertó muy ilusionada el día de su boda, ignorando que solo iba a tener unos pocos años preciosos con el hombre que adoraba. Y no hay duda de que Mack esperaba que su historia de amor durara más tiempo. ¿Habrían seguido adelante con la boda si hubieran sabido lo que les deparaba el futuro? ¿O habrían elegido quedarse solos y evitar el sufrimiento? Puede que, después de todo, yo esté haciendo lo correcto… Puedo confiar en que no me romperé mi propio corazón.

Mientras voy a la cocina para servirme un café me pregunto dónde se ha metido Mack. Anoche nos quedamos dormidos en el sofá; me despertó justo pasada la medianoche y murmuró «feliz cumpleaños» en mi oído mientras me llevaba a la cama. En lo que a maneras de empezar una nueva década se refiere, no se me ocurre una mejor. Cojo una manta para echármela sobre los hombros, introduzco los pies en unas botas de agua y salgo al porche para llenarme los pulmones del aire puro de Salvación. Cuando me acodo en la barandilla con la taza entre las manos para calentarlas, veo que alguien —Mack, obviamente— ha escrito el número treinta con conchas sobre la arena, dos números gigantescos que permanecerán ahí hasta que el mar los arrastre más tarde. Me emociono. En Londres mi cumpleaños sería un sin parar de mensajes, llamadas, serpentinas en mi mesa y cócteles en un bar bullicioso. Celebro una vez más mi decisión de no volver a mirar el móvil mientras esté aquí, no quiero esa intrusión de vida normal. Mantengo a Ali al día por correo electrónico y he hablado unas cuantas veces con mi madre por FaceTime desde el café. Ya tengo conmigo su tarjeta y regalo de cumpleaños, los envió por correo antes de mi partida. Aquí, en Salvación, me saludan los delfines, como si supieran que es mi cumpleaños y hubieran venido a felicitarme. Los observo durante un rato, con el viento enfriándome las mejillas, y siento una paz profunda. Hoy cumplo treinta años.

—¡Buenos días! —grita alguien, y al volverme veo a Brianne acercarse con algo en las manos—. Feliz cumpleaños. He hecho esto para ti.

Le sonrío, sorprendida de verla. Me planta una lata en las manos.

—Qué amable, Brianne, gracias —digo levantando la tapa. Me ha hecho un bizcocho de cumpleaños cubierto de glaseado amarillo y decorado con flores y con mi nombre. También hay un par de velas. Mi madre se alegrará cuando se lo cuente, siempre dice que no soplar velas por el cumpleaños da mala suerte. Contemplo el pastel, conmovida por el gesto.

Brianne sonríe, casi con timidez.

—Vente a tejer el lunes y nos cuentas cómo ha ido todo.

Asiento.

—Vale.

—Buena suerte —dice—. Será mejor que me vaya, he de abrir la tienda y ya voy tarde.

Tiro de ella para darle un abrazo rápido.

—Me has alegrado la mañana —digo, y se sonroja de placer mientras se despide con la mano enfilando ya hacia el camino.

¡Qué mujer tan atenta!; el pastel es precioso, debe de haberle llevado horas prepararlo. He estado tan concentrada en la ceremonia que no me he parado a pensar en las cosas propias de los cumpleaños.

Cojo mi café, me acomodo en la barandilla del porche y disfruto del silencio unos minutos más mientras pongo en orden mis ideas.

—Buenos días, Cleo.

Otra voz; me vuelvo hacia el camino y veo a Dolores.

Intento ocultar mi asombro mientras le sonrío y bajo del porche para recibirla.

—Dolores —digo, y me pregunto si sería apropiado darle un abrazo—. ¿Qué te trae por aquí?

—Mi hija quería venir personalmente —explica—. Tuve que

prometerle que te traería esto, de lo contrario habría tenido el bebé en la colina, no te quepa duda.

Abre la bolsa de yute que lleva colgada del brazo. Suspiro quedamente cuando Dolores me pone una diadema de flores silvestres en las manos.

—Pensó que los colores irían muy bien con tu pelo.

—Dile que es la diadema más bonita que he visto en mi vida. —Delta ha enrollado hojas de laurel y flores silvestres en torno a un alambre fino de cobre. Es extravagante y bohemia, como ella, y en cierta manera como yo—. Me encanta.

Dolores asiente. Mientras me pongo la diadema me mira con una vacilación impropia de ella y luego vuelve a introducir la mano en la bolsa.

—Era de mi hermana mayor. —Me tiende una bolsita azul de algodón—. Ella tampoco seguía las normas, siempre andaba por ahí metiéndose en líos.

Es un cumplido, y al mismo tiempo no lo es, pero no creo que Dolores haya pretendido ser cruel.

—Eres muy amable —digo abriendo la bolsita—. No esperaba nada de nadie. Brianne acaba de estar aquí con un pastel... —Me detengo en seco al ver el anillo de Claddagh de oro rosa que acabo de volcar en la palma de mi mano. Levanto la vista hacia Dolores.

—Puede que te vaya grande —dice—. Mi hermana era una mujer bastante gorda.

Reprimo una carcajada al tiempo que se me escapan las lágrimas porque es muy propio de Dolores ser generosa y despiadada a la vez.

—Dolores, no sé qué decir... ¿Estás segura? ¿Es una reliquia de familia? Eres muy generosa.

—Bernadette tenía más joyas que la reina de Inglaterra, se las traía de sus elegantes viajes. Un culo de mal asiento, mi hermana, siempre preparando una nueva aventura —dice con aspereza—. Ahora, tú decides, mano izquierda para el amor, mano derecha para la amistad.

Contengo el impulso de abrazarla porque Dolores no es amiga de los abrazos. Me gusta lo que me ha contado de Bernadette; me digo que he de pedirle a Delta que me hable más de ella.

—En ese caso, la mano derecha —digo, y ambas contenemos el aliento mientras me pruebo el anillo. Es demasiado grande para mi dedo anular, pero encaja a la perfección en el dedo corazón.

—Ya está. —Levanto la mano con los dedos extendidos—. Tengo anillo, después de todo.

Lo mira pestañeando y luego señala la diadema.

—Y también flores.

Sonrío.

—¿Parezco una novia con mi pijama y esta manta? Tranquila, por lo menos tengo un vestido como es debido.

Me mira de una manera que me hace pensar de nuevo en mi madre, una mezcla de exasperación y algo que roza el cariño. Tal vez sienta que ha de ejercer de madre conmigo mientras estoy en su isla.

—Cuídate, Cleo —dice quedamente.

Miro de nuevo el anillo que luce mi dedo y los ojos se me llenan de lágrimas.

—Lo haré.

Se aleja por el camino, bien recta y con un pañuelo de plástico transparente en la cabeza para proteger del viento su peinado ahuecado a lo Jackie Onassis. Esta isla es una sorpresa detrás de otra, sobre todo la gente.

Descubro que lo que queda del café se ha enfriado y lo arrojo por encima de la barandilla, luego entro en la cabaña y, con sumo cuidado, dejo las flores y el anillo en la mesa, junto al pastel. Todos los complementos de una boda tradicional, menos el novio. No voy a dejar que la melancolía se abra paso en mi ánimo, este es un día de celebración. Hay un baño caliente que lleva mi nombre, y luego una boda para la que prepararme.

—¿Desayuno de cumpleaños?

He oído entrar a Mack cuando estaba en la bañera, y acabo de salir del cuarto de baño para ver que ha preparado la mesa con flores, café recién hecho, cruasanes, zumo de naranja y tostadas. También hay salmón. Mack retira una silla para mí con una pequeña reverencia.

Le miro y le sonrío, y él me sostiene la mirada, sonriendo también.

—Feliz cumpleaños, Cleo —dice.

Huele a brisa marina y a especias sensuales cuando me besa, y yo inspiro profundamente para captar ese olor.

—Menudo festín, gracias —respondo mientras lo veo regresar al pequeño fogón.

—Es un día especial —señala mirándome por encima de su hombro.

Lleva una camiseta blanca de manga larga, de esas térmicas que se ciñen como una segunda piel y que se llevaban tanto en los años treinta como en la actualidad. Por un momento me imagino que somos isleños de otra época, una joven pareja sentada a una mesa sencilla con un jarrón de flores sencillo entre ellos.

—¿Las has cogido tú? —le pregunto acariciando los pétalos de color rosa pálido de una flor que crece en el borde de la playa.

—Esta mañana —dice antes de deslizar un huevo en mi plato—. También el pescado —añade haciendo el gesto de recoger el sedal mientras se sienta.

Miro el salmón ahumado.

—¿Lo pescaste en la tienda de Brianne?

Coge la cámara para fotografiar la mesa antes de sonreír y empuñar los cubiertos.

—Algo así.

Charlamos relajadamente de mis planes para el día de hoy

mientras comemos, nos pasamos la sal, compartimos la última tostada y nos servimos más café, con la radio sonando bajita en segundo plano. A veces me gustaría poder pulsar el botón de pausa de la vida y alargar un determinado momento. Este es uno de ellos.

Mack ha salido al porche con el trípode y la cámara. Dice que quiere organizar el equipo, pero creo que en realidad está dejándome espacio para prepararme. Agradezco la privacidad. Me he bañado y me he pasado el secador por los rizos. También me he maquillado un poco, porque esta muchacha no va a casarse sin rímel, ni siquiera consigo misma.

Estoy nerviosa, lo cual sé que parece una locura, pero esto, el día de hoy... es por lo que estoy aquí. Cuando Ali y yo hablábamos de cómo transcurriría este día, en todos los escenarios me veía sola. No había un americano preparándome el desayuno ni isleños trayéndome regalos, estaba únicamente yo, sola, para darle al día la forma que deseara. No estoy diciendo que no agradezca la amabilidad de la gente hoy, porque la agradezco mucho, pero ahora que otras personas saben lo que voy a hacer, me ha entrado el miedo escénico. No quiero sentirme ridícula o efectista, porque cuanto más he pensado en esto, más me he implicado emocionalmente. Es importante para mí. Lo de la cueva de ayer fue una manera perfecta de despedirme de mis veintinueve años. Quiero que el día de hoy sea igual de perfecto, dar la bienvenida a mis treinta con los brazos abiertos. He estado dándole vueltas y pensando dónde celebrar la ceremonia y, una vez más, la presencia de Mack cambia las cosas. Puede que hubiera elegido el porche, pero ya no me parece adecuado porque después de las incontables horas que hemos pasado juntos en él, bebiendo café y hablando de todo y nada, lo siento más nuestro que mío. Lo mismo sucede con nuestra playa. Y la roca en lo alto de la Colina de los Aullidos se me antoja demasiado exhibicionista. Estuve indecisa hasta nuestra visita a la cueva de ayer, cuando de repente el lugar idóneo se reveló ante mí. Al otro lado de la entrada de la cueva hay un recodo de la playa protegido por una guardia de rocas erosionadas. No forman exactamente un círculo, pero es gratamente simbólico. Vi que el cerebro de fotógrafo de Mack también se ponía a trabajar a toda marcha.

—¿Más café? —me pregunta Mack entrando en la cabaña. Lleva días sin permitir que se extinga el fuego de la chimenea; hasta la piedra de las paredes está caliente—. ¿O champán de cumpleaños?

—Guardémoslo para luego —digo.

Por fin nos beberemos el champán que encontramos en la nevera, la botella que estaba aguardando a los recién casados el día que llegamos. Estoy muy nerviosa y deseando que llegue esta tarde, pero también tengo muchas ganas de pasar luego la noche en esta cabaña tranquila y acogedora. Y me alegra saber que no estaré sola. Por ahora estoy intentando pensar únicamente en el día que tengo por delante y no contar los días que faltan para quedarme finalmente sola. Es curioso; la de energía colérica que gasté deseando que Mack se marchara y ahora quiero esconder la cabeza en la arena e ignorar el hecho de que pronto se irá. Otro dato, ya que estamos: los flamencos esconden la cabeza en la arena.

—¿Quién eres tú, bella criatura, y qué le has hecho a Cleo? —Mack sonríe cuando salgo al rato del cuarto de baño, casi lista para irnos.

Ciertamente me siento especial. Hoy me he tratado con mucho mimo, tomándome mi tiempo para disfrutar del ritual de la preparación. Aquí es fácil echarse cualquier cosa encima y pasar del maquillaje, y ha sido un placer recordarme a mí misma la dicha que me produce pasarme el delineador de ojos solo lo justo y dedicar tiempo a pintarme las uñas e hidratarme la piel. Me parece un lujo llevar el pelo suelto. Seguro que se me pega al brillo de labios cuando el viento lo alborote, pero me da igual.

—¿Es demasiado? —pregunto tirando del dobladillo de mi vestido. Es tan bonito que me sentí digna de Instagram en cuanto se ciñó a mi cuerpo. Los diminutos botones que descienden por el corpiño alzan mi pecho como en las películas de época. Es recatado y nostálgico, perfecto para la ocasión.

Mack toma la diadema de flores entre las manos y avanza hacia mí.

—En absoluto —dice colocándome la diadema en la cabeza y dando un paso atrás—. Deja que te mire.

Giro despacio sobre mis pies descalzos y cuando vuelvo a estar frente a él, me coge las manos.

—Se te ve... Se te ve sensacional, Cleo. Fuerte y delicada, una auténtica isleña. Ahora sal ahí y dalo todo.

Es la arenga que no sabía que necesitaba. No me inclino para besarlo porque siento que esta tarde es mi momento, tanto es así que casi se me antoja una traición hacerlo nuestro. Deslizo los brazos por mi ancha chaqueta de punto azul marino. Está tachonada de estrellas plateadas y es casi tan larga como el vestido, y una vez en la puerta me detengo para ponerme las botas de agua a rayas amarillas.

—No sé cómo, pero has conseguido una fusión de princesa de los bosques y reina guerrera —dice Mack.

Es una buena descripción. Temía que con las botas de agua hubiera pasado de bohemia a indigente. Cojo la cesta donde he guardado las cosas que quiero que me acompañen: la tarjeta y el regalo de cumpleaños de mi madre, el discurso que he preparado, el anillo de Dolores y otros objetos. Hace un día ventoso y el cielo luce azul, uno de los mejores que hemos tenido desde nuestra llegada a la isla. Mi parte fantasiosa imagina que mi padre se ha llevado los nubarrones con un soplido. Decido que el día de mi boda tengo permitido concederle superpoderes a mi padre ausente.

—Estoy lista —digo.

—¿Quieres que te acompañe un rato? —me pregunta Mack.
Niego con la cabeza.

—No, gracias —digo—. ¿Estarás aquí cuando vuelva?

—¿Quieres que esté?

No me está pidiendo que lo necesite. Me está preguntando qué necesito.

—Me gustaría —digo—. A menos que tengas otras cosas que hacer.

Posa su mano sobre la mía en la barandilla.

—No tengo otras cosas que hacer.

—Vale.

Asiento y al mirarle reparo en la manera en que el sol se refleja en sus ojos disparejos y le clarea el pelo color arena. Parece más alto y ancho, estoico y seguro de sí mismo a mi lado. Vuelvo a tener esa sensación de *déjà-vu*, la de que podríamos estar de pie sobre las huellas de isleños de otros tiempos. Si, cuando me aleje, miro atrás, ¿lo encontraré en mangas de camisa y tirantes, con las manos sucias de trabajar la tierra? Echo los hombros hacia atrás y camino erguida por la playa, reconfortada por el hecho de saber que Mack estará esperándome a mi regreso.

Puedo notar el ritmo acelerado de mi corazón cuando avanzo sobre las rocas irregulares, con la cesta columpiándose en la brisa, mirando dónde piso para evitar resbalar o aplastar los delicados caracoles marinos que se adhieren a las escurridizas superficies. Tenía razón en lo de que el pelo se me pegaría al brillo de labios, pero no me importa porque el cielo está azul, mis botas de agua tienen rayas amarillas y me alienta la inesperada generosidad de personas que antes de venir aquí eran extrañas para mí. Este es el momento, la tarde que he estado esperando. He venido aquí para esto, y no está lloviendo a cántaros ni tiene pinta de que vaya a hacerlo. Será una experiencia gloriosa, será todo lo que he soñado, porque no puede ser de otro modo. Una euforia tranquila brota en mi pecho cuando me escurro entre las rocas y dejo la cesta en la arena.

—Estoy aquí —susurro—. Estoy aquí.

Me he presentado. No me he dejado plantada en el altar. Como todas las mujeres solteras que conozco, tengo en mi portátil una lista de canciones inspiradoras para esos momentos en que necesito sentirme poderosa, y trocitos de ella se unen ahora en mi cabeza como una banda sonora. Mi marcha nupcial alternativa. Sí, Lady Gaga, estoy al borde de la gloria, y sí, Alicia Keys, esta chica está que se sale.

Dejo las botas al lado de la cesta y camino descalza por la orilla sintiendo la arena húmeda y compacta en las plantas de los pies. Me detengo unos instantes y, con los ojos cerrados, dejo que la espuma festoneada de encaje persiga las puntas de mis dedos, contando al inhalar, contando al exhalar, centrándome. No hay prisa.

Cuando abro los ojos me tomo mi tiempo para percibir las sensaciones físicas en torno a mí: la brisa fresca en mi cara, el movimiento caprichoso de mi vestido alrededor de las rodillas, el impacto del agua helada sobre mis dedos. Separo un poco los pies y descanso los puños en las caderas con los hombros hacia atrás, el mentón alzado. Es una pose de superhéroe que aprendí de un viejo episodio de *Anatomía de Grey*, uno de los médicos la adoptaba justo antes de operar para salvarle la vida a alguien. Sería demasiado melodramático decir que he venido a Isla Salvación para salvar mi propia vida, pero en el tiempo que llevo aquí me he dado cuenta de que necesito escapar de la jaula dorada de Londres. Esta soy yo preparándome una taza de té, tomando asiento y haciéndome una pregunta crucial… ¿Qué quiero hacer con el resto de mi vida? O, si es excesivo, ¿qué es lo siguiente que quiero hacer? «Aquí tienes un folio en blanco, escribe tu historia, Cleo. Escribe tu próximo capítulo», digo en alto, todavía Superwoman en la orilla. «Hazte algunas promesas. Cuéntale al viento tus secretos y al océano tus sueños».

En cualquier otro lugar, en cualquier otro momento, puede que me hubiera dado vergüenza hablarme a mí misma, pero hoy no. Me siento pura y vaciada, como si estuviera dejando que todas las presiones y emociones negativas salieran por las plantas de mis pies y cada vez que el mar entra se llevara todo aquello que no me deja avanzar. No soy una fervorosa seguidora de ninguna religión organizada, pero es una experiencia casi religiosa sentirse tan renovada, tan sostenida por la naturaleza.

No hay un solo barco en el horizonte ni una sola persona a la vista. Aunque Mack mencionó que buscaría un lugar en lo alto del acantilado para hacer las fotos, tal como prometió, no puedo verlo. Ahora mismo es como si tuviera el planeta para mí sola. Regreso al claro y cojo un palo arrastrado por la marea. Lo utilizo para dibujar un gran círculo en la arena y coloco en él el cojín que me he traído para evitar que se me humedezcan las posaderas. Me siento con las piernas cruzadas y enderezo la columna vértebra por vértebra. Mi profesora de yoga estaría impresionada si me viera ahora mismo. Debo de tener una pinta muy espiritual. Extiendo el contenido de la cesta dentro del círculo. La tarjeta y el regalo de mi madre. La bolsita de Dolores. Me sorprende encontrar también una petaca plateada, whisky de parte de Mack para entrar en calor. Por último, despliego la hoja con mis notas y la aliso sobre la rodilla, agarrando fuerte las esquinas para que no se la lleve el viento.

—Querida yo —digo con voz clara y firme. El mero hecho de pronunciar estas palabras en alto me arranca una sonrisa. En mi cabeza este es mi momento Donna de *Mamma Mia!*, preferiblemente la versión con Lily James. Me encanta Meryl, y de hecho tengo un peto parecido, pero aun así estoy canalizando a mi Lily interna.

—Me he traído hoy aquí, frente a la Madre Naturaleza, Neptuno y todas las sirenas, para declarar que yo, Cleo Wilder, me tomo a mí misma, Cleo Wilder, como mi defensora más acérrima y mi amiga más fiel, mi animadora más escandalosa y mi confidente más leal.

Hago una pausa y contemplo el mar con las palmas sobre las rodillas y el pelo ondeando al viento alrededor de mis hombros. Reconozco que no siempre he sido mi mejor amiga y definitivamente no siempre he sido mi defensora más acérrima. He alargado relaciones tóxicas más de la cuenta y me he instado a soportar cosas que a una amiga le diría que no tolerara.

—Prometo escucharme, dedicar tiempo a prestar atención a mi voz interior, porque me conozco mejor que nadie y siempre pienso en lo que es mejor para mí. Soy lo bastante inteligente para saber cuándo alguien está siendo hipócrita y sé cuándo he de decir hasta aquí. También sé que me basto a mí misma, que soy valiente y saldré victoriosa. No me juzgaré con excesiva dureza cuando me equivoque porque todo el mundo se equivoca a veces, pero tampoco me permitiré salirme de rositas sin aprender la lección.

Un asunto espinoso para mí. Solo un idiota sigue haciendo lo mismo una y otra vez y esperando un resultado diferente, pero aun así esa ha sido, en general, la trayectoria de mi vida romántica. He subido a mi carro a hombres que no me convenían y me he llevado una sorpresa cada vez que las ruedas salían volando. Últimamente he reflexionado mucho sobre este patrón, en especial porque Mack es, a todos los efectos, otro hombre que no me conviene. Quiere a otra mujer, lo cual no puede ser menos conveniente. Por otro lado, lo de Mack es diferente porque no estamos saliendo juntos con la intención de que lo nuestro prospere. Aceptamos las reglas desde el principio: cuando llegue la hora, cerraremos la puerta y echaremos la llave al mar. Suspiro. No, no quiero desviarme del tema con pensamientos acerca de lo que está sucediendo en mi vida amorosa ahora mismo. Esto va de lo que sucederá a continuación, de lo que sucederá después de Salvación.

—La búsqueda de mi flamenco ha terminado. Yo soy el flamenco.

Ahora que lo pienso, puede que cuando vuelva a casa me haga el tatuaje que tanto insiste Ali en que me haga, un flamenco minúsculo, aunque en un lugar donde solo yo pueda verlo. En la parte interna del muslo o en la axila. Un flamenco en mi axila. Joder, eso no resultaría muy atractivo, ¿no? Si alguna vez escribo mis memorias, las titularé así. Me río porque es absurdo y vuelvo a mirar la hoja con las promesas. Ya casi estoy.

—Confiaré en mí —prosigo—. No tendré miedo de virar mi barco y navegar en otra dirección si las aguas se agitan, aunque al embarcar me pareciera la trayectoria correcta.

Visualizo el galeón de Julia pintado en la pared de la cueva y lo coloco, majestuoso, sobre el lejano horizonte, lo bastante seguro de sí mismo para surcar aguas insondables. Me veo al timón con la melena al viento mientras fijo el rumbo guiándome por las estrellas. Esa es la mujer en la que me convertiré, me digo imaginándome el gastado timón de madera bajo mis manos, viendo el mapa de los planetas y las constelaciones que he desplegado para planificar mi ruta.

Retengo la imagen un rato, grabándola firmemente en mi mente porque me encanta y porque sé que ha llegado el momento de girar el timón y avanzar en otra dirección. Todo el plan de venir aquí me ha traído a este punto, a esta visión de mí misma como capitana de mi propio galeón. Cojo la bolsita azul que me ha dado Dolores y vuelco el anillo de Claddagh de oro rosa en la palma de mi mano. Poso la yema del dedo en él cuando vuelvo a hablar.

—Me entrego este anillo como símbolo de mi intención, de mi respeto hacia mí misma y de esperanza.

Advierto que la mano derecha me tiembla cuando deslizo el anillo por el dedo. Dios, cuánto agradezco este regalo de Dolores, ahora lo siento como si siempre hubiera sido una parte necesaria de la ceremonia. Es perfecto y el simbolismo de las manos sosteniendo un corazón se me antoja absolutamente pertinente cuando abrazo mi corazón con las manos. Está bien ser temeraria con tus órganos internos a los veinte, pero ahora tengo treinta y necesito cuidar mejor de mi cuerpo.

Me siento un poco diferente ahora que el anillo está en mi

dedo. Casada no, obviamente, pero sí comprometida. Me gusta la sensación. Me conecta a la tierra. Me quedo en silencio unos minutos, tranquila, concentrada en la respiración, abrazando los diamantes de sal marina en mis pulmones. Nunca he estado tan unida a mí misma como ahora. Un ave marina, de las del pico naranja que veo a menudo, vuela sobre mi cabeza. Me la imagino regresando a su nido con la noticia de mi boda y a todos los pájaros meneando perplejos sus oleosas cabezas de plumas negras.

También mi madre estaba perpleja con todo esto, pero ella solo sabe de invitaciones con ribetes dorados, tartas de varios pisos y chisteras. Todos mis hermanos tuvieron bodas por todo lo alto, minuciosamente organizadas, y sé que el deseo de mi madre es que siga su ejemplo. Cojo la felicitación de cumpleaños y dejo a un lado el regalo que la acompaña para abrirlo más tarde. Los ojos se me empañan cuando al abrirla encuentro mensajes de mis hermanos además del de mi madre. Mis dos hermanas tienen una letra preciosa, inclinada, y sus mensajes, sentidos y cálidos, me hacen sonreír mientras pienso en ellas. Sus hijos también han participado, corazones de colores y besos llenan los espacios vacíos. Más difícil me resulta entender la letra de médico de Tom, y se me escapa una carcajada cuando descifro el mensaje: «¡Feliz cumpleaños nupcial, puta chiflada! Pagas las Guinness a tu vuelta». Casi puedo oír a nuestra madre reñirle por su lenguaje soez. Me aparto una lágrima de la mejilla y leo el último mensaje, de ella.

Feliz treinta cumpleaños, mi pequeña. Qué tremendamente moderno es casarse con una misma, ¡pero siempre fuiste la pionera de la familia! Espero que salga todo a las mil maravillas. Te quiero.

Su familiar caligrafía me hace desear desesperadamente que estuviera aquí, tanto es así que puedo oler el perfume que siempre ha llevado y oír el tintineo de la cadena de las gafas que le cuelga del cuello.

—Yo también te quiero, mamá —susurro.

Tiro un beso en mis manos y lo lanzo con la esperanza de que el viento lo atrape y lo lleve a casa, de que se cuele por la ventana abierta y mi madre lo sienta posarse alrededor de sus hombros como un chal.

Pionera. La palabra vibra en la arena a mi alrededor cuando la pronuncio en alto. No esperaba que mi madre eligiera esa palabra para mí. Siempre he creído que mi familia me ve como una mujer consentida y fantasiosa, una bala perdida. La palabra tiene un aire a audacia, a gusto por el peligro, a coraje desafiante. Me vuelvo de nuevo hacia mi barco imaginario y escribo la palabra «Pionera» en la proa de estribor con letras blancas rizadas. Hecho esto, abro el regalo de mi madre.

Es un estuche robusto que ocupa mis dos manos. Es la primera vez que lo veo, pero los cantos gastados del cuero marrón sugieren que ya tiene una edad. Levanto la tapa de bisagra y en su interior encuentro un reloj de pulsera, el cual estoy segura de que tampoco he visto antes. La caja es de oro y la correa de cuero negro, y por su tamaño deduzco que es un reloj de hombre. Dejo la caja a un lado y giro el reloj en mis manos. En el dorso está grabado el nombre de mi abuelo paterno, Abraham Wilder, las letras gastadas por el uso. Deslizo el pulgar por ellas y veo que dentro de la tapa de la caja hay una nota.

> Perteneció a tu abuelo y después a tu padre, quien lo llevó todos los días hasta su muerte. Era uno de sus bienes más preciados. Creo que le gustaría que lo tuvieras. Un beso.

Devuelvo la nota al estuche y cierro la tapa con el reloj todavía en mis manos. No soy lo bastante espiritual para creer en mensajes del más allá, pero el regalo de mi madre tiene algo innegablemente profético. Mientras cierro la correa, ablandada por el tiempo, alrededor de mi muñeca, me permito creer que mi padre me está dando un codazo, un gesto de «adelante, cariño». Pienso que se habría sentado a mi lado en la arena, me habría entregado el reloj y me habría dicho que se enorgullecía de mí cada día de mi vida y que mantuviera siempre la mirada en el horizonte. Y eso hago. Miro hasta donde mis ojos pueden ver, y me despido con la mano cuando el *Pionera* vira lentamente y zarpa en una nueva dirección.

Mack
24 de octubre

Isla Salvación
SPRINGSTEEN, UNA CHICA PRECIOSA Y UNA LUNA BAJA Y DORADA

Cleo debería estar al llegar. Fui a la carrera para estar en mi lugar a fin de fotografiar su regreso por la playa y asegurarme luego de que todo estaba listo para el improvisado banquete. Sé que dijo que no me molestara, pero hoy es un día especial para ella. No puedo decir que sea un experto en bodas, pero verla ahí abajo, en la orilla, ha sido una experiencia para la que no estaba preparado. Cleo se mostraba autónoma y completa, fuerte y radiante. Espero que la cámara haya captado algo de la atmósfera, del aura de expectación desplazando el aire a su alrededor. Me descubrí profundamente impresionado y se me hizo un nudo en la garganta cuando se detuvo en la orilla.

Me siento en los escalones del porche con una cerveza y la cámara para contemplar el anochecer. Tres días. Solo me quedan tres días antes de irme. Por un lado, estoy contando los segundos que faltan para ver a mis hijos; por otro, estoy atesorando cada minuto que todavía me queda en Isla Salvación. En Otter Lodge. Con Cleo. Si tengo suerte, puede que vuelva a ver la isla y la cabaña en años venideros, puede que incluso traiga a mis hijos, pero Cleo... Sé que no volveré a verla. No estamos destinados a existir más allá de este lugar. No puedo quitarme de encima la sensación de que fui un egoísta al aceptar su propuesta de «un romance de vacaciones», al permitirme buscar solaz en su risa, olvido en su cuerpo y dicha en su fácil compañía. Me he rodeado de Cleo como si de un escudo se tratara, dejando que las flechas rebotaran en ella para que no me atravesaran el corazón. Espero sinceramente que no la hayan herido en el proceso. Mi vida me estará esperando cuando vuelva a casa y el escudo no estará. Cleo no estará. He pasado este último año solo, pero siempre con la esperanza de que fuera una medida transitoria, de que si era lo bastante paciente y discreto, finalizado el plazo podría volver a casa. Y he sido paciente. Y, en serio, he sido discreto. Y ha sido una pesadilla la batalla interna que he mantenido a diario para no coger el coche e ir a ver a mis hijos, a Susie, para no suplicar que me dejaran quedar a cenar, que me incluyeran. Se me eriza la piel y se me acelera el corazón al recordar mis momentos más bajo, los largos días y las noches oscuras en que sentía que la situación me sobrepasaba. Enderezo los hombros y bebo un buen trago de cerveza con la intención de que se lleve mis pensamientos amargos y pueda concentrarme en las cosas buenas, en el aquí y ahora.

Hoy ha hecho un día espectacular, Cleo no podría haber pedido un cielo más azul. Me alegro; es evidente que todo esto de la ceremonia significa mucho para ella. La primera vez que lo mencionó me pareció una idea muy loca, pero conforme la he ido entendiendo he podido ver que su estancia aquí no tiene que ver con su trabajo. Parece desencantada con su vida en Londres, casi como si estuviera huyendo del caos hacia algo parecido a la tranquilidad. La conozco ya lo suficiente para saber que no es propio de ella huir de los desafíos, y habiendo sufrido en propia carne su obstinación, sé que posee una fortaleza envidiable. No estoy seguro de que sea consciente de su fuerza.

Un destello blanco aparece en mi visión periférica. Cleo. El vestido blanco azotándole las rodillas, mechones de pelo moreno ondeando a su espalda, la cesta balanceándose con la brisa. Enmarcada por una puesta de sol con vetas doradas, parece la libertad misma cruzando la playa. El sueño de todo fotógrafo. Levanto la cerveza a modo de saludo y ella apresura el paso, riendo encantada cuando se halla a pocos metros de los escalones de la cabaña. Se detiene con la cabeza ladeada, contemplando las bombillas de colores que he colgado alrededor del porche.

—Llegas en el momento justo para apreciarlas. —Sonrío, buscando su mano al tiempo que me levanto.

—¿De dónde las has sacado?

—Me las ha prestado Raff. —Ayer fui al pueblo en busca de artículos para fiestas y las escondí debajo del porche—. Son las luces de Navidad del pub.

Colores de feria vintage —rosa pálido, amarillo áureo, verde manzana— bañan su rostro cuando alza la mirada en mi dirección.

—¿Lo has hecho por mí? —pregunta.

—Oye, que una chica solo se casa consigo misma una vez en la vida —digo—. ¿Cómo ha ido?

Asiente despacio con la mirada triunfante.

—Ha sido increíble, Mack. —Las palabras salen de su boca burbujeando como el champán—. Cuando me dirigía allí seguía sin saber cómo me iba a sentir, pero al llegar al claro me embargó una sensación de total serenidad y de estar haciendo lo correcto y de… Ay, no sé, pero… lo necesitaba más de lo que creía.

Le cojo la mano derecha.

—Y ahora estás casada —digo contemplando el anillo de Dolores.

Sonríe.

—Y ni siquiera tengo que cambiarme el apellido.

—Ese papeleo que te ahorras —digo—. ¿Tienes hambre?

Asiente.

—Mucha.

—En ese caso, bienvenida a tu banquete nupcial.

Me mira incrédula.

—¿Mi qué?

Alzo la mano para detenerla antes de entrar en la cabaña. Saco la manta escocesa y la extiendo sobre el suelo del porche con una sola mano; no le cuento que dediqué diez minutos a perfeccionar la maniobra.

Añado un par de cojines y despliego la manta más suave para sus hombros.

—Tu mesa.

Me enternece ver el regocijo en su semblante. Vuelvo a entrar, reaparezco con la cesta de pícnic que me consiguió Brianne y la dejo sobre la manta, entre los dos.

—Mack —dice bajito—, no esperaba nada de esto.

—Lo sé —digo desenroscando el alambre que rodea el corcho de la botella de champán—. Quería añadirlo a tus recuerdos.

Sonríe y acepta la copa que le tiendo.

—Pues lo has conseguido. El anillo de Dolores, las flores de Delta, el pastel de Brianne y ahora esto. Ha sido un día lleno de sorpresas.

—Y la noche es joven.

Sus ojos se abren aún más.

—Es broma —digo—. Este es el momento cumbre. —Acerco el canto de mi copa al suyo—. Por ti, Cleo Wilder.

Sonríe.

—Salud.

Pone la *playlist* que preparó para el día de su boda, con canciones que conozco y otras que no, y comparte conmigo momentos de su tarde mientras damos buena cuenta de todo lo que hay en la cesta. No es una cena ostentosa, más bien lo que he podido encontrar: rollitos de ensalada de pollo, ensalada de patata de la tienda de Brianne, aceitunas picantes en aceite de chile, un par de porciones de quiche del café.

—No he comprado postre —digo—. Vi que Brianne se había ocupado de eso.

—¿Puedes creerlo? —dice sacudiendo la cabeza—. No me habían hecho un pastel de cumpleaños desde que era niña.

—Realmente te has montado un cumpleaños memorable —digo.

Se le cae una hoja de laurel de la diadema cuando menea la cabeza.

—Ha sido un trabajo en equipo —puntualiza.

—El equipo de Cleo —digo—. Se convertirá en tendencia cuando publiques tu próxima columna.

Resopla.

—A mi jefa le gustaría eso.

Le lleno la copa.

—¿Y a ti?

—¿Si me gustaría? —Lo medita—. Estoy orgullosa de cómo me he sentido hoy, y si leer sobre ello ayuda a otras personas a sentir lo mismo, sí me gustaría. Pero todo el rollo de las tendencias en las redes sociales... Estar aquí, tan desconectada de ese mundo..., me gusta. Lo prefiero con diferencia. —Suspira—. No voy a volver.

—¿A Londres? —pregunto, sorprendido.

—Bueno, volveré, pero solo para ir cerrando página y poder marcharme otra vez. —Se vuelve hacia la playa—. Me ha llegado la hora de hacer otras cosas, aunque todavía no sé cuáles son.

Me cuenta que se imaginó el galeón de Julia en el horizonte con ella al timón. Sigo la dirección de su mirada y lo veo también, las velas blancas, el ancla echada, esperando el momento de zarpar.

—Te envidio —digo—. No hay nada que te ate.

—Y yo envidio tus ataduras —replica.

—Supongo que, como dice el refrán, todo el mundo piensa que la hierba del vecino es más verde —señalo—. Según mi experiencia, raras veces lo es.

—Mejor regar tu propia hierba que rodar en la de otro. —Se ríe con sorna—. Soy la reina de las citas de Pinterest.

—No necesitas palabras de otras personas —digo—. Tienes tu propia manera de expresarte.

—Gracias. —Apura la copa mientras absorbe el cumplido—. Tus fotografías son increíbles.

—Es lo único que sé hacer —respondo.

A veces me pregunto qué estaría haciendo si no hubiese encontrado la fotografía. Ha sido el único elemento inalterable en mi vida a lo largo de los últimos dos años, mi tabla de salvación gracias a años de esfuerzo y práctica. Mi cámara es un consuelo familiar en mis manos. Ojalá también mis hijos descubran una pasión que conduzca sus vidas por caminos interesantes.

—Me he acostumbrado a verte levantar la cámara, ya ni siquiera me encojo —dice Cleo. Bebe rápido de su copa para que la espuma no rebose cuando la llena de nuevo.

Levanto la cámara y capto el momento, incluidos los ojos en blanco que me pone después. Me quedo un rato observándola, disfrutando de la espontaneidad de su risa, del brillo en sus ojos que parece brotar de algún lugar profundo de sus huesos.

—Eres una novia muy fotogénica —digo—. Creo que las fotos te encantarán.

Sonríe hacia su copa.

—Gracias. Será una excelente manera de cerrar la columna.

—¿Qué dirá tu jefa?

—¿Sobre lo de irme? —Suspira—. Creo que querrá que me quede, pero también creo que comprenderá que me ha llegado la hora de marcharme. Nos hemos hecho buenas amigas con los años.

—¿Tienes idea de lo que harás?

Tuerce los labios hacia un lado mientras lo medita.

—Todavía no estoy segura. Tengo suficiente dinero ahorrado para estar unos meses sin trabajar, así que…

—Por fin escribirás una novela —termino por ella—. Y será un gran éxito.

Me mira y, muy despacio, me obsequia con esa sonrisa luminosa, la que hace que mis dedos anhelen la cámara y que mi boca se muera por besarla.

—Si tú lo dices, puede que sea verdad.

—Será mejor que me des tu autógrafo ahora y así me ahorro la cola —digo.

—Tú nunca estarás al final de mi cola. —Me sostiene la mirada, transparente y audaz, y me doy cuenta de lo mucho que voy a echarla de menos cuando ya no esté más en mi vida.

—Has sido muy comprensiva conmigo —digo. Le cojo la mano y las lágrimas salpican sus pestañas mientras me mira—. No llores, es tu cumpleaños.

—Todas las novias lloran —responde medio riendo—. Es un día muy emotivo.

—Vale —suspiro—. Medidas drásticas. —Me levanto y le tiendo la mano—. ¿Bailas?

Parpadea sorprendida y luego desliza su mano en la mía.

—Supongo que debería tener un primer baile.

Aparto la manta de pícnic para hacer sitio.

—La pista es nuestra.

Ignoro qué canción elegirá, y siento algo sospechosamente parecido a los nervios del baile de graduación mientras espero a que se una a mí en el centro del porche. Me mira por encima del hombro, descalza, con flores en el pelo, y ¡Dios!, está espectacular. Acto seguido, unos acordes de armónica conocidos se elevan en el aire y Cleo se da la vuelta, riendo, y camina hacia mí.

—¿Conque Springsteen? —digo, incapaz de ocultar la emoción en mi voz.

—Lo mencionaste en una ocasión —me recuerda—. Lo añadí a mi lista la última vez que estuve en el café. Es un pedacito de ti al que puedo aferrarme.

—Ven aquí. —La atraigo hacia mí—. Deja que me aferre a ti esta noche.

Bailamos en el porche al ritmo de «Thunder Road», y aunque hace frío no lo noto porque la chica que tengo en mis brazos me transmite calor. Es como abrazar una hoguera.

—Le he visto cantar esta canción en directo unas cuantas veces —le cuento con mi boca en su pelo—. El clamor de la gente al escuchar las primeras notas de su armónica, miles de personas cantando cada estrofa.

Me sé cada palabra, cada acorde. Esta canción forma parte

del tejido de mi vida, y ahora Cleo también estará cosida para siempre entre sus notas y su melodía. Bruce canta que Mary baila por el porche, y yo elevo el brazo de Cleo por encima de su cabeza y la hago girar despacio, y el vestido se arremolina en sus muslos al tiempo que echa la cabeza atrás y ríe. Ojalá mi cámara pudiera atrapar los colores de las luces de Navidad reflejados en su rostro, el movimiento de su melena mientras baila, el júbilo en sus ojos cuando ríe. La estrecho contra mi cuerpo y le doblo la espalda sobre mi brazo, y río con ella. Springsteen, una chica preciosa en mis brazos, la luna baja y dorada suspendida sobre el mar… Bailamos y nos besamos y reímos como adolescentes. Esta noche somos las únicas personas en la tierra.

—Feliz cumpleaños —digo cuando termina la canción.

—Me encanta tener treinta años —afirma.

Me toco la sien con los dedos a modo de saludo.

—En ese caso, mi misión ha concluido, señorita.

Cleo se inclina hacia atrás para escrutarme con la mirada, muy seria, y luego tira de mí y me rodea el cuello con sus brazos.

—Ni lo sueñes.

Sus piernas me envuelven la cintura cuando la levanto del suelo, y no puedo estar más de acuerdo en que la noche no ha terminado aún.

Estamos tendidos frente a frente con la sábana sobre su cadera, su pelo desperdigado por la almohada blanca. Parece un cuadro de sombras y luces, curvas y hondonadas, demasiado íntimo para que un objetivo le haga justicia. El vestido blanco está tirado sobre el sofá, la diadema de flores cuelga desenfadadamente del poste de la cama de bronce.

—Uno —dice—, es el mejor sexo que he tenido en treinta años.

Enrosco su pelo en mis dedos.

—Muy graciosa.

—Tres, te quiero un poquito. —Se apoya en un codo—. No

tanto como para que me rompas el corazón, pero lo justo para que te lleves una esquirla de él a casa, y de vez en cuando, si aprietas los dedos en el lugar justo… —presiona las yemas contra mi corazón para indicarme dónde—, creo que lo notaré y también pensaré en ti.

La miro a los ojos y juro que puedo notar esa esquirla penetrando en mi piel.

—No has dicho el dos —digo enredando mis dedos en los suyos sobre mi pecho.

—No hace falta. El tres ha sido potente.

—Sí que lo ha sido —reconozco, y sonrío porque Cleo es una valiente al ser tan sincera sabiendo que lo nuestro no tiene futuro—. Uno, prometo cuidar con gran esmero de esta esquirla de tu corazón —digo—. El mío estaba bastante golpeado, por lo que se agradece la donación. —Me doy unas palmaditas en el pecho—. Considérame curado.

—Soy prácticamente un médico —dice Cleo con una risa queda.

Deslizo el dorso de mis dedos por su mandíbula, su clavícula, la curva de su seno.

—Dos…

—¿Hay un dos? —Frunce el entrecejo—. Ahora me siento una rácana.

—Dos, hoy me he sentido honrado de conocerte.

—Mack… —Se inclina y acaricia mi boca con la suya—. Gracias por esta noche. Me has hecho sentir especial.

—Espero que sí —respondo, porque es lo que deseo.

Se recuesta en las almohadas con el brazo por encima de la cabeza.

—Tres —continúo cuando se vuelve para mirarme de nuevo—, también es el mejor sexo que recuerdo en mis treinta y cinco años.

Es una confesión difícil de aceptar. En las primeras etapas de mi relación con Susie era incapaz de imaginarnos perdiendo el ímpetu, tanto dentro como fuera de la cama. Mi experiencia con

Cleo me ha hecho recordar lo que se siente al ser deseado, y es embriagador.

—Y cuatro —añado, rompiendo nuestra regla porque es el día de su boda—, eres la persona más increíble que he conocido en mi vida. —Me llevo su mano a los labios—. Y este es el mejor romance de vacaciones del mundo.

Cleo sonríe al tiempo que se le empiezan a cerrar los ojos. Yo me tumbo a su lado, pero permanezco despierto y la observo mientras duerme, pensando en la esquirla de su corazón pegada ahora al mío. Voy a necesitarla.

Cleo
27 de octubre

Isla Salvación
HE ROBADO LA MEJOR FRASE DE JENNIFER GREY

Me despierto antes que Mack. No hay tormentas congregándose en el horizonte; el pronóstico de los próximos dos días es de cielos despejados y mar en calma, como si los dioses del tiempo estuvieran de acuerdo en que ha llegado el momento de que Mack se vaya. Ahora lo miro, dormido y en paz, y no puedo imaginarme estar aquí sin él. Mack llena mis días y mis noches, mis pensamientos y mis brazos. Vine aquí con la misión de quererme a mí misma y la otra noche le dije a Mack que le quería un poquito. No lo había planeado, pero tampoco me arrepiento de habérselo dicho porque es verdad. No esperaba que me respondiera lo mismo, y eso también está bien.

—Mirar cómo duermo es prácticamente acoso —murmura Mack con los ojos todavía cerrados.

—No te estoy mirando —digo—. Simplemente da la casualidad de que estás delante de mis ojos.

—Me estabas mirando fijamente.

Abre los párpados con una sonrisa y observo sus ojos, disfrutando de lo diferentes que son.

—Tus ojos son como tú —digo—. Inesperados. Sorprendentes.

Gira mi mano y me besa la palma.

—¿Soy sorprendente?

Asiento.

—A mí me has sorprendido.

Me atrae hacia sí y me cubre los hombros con la sábana.

—¿Estarás bien? —me pregunta antes de plantarme un beso en la coronilla.

—Creo que sí —respondo tras una pausa—. ¿Y tú?

Me estrecha con fuerza y suspira en mi pelo.

—Creo que sí.

—Te echaré de menos —digo, aunque estoy decidida a no dejar que la sombra de la melancolía oscurezca el tiempo que nos queda juntos.

Noto su asentimiento.

—Yo también te echaré de menos —dice—. Estas últimas semanas han sido de las mejores de mi vida.

Alzo el rostro para mirarle.

—Sé que lo dices por haber venido a Salvación además de por haberme conocido —digo para animar el ambiente—. Pero más por mí, ¿verdad?

Ríe.

—Más por ti, sin duda.

El tiempo es irregular. Un minuto esperando con el frío en la plataforma de una estación parece una hora, mientras que otras veces una hora transcurre en un abrir y cerrar de ojos. Estos últimos días con Mack han pasado a la velocidad del rayo; cada vez que miro el reloj de la cocina tengo la sensación de que las manecillas se han puesto de acuerdo para girar más deprisa de lo que les está permitido. Estábamos paseando por la playa después de desayunar y cuando quise darme cuenta nos encontrábamos en el sofá al anochecer, delante del fuego. Estábamos en los escalones del porche al alba con una taza de café humeante en las manos y cuando quise darme cuenta lo que tenía en las manos era un whisky bajo un cielo plagado de estrellas.

Estoy experimentando algo que se parece mucho a una resaca, una mezcla de depresión poscumpleaños y alivio posceremonia salpicada de inquietud por el nuevo paisaje que se extiende ante mí.

Nos sentamos juntos en el rompeolas con la mirada atenta al barco que ha de llevarse a Mack. Solo estamos a martes, pero el barco está haciendo una visita extraordinaria para entregar un montón de calabazas, una para cada familia del pueblo, larga tradición anual cortesía de Raff. Probablemente podrían haberlas enviado el viernes pasado, pero sospecho que Raff lo ha organizado así por Mack. Apuesto a que es la única persona de la isla lo bastante importante para meter mano en los horarios del barco. Las bolsas de Mack, llenas hasta arriba, descansan a nuestros pies, sobre la arena húmeda. La cámara es lo único que no ha guardado. La lleva, como siempre, colgada del cuello con la raída correa de cuero. Tiene una tira de piel blanca justo ahí; imagino que nunca le da el sol lo suficiente para igualarse con el resto. Otro tanto sucederá, sin duda, cuando se quite, si se la quita, la alianza de boda. La piel de Mack está salpicada de huellas que cuentan su historia.

—No voy a llorar —digo, sabiendo que lo más seguro es que llore.

—Joder, cómo odio las despedidas —confiesa.

—Todo el mundo las odia —digo.

Hay un millón de cosas que quiero decirle, pero tengo las palabras atrapadas en mi pecho. Estaba escrito en las condiciones de nuestro acuerdo que esto tenía que terminar aquí. No habrá petición de amistad en Facebook ni mensajes ebrios de «te echo de menos» a altas horas de la noche. Ahora mismo tales palabras tienen más peso porque son las últimas que nos diremos.

—¿Nos damos un apretón de manos? —bromea Mack con una sonrisa demasiado acongojada.

Le tiendo la mía.

—¿Por qué no?

—Llegué aquí como un hombre triste y destrozado —dice cogiéndome la mano con fuerza—. Ya no me siento así. —Me frota los nudillos con el pulgar mientras habla—. Tú me has curado.

—Por Dios, Mack. —Me paso la almohadilla de la palma por los ojos—. Todavía no. —Estoy tan al borde de las lágrimas que la garganta me duele cuando hablo—. ¿Y si nunca vuelvo a sentir esto?

Lo sé. Hablo como si hubiera robado una frase de Jennifer Grey diciéndole a Patrick Swayze que le asusta salir de esa habitación y no volver a sentir lo mismo por nadie. Aunque ella decía la suya con mucha más pasión y muchas menos lágrimas.

—La otra noche me dijiste que me querías un poquito —dice Mack—. En aquel momento no respondí, y hubiera debido hacerlo porque tu sinceridad se merecía la mía. Yo también te quiero un poquito. —Me besa en la frente—. Eres absolutamente adorable, Cleo Wilder.

Es tan propio de Mack decir algo así.

—¿Y sabes otra cosa? —Me rescata de tener que serenarme lo suficiente para contestar—. Puede que un poquito sea mejor que mucho porque así podemos separarnos recordando solo lo mejor de cada uno.

—Puede que una vida de microamores sea el futuro. —Sonrío, tratando de poner buena cara—. Quizá lo incluya en mi último artículo como consejo de despedida.

—Podría convertirse en la siguiente gran tendencia del mundo de las citas —dice desolado—. Podrías comenzar el movimiento del microamor.

—Siempre serás una leyenda en mi cabeza —declaro.

Aparta la mirada y el sonido que emite su pecho me indica que todo esto le está resultando tan difícil como a mí. Le estrecho la mano. Parece que nos estemos pasando el testigo de «Yo seré el fuerte ahora».

—Te tomé prestado de Boston y tú me tomaste prestada de Londres. Y ahora hay dos niños en Boston que necesitan recuperar a su superhéroe.

Me vienen los rostros de sus hijos, también el de Susie: la foto que Mack lleva en la cartera y que me enseñó el día que nos conocimos en un esfuerzo por demostrar que era seguro para nosotros pasar la noche bajo el mismo techo. Me cuesta creer que un hombre que lleva gemelos de dibujos animados y se dirige a ella con apodos melosos dure mucho frente a un hombre de ojos mágicos que besa como si estuviese entregándote un trocito de su alma. Mack vuelve a casa, y a menos que Susie tenga serrín en la cabeza o, como el Hombre de Hojalata, no tenga corazón, mirará a Mack y comprenderá que ha cometido el mayor error de su vida. Me imagino a los niños corriendo a su encuentro en el aeropuerto y a Susie mirándolo a los ojos por encima de las relucientes cabecitas mientras Mack los abraza. Es una historia de amor. Pero no es mi historia de amor. Mack y yo nos hemos aferrado el uno al otro y ha llegado el momento de soltar.

—Creo que veo el barco —dice levantándose.

Yo también lo veo, a lo lejos, y de pronto la situación se vuelve espantosamente real.

—Oh, Mack —digo poniéndome en pie—. Te vas de verdad.

Se vuelve y me estrecha contra su cuerpo. El más fuerte de los abrazos, la más dura de las despedidas.

Toma entre sus manos mi cara surcada de lágrimas.

—Eres el microamor de mi vida.

Contemplo esos ojos maravillosos, desiguales, y los veo brillar con un anhelo de «en otro momento, en otro lugar».

—Yo también te microamo —digo.

Salado por las lágrimas, nuestro beso es infinito, agridulcemente bello. Oigo el motor del barco cuando se aproxima a la playa y tengo que hacer un esfuerzo para no retener a Mack, para no suplicarle que se quede, porque sé que no puede. Sé incluso que estar sola es lo que me conviene ahora mismo, pero nada de eso importa porque la idea de no volver a ver su rostro me está matando.

—No te llamaré —susurra en mi pelo.

—Yo tampoco a ti —susurro a mi vez—. Ah, tengo algo para ti —añado. Hurgo en el bolsillo de mis vaqueros y coloco algo pequeño en la palma de su mano.

—La tiza —dice riendo y llorando mientras la contempla—. La guardaré siempre.

—Pensaré en ti cada vez que escuche a Springsteen —digo. Y los demás días de mi vida también, aunque eso me lo callo.

—Yo también pensaré en ti, a menudo —dice.

Nos volvemos cuando el capitán se acerca por la playa y nos llama arrastrando una enorme red de calabazas naranjas que va dejando una marca en la arena.

—Solo viene uno, ¿verdad?

Mack asiente.

—Yo.

—Me llevo estas bolsas. —Si ha reparado en nuestro desconsuelo, tiene el detalle de no mencionarlo. Tan solo deja el bolso de viaje en la arena para que lo recoja Mack.

—Bien —digo inspirando con fuerza por la nariz—, será mejor que te vayas.

Asiente bruscamente.

—No puedo perder el vuelo.

Mira el barco por encima de su hombro y luego clava sus ojos en los míos.

—Te veo pronto —dice, aunque los dos sabemos que eso no sucederá. Toma mi cara entre sus manos para un último momento de conexión.

Me ciño la chaqueta a las costillas, aunque hace un día cálido para Salvación.

—Márchate ya —digo—. Márchate y no mires atrás. —Intento mostrarme fuerte porque no quiero que vea cómo me desmorono.

Me mira unos instantes, con una intensidad que expresa un millón de palabras, antes de girar sobre sus talones y alejarse con la bolsa de viaje colgada al hombro. Lo observo caminar hasta la orilla, le veo entregar la bolsa al capitán y vacilar. Vacila y mi corazón se precipita en caída libre dentro de mi cavidad torácica porque está corriendo por la playa hacia mí.

—Te dije que no miraras atrás —protesto, temblando.

—Uno —dice respirando fuerte y agarrándome las manos—, prométeme que escribirás esa maldita novela, Cleo.

Asiento y lloro porque todo esto es durísimo para mi corazón.

—Dos —continúa—, estarás siempre aquí. —Se toca el pecho con la mano, emocionado.

—Y tres…

—No lo digas. —Poso mis dedos en sus labios y Mack cierra los ojos y los besa—. Vete.

Esta vez no titubea. Lo veo subir al barco, y apoyo la espalda en el rompeolas y levanto la mano. Una despedida, un saludo, un gracias.

Se detiene en la proa mientras el motor arranca, y cuando el barco comienza a recular, se rodea la boca con las manos y me grita algo. El viento atrapa sus palabras y me las entrega justo en el momento en que el barco vira hacia mar abierto.

—Tres, no me arrepiento.

Llorando, grito a pleno pulmón esas mismas palabras, doblada hacia delante por el esfuerzo, confiando en que el viento sea igual de eficiente con él como lo ha sido conmigo. Y no, no me arrepiento de un solo segundo de lo nuestro, pero ahora mismo me siento como si, al sanarlo a él, hubiera roto una parte de mí.

Han pasado ocho horas desde la partida de Mack. No me avergüenza decir que me he echado a llorar como una niña perdida en cuanto he entrado en el refugio seguro de Otter Lodge. Mack hizo un fuego antes de irse para asegurarme una bienvenida cálida, pero no lo fue porque él ya no estaba aquí. El reducido espacio se me antoja abismal sin sus cosas. Ya no está la enorme parka roja colgada detrás de la puerta, ni las piezas de su cámara esparcidas por la mesa ni sus artículos de aseo mezclados con los míos en el cuarto de baño.

Por la mañana, mientras él hacía el equipaje, preferí sentarme con mi café en los escalones del porche para observar a los delfines antes que presenciar su retirada pieza por pieza. Si pensabas que resultaría más fácil porque siempre he sabido que lo nuestro iba a tener un brusco final, pensabas mal. Rememoro el momento en que fui lo bastante audaz para proponer que lanzáramos la cautela por la ventana y me pregunto si lo habría hecho de haber sabido cómo iba a sentirme ahora. Probablemente. Indudablemente. Por supuesto que sí, porque el tiempo que he pasado con Mack ha sido espectacular. Aun así, cuando te sumerges de lleno en un baño caliente de hermoso y repentino amor, has de pagar un precio. ¿Sabes ese instante en que sales de la bañera y alcanzas la toalla para secarte y volver a entrar en calor? Pues ahora no hay toalla. Estoy tiritando. Estoy desprotegida y sola, y he de permanecer así hasta que el sol me seque poco a poco. Caigo en la cuenta de que he roto sin querer una de mis promesas: protegerme de todo daño. Porque, las cosas como son, esto duele. Como si estuviera malherida, como si me hubiesen amputado una parte de mí. Me alucina que hace un mes no le conociera. Es un espacio de tiempo demasiado insignificante, demasiado breve para que alguien tenga semejante impacto en mi vida. ¿Soy una idiota por otorgar tanto peso a nuestra breve historia? No. He tenido relaciones en las que iba conociendo al otro a trompicones, un par de horas en el cine, una tarde en la Tate, y de nuevo sola en casa durante días. Tales relaciones duraban semanas, meses o incluso años, pero emocionalmente nunca fueron tan largas ni, desde luego, tan intensas. Mack y yo hemos discutido, hemos reído, hemos llorado y hemos amado. Y ahora nos hemos dicho adiós. Nuestro romance de bola de nieve, con un principio, un desarrollo y un final perfectamente encapsulados. Arrastro la colcha de la cama hasta el sofá y contemplo el fuego evocando recuerdos pese a saber que sería más beneficioso olvidar. No quiero olvidar a Mack Sullivan. ¿Acabará esfumándose de mi mente por mucho que intente retenerlo? No tengo sus fotografías para mirar atrás. No tengo nada que me ayude a recordarlo. Por lo menos, mientras estoy en la isla puedo verlo allí donde mire, en la orilla desde la ventana de la cocina, delante de mí en el desayuno, a mi lado en la cama si me despierto en mitad de la noche. Pero cuando me vaya de Salvación no tendré este consuelo. Cuando abandone la isla, dejaré en la arena las últimas huellas de lo nuestro. No me quiero ir.

Mack
29 de octubre

Boston
SÉ CÓMO SON LAS RUPTURAS

No le he dicho a nadie que hoy vuelvo a casa. He pasado los últimos dos días en modo piloto automático, alejándome de Cleo, acercándome a mis hijos. Arrastré mi equipaje por la terminal de llegadas de Logan, consciente más que nunca de su inmensidad, del ruido, del gentío. Por un lado, agradezco el anonimato de la ciudad. Por otro, añoro el sonido cadencioso del mar, el gusto turboso y salobre del aire de Salvación, el olor del cabello de Cleo.

La echo brutalmente de menos. Me debato entre sentirme un idiota por dejar que las cosas se descontrolaran y justificarlo como que era inevitable. Joder, Cleo fue muy valiente al poner las cartas sobre la mesa sin saber cómo iba a reaccionar yo. La verdad es que en cuanto ella bajó la guardia, la mía se diluyó como la arena de Salvación durante la marea alta. Sería desmerecerla sugerir que solo fue una cosa «del momento adecuado en el lugar adecuado». Si acaso, fue una cosa de «la persona adecuada en el momento inadecuado», para los dos. Tengo demasiados temas en mi vida, demasiados sentimientos no resueltos para contemplar la posibilidad de continuar con una mujer que vive en la otra punta del mundo. Además, en estos momentos Cleo tiene una relación consigo misma demasiado complicada para estar abierta a una pareja. Necesita sentirse autosuficiente, concentrarse en amarse a sí misma antes de permitirse amar a otro. En algún momento, inevitablemente, conocerá a alguien, y será el hombre más afortunado del planeta. No tengo derecho a que la idea de que esté con otra persona me siente como una patada, pero así es. Me siento como si hubiese aterrizado con violencia en el despiadado sofá gris del apartamento desamueblado que estos días llamo mi casa, y es espantoso. Lo elegí solo porque está a diez minutos de mis hijos. No tengo ni idea de quién vive en la puerta de al lado. No quiero formar parte de la comunidad ni aceptar paquetes de los vecinos. Las fotografías de los chicos son los únicos objetos personales que me he molestado en traer. Me llevaría menos de media hora sacar mis cosas del apartamento, deliberadamente listas para volver a casa a la menor oportunidad. Casa. Qué complicado se ha vuelto eso ahora que existe Robert. Y también Cleo, supongo. Voy a tener que hablarle a Susie de ella. No es que crea que haya hecho algo malo, pero ¿cómo podemos hablar de Robert sin sincerarme yo también? Aunque no es lo mismo. Cleo no va a formar parte de la vida de los chicos. No los ayudará con los deberes ni les leerá cuentos por la noche. Ni siquiera sabrán nunca su nombre. Imaginarme a Robert haciendo esas cosas me desmonta, es un mazazo en el plexo solar que me obliga a tumbarme en el sofá con la mano en el pecho. Cierro los ojos y me visualizo de nuevo en Isla Salvación. Estoy en lo alto de la Colina de los Aullidos y puedo ver luz en las ventanas de Otter Lodge y humo saliendo por la chimenea. En Boston son poco más de las cinco de la tarde, lo que quiere decir que en Irlanda pasan unos minutos de las diez de la noche. Puede que Cleo esté acurrucada en el sofá con su portátil, o a lo mejor le cuesta conciliar el sueño y está en los escalones del porche contemplando las estrellas con un chupito de whisky entre las manos. Ojalá pudiera chasquear los dedos y plantarme a su lado. Me aprieto el pecho para sentir la esquirla palpitante que me incrustó en él y desciendo por la colina para echarle una manta sobre los hombros. Espero que tuviera razón con lo de la conexión. Espero que dondequiera que esté ahora, haya hecho una pausa y haya pensado inesperadamente en mí.

—¿Mamá?

—¡Mack! —Su voz rebosa sorpresa y regocijo.

—Qué alegría oír tu voz —digo, cerrando los ojos porque he vuelto a mis trece años. Puedo verla acomodándose en el viejo banco del recibidor, donde antes estaba el teléfono fijo. Hoy día podría atender las llamadas desde cualquier lugar de la casa, pero nunca ha abandonado el hábito de sentarse junto a la mesa de la entrada.

—Te oigo muy bien —dice, encantada.

—No me extraña. Estoy en Boston.

—¿Estás en casa? —pregunta atónita—. ¿Ya?

Oigo cómo se cuela en su voz la inquietud por mi temprano regreso. Sabe lo mucho que significaba para mí ir a Salvación, y que no volvería antes de lo previsto a menos que fuera necesario.

—¿Los chicos están bien?

—Perfectamente, y yo también. Tan solo sentí que era el momento de volver a casa —digo.

Mi madre ha sido un gran apoyo para mí estos últimos años. Me recogió cuando, poco después de la separación, aparecí en su porche y me vine abajo, atragantándome con las palabras porque no podía entender qué había hecho mal. No quiero hablarle de Robert por teléfono y, respecto a Cleo, no sabría por dónde empezar si es que alguna vez le hablo de ella. ¿Qué voy a decirle? Oye, mamá, adivina qué ha pasado, ¡he tenido un rollo de vacaciones! Parecería un inmaduro. Además, no hace justicia a lo que sucedió en Otter Lodge. ¿Debería decirle, en su lugar, que me he microenamorado y que, por consiguiente, tengo el corazón microdesgarrado? Si tuviera que encontrar palabras para describir cómo me siento desde que me marché de Salvación, diría que como si hubiese perdido algo. No como cuando extravías las llaves o la cartera. Sería más como si los Red Sox desaparecieran mañana o si no pudiera acariciar el contorno familiar de mi Leica. Ambos son piedras angulares de mi existencia. Sería menos persona sin ellas en mi vida. Por tanto, no, es probable que nunca le hable a mi madre de Cleo porque no tengo las palabras adecuadas para transmitir su importancia, o su ausencia. Y el caso es que tengo con qué compararlo, porque este no es mi primer encontronazo con el fin de una historia de amor. El pánico y el shock que viví con la separación de Susie es una experiencia demasiado reciente. He tenido que acostumbrarme a vivir sin las mejores partes de mi vida, a la desolación de no estar con mis hijos todo el tiempo, al dolor lacerante del rechazo de mi esposa, a la profunda soledad de este apartamento y, en cierto modo, a la vergüenza.

De modo que sí, sí sé cómo son las rupturas, desagradables, complicadas y terribles. Mi final con Cleo no fue ninguna de esas cosas. No nos hicimos daño ni rompimos ninguna promesa. Sencillamente fue hasta que dejó de ser, pero, maldita sea, cuánto la echo de menos. Echo de menos la simplicidad de Otter Lodge, la belleza de Salvación, el placer de estar con alguien que no esperaba nada de mí. La compañía de Cleo fue una chispa de pura dicha en un año por lo demás sombrío.

—¿Vendrás pronto? —me pregunta mi madre—. Estoy deseando verte. O puedo ir yo a Boston y ver de paso a los niños.

Me encantaría que viniera, pero no a este apartamento. En casa siempre se alojaba en la habitación de invitados amarilla, pero desde que todo saltó por los aires no ha vuelto a hacerlo. Detesto que su relación con los chicos se haya visto afectada indirectamente, ella no debería ser un daño colateral. Por el momento es mejor que vaya a verla yo. Además, me temo que me esperan unos días complicados con Susie; mejor que mi madre no esté en medio.

—Cuando acabe de organizarme aquí iré a verte. Los chicos vuelven del lago mañana, les diré que te llamen por FaceTime, ¿te parece?

Guarda silencio y sé que sabe que no estoy bien.

—Claro, hijo —dice—. Estoy deseando ver las fotos. Tu abuela también.

—¿Cómo está?

—Más o menos igual —dice en ese tono cauto que utiliza siempre que habla de mi abuela.

Es duro para mi madre ver cómo la demencia empieza a mezclar los preciados recuerdos de su madre. La mayor parte del tiempo la situación es llevadera, pero sé que poco a poco está haciendo mella en las dos. A mi abuela le va a encantar ver mis fotografías de la isla, puede que hasta despierten en ella recuerdos que significarán mucho más para mí ahora que he pasado tiempo allí. Las imágenes de Boston de ochenta años atrás muestran una ciudad que no tiene nada que ver con el lugar que es hoy, sin embargo dudo que Salvación haya cambiado mucho.

—Iré pronto —digo—. Te lo prometo.

Cleo
30 de octubre

Isla Salvación
SOPA DE POLLO PARA EL ALMA

—¡Dichosos los oídos, oh, Cleopatra!

He llamado a mi madre porque necesitaba un poco de amor incondicional, mi ración de «sopa de pollo para el alma», pero es la voz bromista de mi hermano la que escucho cuando descuelgan.

—Hola, Tom —digo sonriendo contra el viento virulento que sopla en lo alto de la Colina de los Aullidos. En Londres aconsejarían a la gente no salir de casa mientras que aquí es un viernes como otro cualquiera—. ¿Qué me cuentas, hermanito mayor?

—Ah, el rollo de siempre. El trabajo una mierda, Eve quiere divorciarse de mí, los niños han destrozado la casa y el perro apesta. Me he refugiado en casa de mamá para pasar un rato tomando el té y sintiendo algo de empatía. Me interesa mucho más tu luna de miel. ¿Muchas cenas románticas para una y largos paseos por la playa?

Escucho sus quejas sabiendo que es asquerosamente feliz en su caos doméstico. Eve le adora y su casa parece sacada de *Country Interiors*.

—Algo así.

—Hum, no pareces muy contenta —dice receloso—. Siempre puedo ir a pasar una semana contigo, si te apetece. Dudo mucho que me echen de menos aquí. Solo se darían cuenta de que me he ido cuando vieran que nadie ha sacado la basura.

—Claro, porque si hay algo más raro que una luna de miel para uno es una luna de miel con tu hermano —replico, riéndome. Dolores me arrancaría el anillo de su hermana del dedo.

Oigo a mamá reclamar su móvil mientras Tom finge una arcada.

—¡Cleo, cariño! —dice instantes después, con la voz amplificada porque Tom ha puesto el altavoz—. ¡Felicidades con retraso!

—Mamá. —Cierro los ojos y evocó su rostro reconfortante.

—¿Qué tal fue?

—Bueno, fue… Si te soy sincera, fue bastante profundo. Gracias por el reloj, llegó a la hora justa.

Las dos nos reímos de mi tremendo chiste.

—¿Estás bien, cariño? Te noto rara.

Ay, las madres, imposible engañarlas. Arrugo la nariz y me entierro un poco más en la capucha para que el frío no me congele las lágrimas en las pestañas.

—Estoy bien —contesto, procurando que no se me note que estoy mintiendo.

Hace una pausa.

—¿Por qué no te vienes unos días aquí cuando vuelvas? Hace mucho que no te veo. Haré un pastel de café. ¿Qué me dices?, ¿te preparo la cama?

Visualizo mi habitación de la infancia, hadas rosas en el papel de las paredes y en las cortinas hechas por mamá. La ha cambiado desde entonces, pero siempre que duermo ahí sigo sintiendo que tengo ocho años.

—Tu pastel de café es el mejor del mundo —digo.

—¿Eso es un sí?

Me acurruco mentalmente en el sillón, junto a la chimenea de esa casa, con un enorme trozo de pastel de café y una taza de té; mamá en el otro sillón también con un trozo de pastel y un té. Tiene su libro abierto sobre las rodillas y hay un concurso vespertino como sonido de fondo, *Countdown* o algo igual de inocente. La tentación es fuerte.

—Puede que sí, pero aún no te lo puedo asegurar. Todavía no sé cuándo voy a volver y luego me tocará trabajar. —Hago una mueca porque sé que parece que la esté esquivando.

—¿Tendré que ir a buscarte personalmente, señorita? —pregunta.

—¿Tú también? —Sonrío—. Tom ya ha comprado un billete.

—De autobús —grita mi hermano en segundo plano.

—Estamos preocupados por ti, Cleo, nada más —dice mamá, amable en su reproche.

—Lo sé, y os lo agradezco, pero ya soy mayor. Tengo treinta años.

—Para mí siempre serás mi bebé —dice.

—El bebé insufrible —añade Tom.

Me río con ellos, aferrándome a su familiaridad, deseando abrazarlos. Mis días en la isla me han ayudado a ver las partes de mi vida de las que necesito deshacerme y las partes que necesito agarrar con fuerza.

—Tengo que colgar. Corro el peligro de convertirme en hielo.

Se despiden con una ráfaga de adioses y hundo las manos en los bolsillos para calentarlas. El tiempo aquí arriba es especialmente severo hoy, siento como si el viento pudiera arrancarme la piel.

Me levanto y sacudo mi entumecido trasero. Tengo las entrañas repletas de una frustración contenida que escapa de mi cuerpo con un largo y fuerte alarido. Sorprendentemente, me sienta de maravilla sacarla. Miro en derredor. No hay nadie más en varios kilómetros a la redonda, así que suelto otro aullido animal, más largo y fuerte esta vez, y otro, y otro, y otro, hasta que me quedo ronca y agotada por el esfuerzo pero, también, extrañamente eufórica.

Mack
30 de octubre

Boston
HABRÁ OTROS LUGARES Y OTROS MOMENTOS

Aparco a cierta distancia de la casa, necesito unos minutos para serenarme antes de subir por el familiar camino de entrada y tocar el timbre. Tengo llave, por supuesto, pero últimamente no la uso cuando voy ahí. Me palpo los bolsillos en busca del móvil. Quizá debería llamar, avisar a Susie de que voy en lugar de presentarme sin más, como he hecho tantas veces en el pasado. Nunca ha sido un problema, pero ahora que está con Robert creo que podría serlo. No sé si tengo energía para ser agradable con él, sobre todo después de un exceso de café para mantener a raya el *jetlag*. Preferiría no tener que pasar aún por esa prueba.

Es una casa preciosa. No es la más grande ni la más elegante de la calle, pero Susie lloró la primera vez que la vimos, y yo supe que movería cielo y tierra para conseguirla. La contemplo ahora recordando las horas que pasamos comparando similares tonos de azul para pintar los listones del exterior, la elegante curva del porche de color marfil que rodea la casa, la torrecilla del fondo que enamoró a Susie. Nuestro dormitorio está ahí arriba, todavía con una mecedora delante de la ventana en la que Susie se sentaba a dar el pecho a los niños. La casa necesitaba ser reformada cuando la compramos. He cambiado casi todos los tablones del porche. No necesité buscar ningún hobby nuevo los dos primeros años, ya que adquirí unos cuantos cuando el agente inmobiliario nos entregó las llaves. Aprendí a pulir suelos, montar cocinas, fundamentos de fontanería y muchas cosas más, sin contar con la ayuda y la experiencia de mi padre. Pero no importaba, porque tenía al padre de Susie. Se me encoge el estómago al pensar en Walt, y en Marie, la menuda y graciosísima madre de Susie. Los echo de menos; a veces me pregunto si Susie es consciente de hasta qué punto, de lo duro que resulta para mí cuando han sido también mi familia tantos años. Los efectos colaterales de una separación alcanzan todas las áreas de tu vida; pierdes mucho más que a una persona. Los amigos se ven forzados a distanciarse, las relaciones con las que cuentas lo pasan mal, la gente se siente comprometida y obligada a tomar partido. Marie no traerá en Navidad mis magdalenas favoritas de manzana y canela, mi madre no se alojará en la habitación amarilla el día de Acción de Gracias. Un cambio detrás de otro. Es deprimente.

El coche de Susie está en la entrada, lo que quiere decir que se hallan en casa. No hay más coches. Eso también es bueno. Me pregunto con qué frecuencia los visita Robert, si a mis hijos se les cae el alma a los pies o dan saltos de alegría cuando ven llegar su automóvil. Objetivamente, sé que Robert no representa una amenaza para mis hijos, es un hombre decente. Aburrido, pero decente. Resoplo, apartándolo de mis pensamientos, y me olvido por completo de él porque Nate sale disparado por la puerta y se precipita por el camino de entrada agitando los brazos.

—¡Papá! —grita con su voz aguda y los cabellos rubios volando, todo brazos y piernas mientras corre por la acera.

Estoy junto a mi camioneta, riendo con los brazos extendidos, y se arroja sobre mí. Lo levanto del suelo; Dios, ¡cuánto le he echado de menos! Cierro los ojos, aliviado, y sus brazos delgaduchos se aferran a mi cuello. El olor de su champú. La levedad de su cuerpo. El sonido infantil de su voz. Parpadeo para ahuyentar las lágrimas y río en su lugar, alejando la cabeza para empaparme de su rostro.

—Hola —digo al tiempo que le alboroto el pelo—. ¿Cómo estás?

—Este año he pescado el pez más grande —me explica dando botes en mis brazos.

—¿En serio? —Walt es un pescador entusiasta y siempre compiten a ver quién pilla la pieza más grande.

—Le hice una foto. —Baja sin soltarme la mano—. La tengo en el iPad, ven.

—Eso tengo que verlo —digo mientras tira de mí—. ¿Está Leo en casa?

Nate asiente.

—Se hizo daño en la pierna en el lago.

Frunzo el entrecejo, detestando el hecho de no haber estado al corriente de ese incidente. Nate cruza el umbral a la carrera y yo me quedo en la puerta, tamborileando la vidriera policromada con los dedos. Me asalta la nostalgia al contemplar el amplio pasillo, los tablones que pulí, la alfombra que nos trajimos de un largo fin de semana en Nantucket.

—¿Hola? —llamo con la mano todavía medio alzada. Trago saliva cuando Susie asoma por la puerta de la cocina, situada al final del pasillo, con una calabaza en las manos a medio tallar. La añoranza me golpea el corazón.

—Mack —dice, sorprendida, caminando hacia mí—. Creía que aún estabas en Irlanda.

Me encojo de hombros con fingido desenfado.

—Sentí que era el momento de volver —confieso—. ¿Qué tal en el lago?

Susie pestañea, aturdida aún por mi repentina aparición.

—Oh, bien. Mamá me pidió que te diera las gracias por las flores. —Hace una pausa—. Fue todo un detalle.

Le envié a Marie un ramo de flores por su cumpleaños, consciente de que mi nombre seguramente no aparecería en las felicitaciones y regalos.

—¿Pretende ser una tela de araña? —Señalo el embrollo de hilos que cubre la calabaza.

Susie la mira. Los dos sabemos que yo soy el tallador de calabazas oficial.

—Este año vamos retrasados con la decoración debido al viaje. Estuve a punto de pasar de todo, pero ya sabes… —Encoge los hombros—. A los chicos les encanta.

En mi opinión, todo aquello que haga que las cosas parezcan normales para los chicos es bueno.

—¿Necesitas una mano?

Esboza una sonrisa torcida, indecisa, y por un momento me recuerda a la universitaria que posaba para su padre en la clase de fotografía, el recelo en sus ojos de color azul cielo. Casi puedo oírla pasar mi ofrecimiento por el escáner de su cerebro examinando el tono de mi voz, analizando la elección de mis palabras, evaluando si encierran un significado oculto. No hay un significado oculto. Simplemente pensé que sería mejor tener algo que hacer en lugar de limitarme a beber café y charlar con tirantez en la cocina donde yo solía hacer tortitas los domingos por la mañana.

—Claro —dice—. A los chicos les encantará.

Paso sus palabras por mi propio escáner interno y este escupe la observación de que Susie ha hecho hincapié en que a los chicos les encantará mi ayuda, lo que podría implicar que a ella no. Mientras la sigo hasta la cocina hurgo en mi cabeza y arranco el enchufe de mi escáner interno.

—¿Está Leo en casa?

Deja la calabaza en la isla central.

—Creo que está arriba, en su cuarto.

Odio tener que esperar su autorización para subir.

—¿Te importa si…? —digo mirando hacia la escalera.

—Tiene que llevar muletas unos días —se apresura a decir—. Se torció el tobillo en el lago. Según el médico, es solo un esguince.

—No me lo contaste —digo. No es una recriminación intencionada, pero siento que Susie ha ignorado mi necesidad de saber.

—Mack, estabas en Irlanda. No puedo contarte todo lo que ocurre —dice a la defensiva—. Me ocupé del tema y Leo está bien.

—De ahora en adelante podríamos incluir las lesiones en esas cosas que has de contarme en el momento que ocurren —digo, igualmente a la defensiva, porque estoy seguro de que si algo le sucediera a los chicos estando conmigo, Susie querría saberlo de inmediato.

Suspira, y pienso que me gustaría que no hubiera tanta tensión entre nosotros.

—Sube —dice—. Y pregúntale si quiere bajar a ayudarnos a tallar las calabazas, normalmente le gusta hacerlo.

La dejo abriendo una caja de cartón con la palabra «Halloween» escrita en uno de sus lados, mi caligrafía rodeada de fantasmas infantiles que Nate añadió como efecto especial.

La puerta de Leo está cerrada, de modo que llamo con los nudillos y la abro. Absorto en la consola que tiene en las manos, no levanta la vista.

—¿No le dices nada a tu viejo padre, muchacho? —pregunto apoyándome en el marco de la puerta.

Al oír mi voz alza instintivamente la miranda y veo el instante preciso en que se da cuenta de que no soy su madre que ha venido a recoger ropa sucia o Nate buscando incordiar. Es como el chasquido de un interruptor, el salto de la sombra a la luz.

—¡Papá! —grita. Deja la consola a un lado y se olvida de su esguince cuando hace el gesto de levantarse. Se tambalea con una mueca de dolor y corro a sentarme en la cama para estrecharlo entre mis brazos.

—Has crecido —digo, como siempre que lo veo. Juraría que gana un centímetro o dos cada vez que salgo del cuarto—. ¿Una herida de guerra? —Señalo el tobillo.

Arruga la nariz.

—No me duele demasiado si no lo apoyo en el suelo.

Se le ensombrece la mirada. Sé que está recordando nuestra última conversación sobre Robert.

—¿Lo pasaste bien en el lago? —le pregunto—. Nate me ha dicho que ganó el concurso de pesca.

Leo sonríe.

—El abuelo estaba furioso.

Me lo imagino. Walt es un abuelo fantástico pero le cuesta poner coto a su vena competitiva, incluso con sus nietos.

—¿Por qué has vuelto? —Leo frunce el entrecejo—. Oye, que me alegro de que estés aquí, pero creía que habías dicho que te quedarías más tiempo.

Oigo lo que está preguntando en realidad. Cree que he acortado el viaje por Robert. A veces este chiquillo es demasiado perspicaz para su edad. Lo miro mientras trato de decidir cuál es el grado de verdad adecuado para un muchacho de doce años.

—Os añoraba demasiado a los dos —digo—. Pensé que os gustaría tenerme otra vez por aquí.

Leo deja ir un largo suspiro, de esos que das cuando te sientes aliviado, pero aún veo preocupación en su mirada.

—No has vuelto por mí, ¿verdad?

—Vine porque quería estar aquí. —Le aprieto el hombro—. Si ya te has hartado de mí, puedo irme otra vez.

Pone los ojos en blanco y esboza su adorable sonrisa. Está en esa fase de conejo en que sus dientes de adulto parecen demasiado grandes para su cara todavía infantil. ¡Cuánto le queda por crecer aún! Me va a necesitar y tengo toda la intención de estar aquí.

—¿Te quedas a cenar?

—Primero alguien ha de tallar esas calabazas —digo esquivando la pregunta—. Porque los dos sabemos que tu madre no es precisamente una crack haciendo eso, ¿no? —A Susie se le dan bien muchas cosas, pero las manualidades no son su fuerte—. Venga, te ayudo a bajar las escaleras.

Le sostengo el peso cuando se incorpora y al apoyarse en mí lo estrecho con fuerza un segundo.

—Te quiero —papá—. Me alegro mucho de que hayas vuelto.

El corazón se me ensancha.

—Yo también, hijo.

Volver a casa ha sido, sin lugar a duda, lo correcto. Espero que Leo haya comprendido hoy que siempre que me necesite, aunque me encuentre en la otra punta del mundo, solo tiene que decirlo y allí estaré.

Cualquiera que nos hubiera observado por un agujerito durante las siguientes dos horas, habría creído que este es un Halloween más, que somos una familia americana corriente tallando calabazas y adornando el porche como el resto del barrio. Yo siempre he sido un fan de Halloween, pero este año el macabro trasfondo encaja especialmente con el lúgubre malestar que existe entre Susie y yo. Ambos hemos hecho lo posible por convertir este rato en un pedacito de normalidad para los chicos, pero bajo la superficie rezumaba tensión. Cada vez que Susie miraba el reloj me preguntaba si era porque Robert estaba a punto de llegar. Si yo hacía un comentario, Susie enseguida afilaba la mirada, buscándole un doble sentido. Espero que los chicos sepan por lo menos que los cimientos de nuestra familia no se han venido abajo, que siempre seremos capaces de estar juntos así, con independencia de lo que esté sucediendo entre Susie y yo. En algún lugar leí que si pones a los hijos por delante, todo lo demás acaba encajando detrás. Este consejo es mucho más fácil de aceptar cuando no hay nadie más en la foto, pero se convierte en algo crucial cuando las cosas se complican. Creo que Susie y yo hemos hecho un buen trabajo. Al menos hasta el momento. Leo y Nate están ahora en el jardín de un vecino con otros chicos, y nosotros sentados en el porche, como era nuestra costumbre. Hacía tiempo que no estábamos los dos solos.

—Lamento que te enteraras de lo de Robert de ese modo —dice Susie con la mirada fija en la calle y no en mí.

—Yo lamento que Leo lo descubriera como lo hizo —digo.

Podría ser más amable, pero me duele saber que Leo vive ahora con el mismo recuerdo de su madre con el que he vivido yo desde que sorprendí a mi padre. Casi lo menciono; después de todo, Susie sabe lo mucho que ese descubrimiento en particular me ha concomido a lo largo de los años. Pero me muerdo la lengua. Sería un golpe bajo, sobre todo porque seguramente ya ha hecho la conexión.

Se frota la cara con las manos.

—Fue horrible, Mack. Leo lloró mucho, y yo también. —Suspira—. Ojalá hubiera sucedido de otro modo, ojalá pudiera dar marcha atrás.

Mi padre no experimentó remordimiento alguno, ni siquiera supo que lo vi ese día. Lo que le pasó a Leo es muy distinto de lo que me pasó a mí, Susie se asegurará de que así sea. Yo, con mi vuelta hoy aquí, me aseguraré de que así sea.

—¿Cómo has estado? —le pregunto. Sentada en el balancín del porche, tiene sombras nuevas bajo los ojos y percibo fragilidad en la postura de sus hombros. La he visto leyendo hecha un ovillo en ese balancín más veces de las que podría contar, con un ojo puesto en los chicos mientras jugaban en la calle. Hoy no está nada relajada. Sus ojos azules brillan con lágrimas contenidas cuando se vuelve hacia mí.

—No duermo demasiado bien. Ya sabes… —se retuerce los dedos sobre el regazo—, dándole vueltas a todo.

Cada parte de mi ser quiere rodearla con el brazo y decirle que todo se arreglará. Ese ha sido siempre mi papel en nuestra relación, el hombro fuerte, la roca en la que todos pueden apoyarse. Pero hoy no la rodeo con el brazo. No puedo porque ya no sé cuál es mi papel en la vida de Susie. Con los chicos está claro: soy su padre, está grabado a fuego que los querré siempre, pase lo que pase. Miro a Susie y me resulta duro pensar que llegará el día en que yo tampoco la querré. Es la madre de mis hijos, la mujer con la que me casé, el amor de mi juventud. Si fuéramos un diagrama de Venn, los chicos serían el círculo del centro, con Susie en un lado y yo en el otro, siempre solapados. Otros círculos podrían solapar el de Susie por su otro lado, y otros círculos podrían solapar el mío, pero los tres círculos originales deben permanecer conectados o todo se viene abajo. Mis padres dejaron que sus círculos se separaran. Yo no lo permitiré. Con esos círculos en la mente cubro con mi mano la de Susie.

—Al principio nos costará sobrellevar la situación —digo—, pero lo haremos porque tenemos que hacerlo, por los niños. —Señalo la macabra decoración de Halloween que hemos elaborado juntos—. Los chicos necesitaban ver que nos llevamos bien, y hacer esto juntos les ha demostrado que pase lo que pase, así será.

—No quería que te enteraras de lo de Robert de la manera en que lo hiciste, lo siento muchísimo. Quería ser yo quien te lo explicara. Estuve a punto de hacerlo. ¿Recuerdas el día que viniste y nos contaste que te ibas de viaje? Había decidido contártelo ese día, pero cuando dijiste que te ibas, no me pareció buena idea.

No puedo mentir: ojalá Susie hubiera encontrado las palabras. No hay una manera fácil de enterarse de que la persona que amas está con otro, pero hacerlo a cinco mil kilómetros de distancia, en lo alto de una colina bajo una lluvia torrencial, fue, sin duda, la peor manera. Naturalmente, si Susie me hubiese hablado de Robert entonces, quizá no hubiera ido a Isla Salvación. Y si no hubiese ido a Isla Salvación, ahora no sería quien soy, me faltaría un gran pedazo.

—Robert no fue el motivo —prosigue—. Sucedió meses después. Ni siquiera imaginé que pasaría, simplemente... —Se encoge de hombros—. Estaba deprimida, él se portó muy bien conmigo y ocurrió sin más.

Clavo la mirada en el suelo.

—Te creo. —Es cierto. Me gustaría pensar que en nuestro matrimonio había suficiente honestidad para que ninguno de los dos hubiera sido infiel.

—Ni siquiera sé aún si es algo serio —continúa—. Sé que dije que lo era. Pensaba que lo era, estaba pillada, supongo. Demasiado pronto, creo.

No puedo evitar preguntarme qué sucedió para ese cambio de parecer. Estoy casi seguro de que en el lago no jugaron a la familia feliz todo el tiempo, pero puede que Robert fuera a pasar algún día. Me descubro deseando que sea un pescador pésimo.

—¿Demasiado pronto para saberlo?

Me mira y una lágrima resbala por su mejilla.

—Demasiado pronto después de ti, Mack Sullivan.

Tengo que hablarle de Cleo. No es justo que ella esté sincerándose y yo no.

—Oye, Susie —digo, intentando elegir las palabras menos hirientes.

Levantamos la vista cuando un coche se detiene en la calle.

—Mierda. —Susie se seca rápidamente las mejillas—. Es Robert. No lo esperaba.

Uf. Me pellizco el caballete de la nariz mientras ella se levanta de un salto. Veo a Robert apearse de su automóvil y me alegro de que los chicos no estén aquí para presenciar la escena. Chaleco abotonado hasta abajo. Vale. Corbata de Goofy. Vale. Expresión cautelosa. Vale. ¿Furia repentina trepando por mi estómago como el ácido? Vale.

—Debería irme —farfullo.

Susie se vuelve hacia mí.

—No tienes por qué hacerlo, Mack…

No sé si me está pidiendo que me quede o que me vaya. Tal como lo veo yo, si me quedo podría clavarle un puñetazo a Robert, lo cual echaría por tierra todo el trabajo que hemos hecho aquí esta tarde. Sé que, en cierto modo, renuncié al derecho a indignarme cuando borré aquella raya de tiza en Otter Lodge, pero no puedo aplicar la lógica a las emociones que corren ahora por mis venas. Conozco a Robert desde hace más de siete años. ¿Siempre ha sido dulce con Susie? ¿Ha estado todo este tiempo esperando entre bastidores a que se produjera una grieta por la que colarse? Estoy enfadado con él como no lo estoy con Susie. Podría pagar a un psicólogo una pequeña fortuna para que me ofrezca un sinfín de teorías de por qué esto me quema, o podría simplemente escuchar al león herido en mi pecho contarme que este tío se insinuó cuando yo no estaba mirando y debería partirle la cara. No estoy orgulloso de mis sentimientos, pero ahí están.

—Me largo. Diles a los chicos que les llamaré más tarde.

Rebobinando de una manera casi cómica, Robert se mete de nuevo en el coche cuando bajo los escalones del porche de dos en dos. Ni siquiera me vuelvo hacia él, solo sigo caminando hasta que llego a mi camioneta y arranco el motor para pirarme de aquí antes de que pueda cometer una estupidez.

Más tarde, después de haberme tomado tres cervezas, estoy sentado a la mesa del comedor frente al portátil con las fotos de Isla Salvación delante. Me digo que se trata de trabajo, pero lo que estoy haciendo en realidad es buscar una manera de aliviar el dolor que siento. Me recuerdo a mí mismo que la vida no siempre será tan dura, que habrá otros lugares y otras épocas, que puedo bailar lento al son de «Thunder Road» bajo las estrellas y seguir siendo un buen padre. He pasado la última hora lamiéndome las heridas, mirando fotos de cuando los chicos eran pequeños, de una Susie agotada y preciosa con su camisón de hospital dos horas después de dar a luz a Leo, de pasteles de cumpleaños caseros y de primeros pasos tambaleantes. Tanto amor que dejar ir. Los primeros dientes y rizos guardados en sobres en una casa en la que ya no vivo, la corbata que llevaba el día que me casé con Susie doblada en la caja con el vestido de novia de ella, en el desván. Nuestra historia de amor entremezclada con el follón de la crianza de los hijos, diluyéndonos y al mismo tiempo fortaleciendo nuestro vínculo. No consigo sacudirme el deprimente peso del fracaso. Otras parejas salen adelante, ¿por qué nosotros no? He pasado muchas noches en vela dándole vueltas a esta pregunta, repasando los momentos en que no hice lo suficiente, en que no dije lo adecuado, y es inútil. Requiere un gran esfuerzo desenamorarte cuando no quieres hacerlo.

Paso las imágenes de Salvación dejando que la belleza de la isla penetre lentamente en mi cabeza para compensar la amargura. Cielos variables, mares plomizos y ondulantes, playas azotadas por la lluvia, la cordial sonrisa de Raff detrás de la barra del Salvation Arms. Dios, ojalá estuviera aquí para compartir una cerveza conmigo, no me iría mal un poco de compañía para no tener que beber solo. Delta llena la pantalla, sus ojos verdes y traviesos. Las cruces de granito en la iglesia del promontorio, un isleño encorvado para atender las flores. Me reconforta sobremanera saber que Salvación sigue ahí, viviendo y respirando, la hospitalidad de la gente, la hostilidad del tiempo, el refugio de Otter Lodge.

Clico de nuevo y la imagen de Cleo inunda la pantalla, riendo al objetivo por encima de su hombro mientras el viento le lanza el pelo contra la boca en la playa. Dicen que la cámara nunca miente. De tanto en tanto, con la luz justa en el nanosegundo justo, puedes capturar toda la esencia de una persona en un solo fotograma. Este es uno de esos momentos mágicos. Puedo oír la risa desenfadada de Cleo, puedo ver su bondad innata. Si no conocieras a la persona de esta fotografía, querrías conocerla. Te quedarías un rato mirándola a los ojos y sabrías que es alguien que deja una estela de luz a su paso, un faro que guía a las almas perdidas en las noches más oscuras. Una de esas almas soy yo, Cleo. Esta noche me vendría muy bien que me guiaras con tu luz.

Cleo
2 de noviembre

Isla Salvación
MENSAJE RECIBIDO, UNIVERSO

Karen Carpenter dio en el clavo sobre los días lluviosos y los lunes. Es lunes por la mañana y está lloviendo, un palo doble, pero no me quejo porque encaja con mi estado de ánimo. Ya me he levantado y regresado a la cama en una ocasión, que el tiempo haga lo que le venga en gana.

Hace seis días que se fue Mack. Unas veces me parecen seiscientos años y otras seis segundos, como si lo hubiera hecho desaparecer con un parpadeo. Ojalá pudiera hacerlo reaparecer con otro parpadeo. Ni siquiera intentaré negar lo mucho que me gustaría mirar por la ventana de la cocina y verlo bajar por la colina, o rodar sobre el costado en la cama y encontrármelo durmiendo a mi lado. Es una tortura. Microamor, lo llamamos, pero esto parece una megarresaca de macroamor. Estoy en pleno bajón: «Thunder Road» una y otra vez, no me entra la comida, no me he peinado. Detesto estar tan tirada, siento que me estoy traicionando a mí misma. Salí al porche con las primeras luces y escudriñé el mar, preguntándome si el *Pionera* había levado anclas y zarpado sin mí, tremendamente decepcionada por mi falta de agallas. «¡No esperaba sentirme tan mal!», grité inclinándome sobre la barandilla. «¡No tengo la culpa de echarlo tanto de menos!», aullé enfurecida, sorprendida por el dolor físico de mi abatido corazón. Necesito que Mack me devuelva esa esquirla de mi corazón, creo que podría ser arterial. ¿Es esta una razón lo bastante buena para escribirle pese a prometernos que no lo haríamos? Tenemos nuestros números de teléfono; los escribimos en la hoja de las normas para casos de emergencia. Podría sentarme en lo alto de la Colina de los Aullidos y telefonearle ahora mismo, escuchar los clics y silencios de mi desesperación atravesar los kilómetros hasta dondequiera que esté. No lo haré. Claro que no. Pero saber que podría hacerlo casi me hace sentir peor. Se me pasará, se me tiene que pasar. No moriré de una enfermedad cardiaca. Esto no es una tragedia shakesperiana. Me sobrepondré, ya lo creo que sí, me peinaré y comeré algo. Eliminaré «Thunder Road» de mi *playlist*. Y mientras lo pienso le doy al play una vez más. Bruce toca su armónica con todo el sentimiento y me hago un ovillo en medio de la cama y lloro.

Cuando abro los ojos descubro una nota en el suelo; la han pasado por debajo de la puerta. La veo desde la otra punta de la estancia, un destello blanco sobre los tablones. Salto de la cama y me lanzo sobre ella por si es de Mack. ¡Dios mío! ¿Ha vuelto? Me incorporo y me apoyo en la puerta para desplegar la hoja. No es de Mack.

Hola, Cleo. No te pierdas el grupo hoy, tenemos algo para ti. D Besos

Delta. Suspiro al tiempo que pongo el hervidor sobre el fogón. No creo que pueda reunir fuerzas para caminar hasta el pueblo esta tarde. Todavía llevo puestos los vaqueros de ayer y la arrugada camisa de cuadros rojos y negros, y tengo el pelo lleno de enredos. No voy a ir.

Me llevo el café al porche para meditarlo un poco más. El día de mi cumpleaños bailé en este mismo lugar, Mack me daba vueltas y el vestido giraba alrededor de mis rodillas. Cierro los ojos e intento evocar a la chica dichosa que fui en aquel momento exacto, pero se me escapa. Bebo un sorbo de café hirviendo contra el viento frío y me siento porque estar de pie de repente me supone demasiado esfuerzo. Cruzo las piernas y rodeo la taza con las manos para calentarlas, con la mirada fija en la bahía. Él está allí, en algún lugar, a cientos de miles de brazas y varias zonas horarias, ejerciendo otra vez de padre e hijo, de fotógrafo brillante y marido rechazado. Aunque tal vez haya dejado de ser rechazado. No tenía ni idea de que se podía echar tanto de menos a alguien. Me recuerdo constantemente que tuvimos un idilio de lo más breve, que es inaceptable que me permita venirme tan abajo. Dejo la taza medio llena en los tablones arenosos, harta de café en un estómago vacío.

«No te pierdas el grupo». Imagino que Delta sabía que una frase que me permitiera elegir caería en oídos sordos, mientras que una orden tan directa es más difícil de ignorar. «No te pierdas el grupo hoy». Deslizo el pulgar por la esfera de vidrio del reloj de mi padre. No me lo he quitado desde el día de mi cumpleaños, a veces aprieto la mejilla contra el frío cristal en busca de consuelo. «Es mediodía», me dice el reloj. «Levanta del suelo, criatura», me dice mi padre. «Péinate y sube esa colina. No te pierdas el grupo». Suspiro al tiempo que agarro la taza y entro en busca del cepillo de pelo.

Brianne es la primera en verme y cruza disparada el salón.

—Has venido —dice—. Ven, quítate el empapado abrigo y cuélgalo sobre el radiador para que se seque.

Su mirada rebosa de preocupación maternal, aun cuando solo debe de ser unos años mayor que yo. Me lleva apresuradamente hasta el grupo, donde las mujeres ya están haciéndome sitio junto a Delta en el sofá.

—Ven aquí, cielo —dice Delta dándole palmaditas al cojín—. Siéntate y entra en calor.

Me acomodo entre Delta y Erin, que me frota la rodilla y me tiende una taza de café.

—Delta estaba segura de que vendrías, lo teníamos preparado para ti. También hay tarta. Puedes llevarte un trozo a casa si ahora no te apetece.

No me percato de que me tiemblan las manos hasta que cojo la taza a rayas azules y blancas.

—Oye. —Delta me pasa el brazo por los hombros—. Puedes desahogarte, no pasa nada.

Y eso hago. Alguien me quita el inestable café de las manos y les cuento a trompicones lo mucho que echo de menos a Mack, y ellas me dicen las cosas adecuadas y se apiñan a mi alrededor mientras lloro. Lo saben; puedo verlo en sus caras. Saben que el microamor no existe. Existe el amor.

—Llevará su tiempo olvidar a un hombre así —dice Ailsa, y todas asienten con expresión sombría.

—¿Puedo apuntarme esa frase para mi próximo libro? —pregunta Carmen tras una pausa, y sonrío porque sé que esa es exactamente la razón por la que Ailsa lo ha dicho.

—Gracias por la nota, me alegro de haber venido —digo una vez que me he tranquilizado.

Dolores añade un chorrito de whisky a mi café mientras Delta me aprieta la rodilla.

—Si no llegas a venir, teníamos planeado ir a verte. Ya le había pedido a Cam que me subiera con la carreta. Estaba más que dispuesto.

Ni por un momento pienso que esté bromeando. Puedo imaginarme perfectamente al marido de Brianne empujando a Delta colina arriba en la carreta. Suelto un suspiro trémulo, agradecida de que estas mujeres me hayan acogido en su rebaño como una oveja descarriada. Tengo muchos amigos en Londres, pero la gente va y viene, la transitoriedad es inevitable. Aquí la gente crece y se queda. He pasado más tiempo con Delta que con la mayoría de mis colegas, y eso que llevo en la revista casi cuatro años. Y así fue también con Mack. Vivíamos volcados el uno en el otro.

Noto que los hombros se me despegan lentamente de las orejas conforme la conversación decae a mi alrededor contra el clic de las agujas de tejer, el ruido de platos, el sonido de fondo de la radio. Una orquesta que me reconforta. Las voces de las mujeres suben y bajan, como una melodía, mientras me pasan un trozo de tarta o un ovillo de lana o posan una mano tranquilizadora en mi hombro cuando se levantan. Instintivamente le dan el tono justo de compasión y consuelo, permitiéndome serenarme después de mi desahogo inicial.

—Me siento terriblemente frágil —digo cuando Delta arquea la espalda para estirar los hombros y me pregunta si estoy mejor.

—Puede que hoy sí —dice—, pero a la larga te hará más fuerte.

—¿Tú crees? —Contemplo mis agujas con la bufanda medio hecha.

Asiente.

—Desde luego.

Dolores me mira.

—Pero no demasiado —asegura—. No te construyas un muro tan alto que no puedas saltarlo.

Probablemente a Dolores le desagradaría mucho saber cuánto me gusta. Es un buen consejo. Ahora mismo me construiría un muro bien alto con la piedra de Salvación, de doble grosor, por si las moscas.

—Hace falta una mujer fuerte para capear algo así —interviene Carmen.

—Cleo lo es —declara Erin sin vacilar.

—¿Puedo quedarme aquí para siempre? —Suspiro.

—Pero no en Otter Lodge, me temo. —Brianne se muerde el labio con una mirada de disculpa—. He hablado con Barney esta mañana. Vuelve dentro de unas semanas y quiere alojarse en la cabaña. Me ha pedido que no acepte más reservas durante un tiempo.

—Oh —digo, desolada.

Qué mala noticia. Obviamente, sé que en algún momento tendré que irme de la isla, pero esto supone una presión extra, como si me hubieran arrebatado la decisión de las manos. Otter Lodge se ha convertido en mi refugio. No me gusta imaginarme a otra persona sentada en el porche, contemplando la playa o saludando a los delfines por la mañana. Mi buen ánimo cae de nuevo en picado y siento la necesidad de volver a la colina. Las mujeres se apresuran a abrirme el abrigo ahora calentito para que introduzca los brazos y a llenarme el bolso con trozos de tarta en papel de aluminio y lo que queda de la botella de whisky. Delta me acompaña a la puerta y añade otro paquete envuelto en papel marrón.

—Ábrelo luego —dice abrazándome por encima de su enorme barriga de embarazada.

—Vuelve adentro o el bebé cogerá frío.

Se ríe.

—Soy un desastre de madre. Lo que le espera al pobrecillo.

La dejo en la puerta y me alejo pensando en lo equivocada que está. Ese bebé será uno de los más afortunados del planeta por nacer en Salvación, entre estas gentes.

Empieza a anochecer cuando emprendo el ascenso de la Colina de los Aullidos. Llevo la linterna frontal de Mack, tan práctica y tan poco favorecedora; me la dejó en el bolsillo del abrigo y me hizo prometer que la utilizaría. Esta noche la agradezco, pero también agradezco que nadie pueda verme.

Casi ha oscurecido cuando llego a la cima y descanso el trasero en la familiar inclinación de la roca. Ahora ya sé exactamente cómo colocarme, hay un lugar concreto que incontables posaderas han ido curvando a lo largo de los años. Me gusta pensar que las mías han contribuido a formar la hondonada.

Apago la linterna para apreciar mejor las vistas. Dejé encendida la luz del porche de Otter Lodge, no soportaba la idea de regresar a un lugar oscuro, frío. Por un momento imagino que Mack está en la cabaña encendiendo la chimenea, y la sensación es tan maravillosa que podría echarme a llorar otra vez. Pero

Mack no está. Me espera la soledad, y la verdad es que después de una tarde con tan alentadora compañía, creo que no me importa la idea de pasar un tiempo sola.

Un sonido en el bolsillo me sobresalta: mi móvil se ha conectado a la red. Lo encendí tras la partida de Mack, por si las moscas. Un mensaje de mi madre; tiene un pastel de café en la nevera y le gustaría que estuviera ahí para comerlo conmigo. Quiere que vaya a verla en cuanto regrese a Inglaterra. Apenas le he hablado de lo que ha estado pasando aquí, pero es mi madre. Sé que lee mis artículos y encuentra todas las palabras invisibles entre las líneas, que ha descifrado mensajes secretos de SOS que yo ni siquiera sabía que había enviado. Otro mensaje, esta vez de Ali, para decirme que ha aprobado mi solicitud de añadir los días de vacaciones que me debe a mi tiempo aquí. Relajo los hombros, aliviada. Eso me da un pequeño respiro, más días en Salvación antes de que la arena del reloj se agote.

Entra otro mensaje y estoy en un tris de no mirarlo porque el brillo de la pantalla se me antoja incompatible con la oscuridad atemporal de los cielos. Pero lo miro, y al ver el nombre se me corta la respiración.

Mack.

Introduje su número en el móvil cuando retiré de la nevera la hoja de las normas. Tenía intención de guardar la lista de recuerdo, pero la he perdido; seguramente la barrí cuando me puse a limpiar tras la marcha de Mack. ¿Acaso no llegó bien a casa? De ser así ya me habría enterado. Sin respirar apenas, abro el mensaje.

Uno — Springsteen acaba de sonar en la radio y he pensado en ti.
Dos — Te echo la hostia de menos, y también la isla y la cabaña. Pero sobre todo a ti.
Tres — Ya sabes qué es el tres.

Oh, Mack. Leo y releo sus palabras. De los dos, pensaba que sería yo quien rompería nuestro pacto, quien acabaría un poco borracha y terriblemente sola con el móvil en la mano. ¿Qué hago con esto? ¿Responder? Pienso en él, en su largo viaje, en el estrés que habrá vivido al regresar a Boston, al ver de nuevo a sus hijos, el torbellino de emociones por el que estará pasando con su exmujer. No puedo ni empezar a imaginar cómo se procesa crear una vida, una familia, con alguien y que luego te quiten la alfombra de debajo de los pies sin contemplaciones. Vi lo herido que estaba por lo de Robert, y estoy segura de que Susie sentirá el mismo desgarro en las entrañas cuando Mack le cuente, si se lo cuenta, lo nuestro. Mack ha vuelto a casa para afrontar un montón de conversaciones y decisiones dolorosas. Imagino que su mensaje es una vía de escape, desesperada y alimentada por el alcohol, a Salvación. Detesto imaginármelo solo en ese apartamento que tanto detesta, con una cerveza en una mano y el móvil en la otra.

Examino de nuevo sus palabras, pensando en mis opciones. Podría no responder, ceñirme a nuestro trato. El mensaje sería claro: no es una buena idea, Mack. Porque un mensaje lleva a otro, y antes de que nos demos cuenta seremos amigos en Facebook y nos torturaremos mirando fotos que nos romperán el corazón. A lo mejor se ha despertado lamentando haberlo enviado. El hecho de no contestar resolvería eso. Pero entonces podría preguntarse si lo he recibido siquiera, si se ha perdido a lo largo de sus cinco mil kilómetros de travesía, si una sirena lo cazó al vuelo en un acto de solidaridad femenina para protegerme de un mayor sufrimiento. No me cabe duda de que Mack no me escribiría una segunda vez y que la cosa quedaría ahí.

Doy vueltas a todas esas reflexiones encomiables sabiendo en todo momento que voy a responder. Naturalmente que sí. Pero no sé qué decir. Barajo varias opciones antes de dar con la que espero que sea la acertada.

Uno — Estoy sentada en lo alto de la Colina de los Aullidos con tu linterna de cíclope terriblemente vulgar.

Dos — Te echo desesperadamente de menos. La cabaña se me antoja demasiado grande sin tu ridícula parka ocupando todo el espacio.
Tres — Hoy fui al grupo de tejedoras y lloré como una boba, pero sigo sin arrepentirme. Ni ahora ni nunca.
Tres A (porque sé que no estás de acuerdo con un cuatro) — No sientas la necesidad de responder. Imagino que me escribiste borracho o en un momento de bajón o de lucha por readaptarte. Yo he contestado, así que estamos en paz.

Pulso enviar y me guardo el móvil en el bolsillo. Podría quedarme un rato aquí sentada para ver si contesta pese a haberle dicho que no era necesario. Quizá conteste, en Boston es ahora mediodía. Espero lo justo para asegurarme de que mis palabras han partido en su busca, enciendo la linterna y dirijo mi atención a Otter Lodge. Por el momento todavía es mía, he de aprovecharla todo lo que pueda.

Me alegra ver que el fuego que dejé en la chimenea no se ha extinguido del todo y experimento una sensación de logro cuando consigo reavivarlo. El fuego significa luz y calor, necesidades propias de una mujer de las cavernas que soy capaz de satisfacer. Bueno, también enciendo las lámparas, porque no soy realmente una mujer de las cavernas, pero la sensación de satisfacción por mis aptitudes es real. Puedo hacer cosas que me hacen sentir fuerte. Calentar sopa, encender velas, ponerme mi jersey favorito. Recuerdo que antes de venir a Salvación me inquietaba la idea de estar sola en la cabaña. Me preocupaba estar demasiado aislada, demasiado sola y expuesta. Incluso me asustaba un poco. Esta noche siento todo lo contrario. Necesito este silencio y me siento sostenida y apoyada por las gruesas paredes que me rodean. Cuando Mack estaba aquí, era un nido para dos; ahora es un rincón para uno.
Mi mirada se posa en el paquete envuelto en papel marrón que me dio Delta. Está atado con un sencillo cordel y contiene una nota.

La mayoría de las mujeres de Salvación han necesitado una de estas en algún momento de su vida. Si nos necesitas, ya sabes dónde estamos. Besos

Hago una pausa con el paquete sobre las rodillas. Cuidaré bien de esa nota, siempre tendrá un valor especial para mí. Tiro del cordel, abro el papel, levanto el contenido y hundo mi cara en él con un suspiro de gratitud. Pensaba que ya no me quedaban lágrimas hoy, pero por lo visto tengo un depósito de reserva. Es una manta. Una manta hecha de recuadros de punto cosidos entre sí para crear un *patchwork* colorido y reconfortante. La despliego y, cerrando los ojos, me envuelvo los hombros con ella. Es como si las mujeres de la isla me hubieran envuelto con sus brazos, una muestra intencionada de hermandad, de solidaridad femenina. Durante unos minutos dejo que el manto de calor penetre en mi piel, y luego abro los ojos y lo examino. Reconozco la lana amarilla que Ailsa utilizaba últimamente, y el inconfundible gris acorazado de Carmen, «la lana más cálida de la isla». Sonrío al recordar la expresión de escozor de Dolores cada vez que Carmen dice eso. Hay otros colores: verde musgo, rosa chicle, rojo cereza, azul turquesa. Vástagos de proyectos que he visto crecer en sus agujas. Caray, qué fantástico grupo de mujeres. Es un honor para mí formar parte de él, aunque sea temporalmente. Me pregunto si son conscientes de cuán especial es lo que poseen o si tienen la fortuna de poder dar por sentada su buena suerte como una parte más de la vida en la isla. Cuidan de los suyos y de tanto en tanto recogen una oveja descarriada en su rebaño. «Soy una oveja afortunada», susurro. Es el regalo idóneo en el momento idóneo. Me viene a la memoria la primera vez que vi mi portátil verde lima, la sensación de ser comprendida, la oleada de propósitos detrás de mis costillas. Vuelvo a sentirlo ahora, un codazo cósmico para que haga caso a mi intuición. «De acuerdo», susurro. Y seguidamente lo repito, más alto esta vez, más resuelta. «De acuerdo».

Me levanto y me fabrico una guarida en el sofá con almohadas y mi querida manta de *patchwork*, y a continuación enciendo el portátil y abro un documento en blanco. «Mensaje recibido, universo», pienso, flexionando los dedos. «Ha llegado el momento de escribir».

Mack
6 de noviembre

Boston
SE HA ACABADO

Esta noche me he convertido en el deprimente cliché del padre separado. He pedido una pizza en lugar de preparar una cena como Dios manda, he dejado a los niños tomar refrescos en el cine a pesar de que siempre hemos sido cuidadosos con sus dientes. No lo he hecho para ganar puntos de padre molón contra Susie, solo quería dar a los chicos todo lo que podía darles porque no podía darles lo único que me pidieron cuando los recogí esta tarde en el colegio: que su madre nos acompañara. En la oscuridad de la sala del cine, me he torturado imaginándome sus cabezas juntas, decidiendo quién de ellos sería lo bastante valiente para pedírmelo, intentando elegir las palabras adecuadas para tener a sus padres juntos unas horas. Yo he sido esa clase de niño, el que cree que si puede obligar a sus padres a pasar tiempo juntos, recordarán lo fantástico que era todo antes. Tampoco yo he olvidado nuestros buenos momentos. No se lo dije a los chicos, por supuesto, me limité a colmarlos de refrescos y de todas las palomitas que fueran capaces de engullir. Distracción, el truco más antiguo del manual de los padres. «Eh, Nate, mira mi estúpida imitación de un elefante y no el corte en la rodilla que te estoy desinfectando. Eh, Leo, vamos a patinar al parque en lugar de pensar en esa fiesta a la que no te han invitado». Es fácil cuando son pequeños; te miran y saben que vas a mejorar su mundo. Detesto no poder hacer eso por ellos esta vez. Los refrescos y las palomitas son un pobre sustituto de su madre, pero es lo mejor que se me ocurrió en ese momento. Y ahora se ha hecho tarde y los tengo cabeceando en el sofá, uno a cada lado, con mis brazos sobre sus hombros mientras vemos los titulares deportivos de las noticias de las once. Detesto que tengan que pasar la noche en este apartamento, aun cuando su presencia lo transforma en un hogar para mí durante unas horas. Intentan hacerme creer que les gusta, pero se les da fatal mentir. Puede que después de Navidad busque un lugar mejor. Con los pies sobre la mesita de cristal, los estrecho contra mí.

—Tú eres la mantequilla de cacahuete —dice Nate, levantando la vista.

Lo miro.

—¿Ah, sí?

—En el sándwich —dice—. Nosotros somos el pan y tú eres la mantequilla de cacahuete que está en medio.

—¿Puedo ser jamón? —pregunto. Sabe que la mantequilla de cacahuete no me gusta—. ¿O queso fundido como el que ponen en la pizza?

Niega con la cabeza y sonríe, cerrando los ojos y hundiéndose un poco más en el recodo de mi hombro.

—La mantequilla de cacahuete crujiente es mi preferida.

Planto un beso en el olor cítrico de su pelo.

—Lo sé. Está bien, seré mantequilla de cacahuete.

Abre un ojo azul-Susie y me mira.

—¿Crujiente?

—Crujiente —digo.

Nate vuelve a cerrar el ojo, satisfecho, y me pregunto cómo algo tan absurdo como la mantequilla de cacahuete puede hacer que el pecho me duela de emoción al pensar en Cleo, en cómo la aversión compartida a la mantequilla de cacahuete era uno de nuestros secretos en la oscuridad.

Al otro lado, Leo está más dormido que despierto, con los dedos aferrados a un trozo de mi camiseta. Su pelo huele al mismo champú que el de Nate. Antes el mío también olía así. Es un detalle insignificante, una pequeña anécdota entre nosotros porque nunca recordaba la marca exacta del champú, aun cuando olía todos los botes de la tienda. Por un lado carece de importancia, por otro la separación está hecha de un millón de pequeñas disociaciones que, con el tiempo, te llevan a cruzarte con alguien por la calle y no reconocerlo.

Hay dos platos de desayuno en el fregadero de la cocina, dos tazas de café en la mesa cuando a media mañana llevo a los chicos a casa según lo acordado. Susie me ve reparar en ello y sé que lamenta no haberlos recogido. Me jode pensar que Robert ha dormido aquí, en mi cama. ¿Tengo derecho a que me hierva la sangre cuando imagino su cabeza en mi almohada, sus manos sobre mi mujer? Me corrijo. Exmujer. ¿Es el término que debería utilizar puesto que llevamos un año separados? Estamos en este limbo extraño, todavía oficialmente casados. Entre nosotros hay un enorme abismo, somos una masa de tierra partida en dos por un terremoto. Probablemente hacía tiempo que había una fina fisura, pero no me di cuenta. Ni siquiera cuando se ensanchó le presté la debida atención. No vi esa maldita fractura hasta que ya era un cañón, demasiado ancho para saltarlo, y Susie se encontraba en el otro lado, alejándose. Y ahora Robert está allí, junto a ella, con un ridículo chaleco, y yo estoy aquí, sintiéndome un extraño en mi propia casa. Realmente duro.

—He estado pensando en Acción de Gracias —digo.

Susie se tensa y empieza a llenar el lavaplatos. Desde que estamos juntos siempre hemos invitado a nuestros respectivos padres a casa por Acción de Gracias.

—Este año he pensado que lo pasaré con mi madre —continúo—. Quiero ver a mi abuela y enseñarle las fotos de Salvación.

Veo el alivio en su cara cuando se incorpora, una pelea evitada.

—A mí también me gustaría ver las fotos en algún momento —dice—. ¿Fue todo como esperabas?

Todavía no he encontrado el momento adecuado para hablarle de Cleo. Acaba de ponérmelo delante. Los chicos están en el estudio, Robert no puede estar al llegar porque es evidente que acaba de irse y yo no necesito estar en ningún otro lugar.

—Sí —digo—. Es un lugar especial. —Por Dios, Mack, encuentra las palabras—. Suze, he conocido a alguien.

Está preparando café, echando los granos en la máquina que sus padres nos regalaron por nuestro aniversario hace unos años, al tiempo que coge unas tazas. La veo asimilar mis palabras, flaquear en sus movimientos.

—¿Alguien como...? —Deja la pregunta incompleta mientras desenrosca la tapa del azúcar y, seguidamente, levanta sus ojos azules.

Miré esos ojos en el altar cuando nos casamos, por encima de las cabezas de nuestros hijos recién nacidos, en fiestas concurridas para acordar en silencio una huida temprana... Ahora, esos ojos me miran vigilantes, atentos ante el peligro que se avecina.

—Como una mujer —digo quedamente.

Se queda inmóvil con la cuchara en la mano. Parpadea varias veces.

—Oh —dice. Una palabra minúscula, un mero sonido en realidad, pero Susie lo llena con otras cien palabras no expresadas. «Oh, qué inesperado. Oh, lo siento, me siento como si me hubieses dado una puñalada en el corazón. Oh, estoy cansada. Oh, te quiero, te odio, te añoro, estoy furiosa, quédate, por favor, vete». Créeme, sé exactamente cómo se siente en estos momentos. Es como estar delante de un espejo, tan familiar que he de apartar la mirada.

—¿Vas en serio? —La mano empieza a temblarle—. ¿Qué harás? ¿Mudarte a Irlanda? ¿Llamar a los niños por FaceTime por los cumpleaños y las Navidades? ¿Pedirme que te los envíe en verano? ¿Llevarlos a ver el palacio de Buckingham? —Sube el tono de voz a medida que habla, conmocionada, describiendo cosas que sabe que nunca sucederán.

Siempre soñábamos con llevar a los chicos a Europa, a la Torre

Eiffel, a Inglaterra. Renunciar a sueños largo tiempo compartidos es doloroso, más aún cuando tu cerebro introduce en la foto a otra persona en tu lugar. Susie acaba de borrarse de nuestro viaje en familia a Londres y ha puesto a una mujer sin rostro a mi lado.

—Naturalmente que no, sabes que yo no haría algo así —respondo con calma—. Se ha acabado.

Frunce el entrecejo.

—¿Por qué me lo cuentas entonces? ¿Para hacerme daño? —pregunta—. ¿Como venganza por lo de Robert?

Ahora también yo frunzo el entrecejo.

—Esto no tiene nada que ver con Robert —digo bajando la voz para que los niños no me oigan—. Estoy sincerándome contigo porque no quiero que exista este secreto entre nosotros. Porque ya sabemos adónde lleva eso, ¿verdad? —Es cruel y no estoy orgulloso de mí, pero solo puedo pensar en aquella noche en la Colina de los Aullidos, el dolor de Leo, la confesión aterrada de Susie. He intentado ponérselo más fácil de lo que ella me lo puso a mí y aun así me lo echa en cara.

—Olvídate del café —digo levantándome. Necesito salir de aquí antes de que esto derive en una pelea que los chicos no necesitan oír—. Me voy.

—Ya sabes dónde está la puerta.

Me da la espalda y se agarra al borde del fregadero. Por un momento siento el impulso de cruzar la estancia y abrazarla, pero no lo hago. Me marcho sintiéndome como si hubiera tirado de la anilla de una granada y arrojado esta al recibidor por encima de mi hombro.

Una de las pocas cosas buenas del apartamento es el bar que hay a un par de manzanas. Me encuentro en él, media hora después, codeándome con serios bebedores matutinos y un barman con cara de «lo que no haya visto yo». Me lleva dos cervezas aplacar el fuego que me arde en el estómago; la tercera me impulsa a coger el móvil.

Uno — La torre meteorológica de Boston está roja hoy, se acerca
 tormenta y la lluvia se cuela por la ventana del dormitorio del
 apartamento.
Dos — Anoche miré un rato las estrellas y pensé en ti.
Tres — Esto es un desastre. Te echo de menos. Ya no sé qué es lo
 correcto.
Tres A — La otra vez no te escribí borracho. Esta vez llevo tres
 cervezas, pero todavía soy consciente de mis actos y sigo sin
 arrepentirme. Tampoco me arrepiento de haberle hablado a Susie
 de nosotros, pero, joder, actuar con madurez requiere mucho
 esfuerzo.
Tres B — Las fotos. Joder, Cleo, mirar las fotos de Salvación me rompe
 el corazón.

Envío el mensaje sin revisarlo ni darme la oportunidad de
cambiar de parecer. No sé si Cleo sigue en Salvación o si ha sido
engullida de nuevo por Londres; si lo leerá y lo borrará o si res-
ponderá.

—No lo envíes, colega —me dice el tipo del taburete de al
lado con la mirada soñolienta, señalando mi teléfono.

—Demasiado tarde. —Me encojo de hombros.

Pone las manos en alto.

—No digas que no te avisé.

Pago la cuenta y salgo a la calle, donde el tiempo es realmente desapacible. No tengo ganas de escuchar las congojas de desconocidos, bastante tengo con las mías. No exageraba cuando
dije que mirar las fotografías era una tortura. Objetivamente son
de lejos mi mejor trabajo. La exposición de Salvación será la más
potente hasta la fecha, si puedo encontrar la manera de trabajar
en ella sin caer en el pozo de la añoranza y agarrarme a la botella
de whisky irlandés que traje conmigo.

Cleo
13 de noviembre

Isla Salvación
DIAMANTES SÍ, IMITACIONES NO

Vuelvo a casa exactamente dentro de una semana, si el tiempo lo permite, como siempre. No quiero irme y menos ahora que se ha adueñado de mí la necesidad de escribir. Me siento destaponada, como si alguien hubiera hecho saltar un corcho y las palabras brotaran imparables de mis dedos. Es una enorme liberación de energía, semejante a una terapia para volcar todo lo que tengo en la cabeza en la hoja. No me detuve a perfilar una trama o elaborar ideas. No hubo tiempo. Mis revueltas emociones formaron un torbellino a mi alrededor, como un tornado sobrevolando Otter Lodge, y ahora estoy sentada con las piernas cruzadas en el ojo de la tormenta, intentando amarrarlo al papel antes de que se vaya volando. Es una historia de amor, pero no del tipo «chica conoce a chico». O sea, la chica conoce al chico, y es algo espectacular, pero esa no es la esencia de la historia. Ella soy yo pero no soy yo, él es Mack pero no lo es, es Isla Salvación pero no lo es. Es una expresión de la feminidad y una exploración de la hermandad entre mujeres, y sí, sé que parece que solo digo tonterías, pero, ¡Dios!, este libro me tiene obsesionada. Les cuento a los delfines los últimos giros argumentales al alba, desvelo los secretos de mi heroína en la roca de la Colina de los Aullidos a mediodía y Júpiter aguarda el recuento de palabras a medianoche. Me meto en la bañera y salgo al minuto siguiente porque necesito anotar algo antes de que se me olvide, y me quedo dormida en el sofá, bajo la manta de *patchwork*, con el portátil haciendo equilibrios sobre mis muslos. Como para tener energía y bebo para inspirarme, y cuando me miro en el espejo, esta mujer de mirada enloquecida me levanta el pulgar de «sigue así». No me importa si hablo sola mientras trabajo, prefiero mil veces esta euforia desenfrenada a la pesadumbre de hace una semana. Ni siquiera sé si lo que estoy escribiendo tiene forma o estructura o belleza, si alguien más lo leerá aparte de mí, pero estoy volcándome en este manuscrito de una manera tan absolutamente transformadora que no puedo hacer otra cosa que continuar.

Mack volvió a escribirme hoy; el mensaje me llegó mientras me comía mi sándwich en la roca de la Colina de los Aullidos. Ahora subo casi todos los días con un sándwich y un termo de café. Supongo que podría decirse que estoy comulgando con la isla, conectando con la tierra de una manera casi diría que, no sé, ¿espiritual? También hago ruidos, exhalaciones profundas que se convierten en gemidos o cantos, cada vez más fuertes, hasta que me levanto y grito. ¿Y sabes qué? Que me sienta de maravilla. Es como una purga. Siempre compruebo dos y hasta tres veces que no haya nadie en las inmediaciones, porque soy consciente de que doy la impresión de haberme trastornado por completo. Nada más lejos de la realidad.

Mack volvió a hacer lo de las tres cosas. O cinco, para ser exactos, lo que interpreto como una señal de lo hecho polvo que está. Le respondí con la esperanza de que eso le levantara un poco el ánimo, aunque sus días son tan diferentes de los míos que es como si Mack hubiese saltado a otro planeta en lugar de a otro país.

> Uno — Vi los delfines al amanecer, el mar era un auténtico caldero de brujas.
> Dos — Estoy escribiendo como si estuviera poseída. Las palabras brotan de mí como si fuera una de esas esponjas de mar rosas que hay entre las rocas de la playa.

Tres — Estoy sentada en la Colina de los Aullidos (¡obviamente!). No se lo cuentes a nadie, pero he empezado a aullar de verdad cuando estoy aquí arriba. Me estoy convirtiendo en una vieja hippy, Mack.
Tres A (no protestes, tú también te pasaste) — No me arrepiento. ¿Cómo podría arrepentirme? Tú abriste algo en mi interior, o algo en mí se abrió gracias a ti. Sea como sea, tú fuiste la llave y soy una mujer más libre gracias a eso. Te lo dije, una hippy. Cuídate y cuida en especial esa esquirla de mi corazón.

Medité un poco más sobre lo que había escrito después de enviar el mensaje. Lo que pienso en realidad es que Mack abrió algo en torno a mí, una jaula invisible construida con todas las muletas que creía necesarias en mi vida. Londres. Mi trabajo. Incluso mi amiga Ruby. Sentada en la Colina de los Aullidos esta tarde inspiré el aire puro hasta el fondo de mi estómago. Diamantes sí, imitaciones no.

Mack
16 de noviembre

Boston
EL PADRE QUE NO ESTUVO AHÍ

Las diminutas sillas del colegio nos obligan a Susie y a mí a sentarnos más próximos de lo que hemos estado en meses, sardinas en medio de un mar de padres sonrientes en la reunión de la clase de Nate. Todo el mundo sabe que ya no estamos juntos. Fuimos el cotilleo del año pasado, desbancados sin duda este año por otros desgraciados cuyas vidas han sufrido un desplome inesperado. Susie los conoce a todos por el nombre, mientras que yo soy un visitante tan infrecuente que hace un par de meses la profesora estuvo a punto de entregarme el niño equivocado. Me reí para restarle importancia, pero supongo que es la clase de incidente que ilustra perfectamente el argumento de Susie. Menos mal que no estuvo allí para presenciarlo y tomar nota con el fin de echármelo en cara en el futuro. Las cosas entre nosotros se han enfriado, cuando menos. No hemos tenido una conversación como es debido desde que le hablé de Cleo. Está a mi lado tiesa como un palo, intentando hacerse lo más pequeña posible para no tocarme.

—¡Buenos días, padres!

La profesora de Nate nos saluda con voz cantarina. Los niños están sentados en el suelo, detrás de ella, con diferentes disfraces y grados de nerviosismo. Han podido elegir lo que querían ser hoy; por razones que solo él conoce, Nate está embutido en un disfraz de pez acolchado de una pieza, de un vistoso color azul, con la cara pintada también de azul y los bracitos asomando por los costados. Repara en nosotros y se asoma por detrás de la profesora para saludarnos, golpeando a su vecino con la aleta en el proceso. Hay algo distinto en su cara, aparte del hecho de que está azul.

Me inclino hacia Susie y le susurro:

—¿Se le ha caído un diente?

Con las manos rígidas sobre el regazo, susurra sin mirarme:

—Anoche. Es un niño, Mack, esas cosas pasan.

—Ya.

Lo sé. Es un niño, esas cosas pasan y no espero que Susie me informe de todas ellas. Es solo que no es fácil acostumbrarse a no estar ahí para poner la moneda debajo de la almohada.

—Te perdiste muchos dientes a lo largo de los años —farfulla por la comisura de los labios.

La mujer de delante nos lanza una mirada por encima del hombro, probablemente no quiere nuestra discusión como telón de fondo en el vídeo de su hijo disfrazado de Harry Potter.

—Supongo que no me dolía tanto porque sabía que habría una próxima vez —digo como si tratara de explicarme, aunque lo más seguro es que lo empeore. Decididamente lo empeoro para la desdeñosa mujer de delante.

Salvándonos de seguir dando el espectáculo, Nate se levanta, un inquieto pez azul intentando sostener una hoja de papel entre unas manos demasiado separadas. Se me derrite el corazón, sobre todo cuando dirige hacia nosotros una mirada nerviosa antes de leer su discurso.

—Hoy soy un pez porque este año pesqué el pez más grande en el lago. Mi abuelo, Walt, estaba muy orgulloso, aunque creo que también muy enfadado porque él siempre pesca el más grande. Menos el año pasado, que lo pescó mi padre. Este año no estaba y me dio mucha pena. Mi hermano se torció el tobillo, pero ahora está bien.

No me cabe duda de que hasta la última persona en esta sala me está mirando o le gustaría mirarme, pero no lo hace por educación. Yo soy el progenitor que no estaba allí. Me concentro exclusivamente en Nate y le muestro un pulgar hacia arriba mientras siento que todos los padres de la sala me están dando mentalmente un pulgar hacia abajo.

No me quedo al café. Susie me acompaña hasta la camioneta.

—Lo siento, Mack. Te prometo que no sabía que Nate iba a decir eso.

Me apoyo en la puerta del conductor con la sensación de que acabo de estar en una pelea de taberna.

—Vale. —No tengo fuerzas para decir nada más.

—Es… Es solo un niño que está probando tácticas de manipulación infantiles para que sus padres se sientan culpables y vuelvan a estar juntos.

Sé que tiene razón. No estoy enfadado con Nate, solo estoy enfadado con el mundo en general ahora mismo. Tampoco estoy enfadado con Susie, porque pese a nuestras actuales diferencias sé que no habría aprobado ese discurso.

—Perdona por lo que te dije ahí dentro sobre los dientes —dice—. Eres un padre fantástico.

Callamos cuando un grupo de madres pasa junto a nosotros y nos mira con torpe disimulo.

—Me importa mucho lo que Leo y Nate piensen de mí.

Susie baja la mirada hasta el suelo, demasiado tarde para no reparar en las lágrimas que se agolpan en sus pestañas.

—Antes era mi opinión la que te importaba —dice.

Estoy perplejo. Aunque es Susie la que ya no me necesita, sigue queriendo que yo la necesite a ella. Sé que todavía está acostumbrándose a la idea de que yo haya estado con otra mujer, pero sus palabras me abren los ojos.

—Tu opinión siempre me importará, Susie.

Traga saliva y levanta la cabeza. Tiene la mirada triste, como mi ánimo.

—¿Tomamos un café en casa?

Cleo
20 de noviembre

Isla Salvación
¿TE HE FALLADO, EMMA WATSON?

Cincuenta días. Aterricé en esta isla hace cincuenta días, un pez fuera del agua, una chica malhumorada con unas botas de montaña rígidas recién estrenadas. Me marcho hoy, finalmente, y no exagero si digo que siento que una mujer distinta subirá a ese barco. ¿Cómo es posible que solo hayan pasado cincuenta días? Espero haberme empapado lo suficiente del aire vigorizante de Salvación para que haya dejado una pátina de protección permanente sobre mi piel. Muchas cosas han cambiado dentro de mí. Hoy el estado del mar es favorable; no está como una balsa, pero sí lo bastante calmado para garantizar una travesía segura.

Tengo el equipaje hecho y la cabaña está limpia como una patena. Todavía me queda tiempo para un último café en los escalones del porche antes de que el marido de Brianne venga a ayudarme a subir las bolsas por la colina. Ayer fue un bombardeo de despedidas lacrimógenas, brindis en el Salvation Arms y promesas de seguir en contacto. Tengo la sensación de que estoy dejando mi casa, lo cual resulta muy extraño porque me dirijo a mi casa.

No puedo ni empezar a expresar con palabras lo mucho que voy a extrañar Otter Lodge. Hago incontables fotografías con el móvil; ninguna comparable a las de Mack, pero quiero capturarlo todo para que cuando esta noche esté en mi cama, pueda mirarlas y verlo todo otra vez. Puede que se las envíe a Mack una vez que disponga de la clase de datos del mundo real que permiten mandar imágenes. Estoy segura de que le encantaría verlas. Me ha escrito intermitentemente, tres cosas como siempre, fragmentos de sus días que desvelan lo mucho que está luchando. Le he respondido algunas veces también con una lista. Más que romper las reglas de nuestro pacto, es como si las flexibilizáramos. Los romances de vacaciones arden con fuerza y luego agonizan, palabras mías. Supongo que no era consciente de la lentitud con que se apaga el calor.

Vierto el café ya frío en la arena, junto a los escalones, y suspiro. Oh, Emma Watson, ¿se parece en algo esto a lo que querías decir? ¿Te he fallado? No me autoemparejé de la manera que tenía planeada cuando llegué aquí, y está claro que no me autoemparejé lo más mínimo durante ocho días arrolladores, pero desde entonces creo que me he autoemparejado de una manera sumamente efectiva. Yo, mi manta de *patchwork* y mi querido portátil repleto de palabras somos uno. Si el barco tiene problemas en alta mar, me aferraré con fuerza a estas dos cosas hasta que me rescaten.

Cameron acaba de llegar con la carretilla para cargar las bolsas. Aunque estoy mucho más en forma que cuando llegué, el esfuerzo de seguir su ritmo colina arriba casi acaba conmigo. Cuando se vuelve hacia mí y ve que estoy a punto de vomitar, me propone que haga como Brianne y me suba a su espalda. No necesito que me lo pida dos veces, me encaramo a ese hombre como una niña a un manzano.

—Eres el mejor taxi del mundo —digo con una sonrisa cuando me deposita junto al rompeolas—. ¿Cuánto te debo?

Apila las bolsas. El barco ya está aquí, anclado frente a la bahía. De repente me asalta el pánico, la sensación de «todavía no estoy lista».

—Invita la casa —dice, y se da la vuelta cuando alguien grita su nombre. La voz suena aguda, alarmada.

Sigo la dirección de su mirada y vemos a Brianne correr hacia nosotros por el camino. Cuando consigue darnos alcance está resoplando, visiblemente angustiada.

—Cam —carraspea con los ojos enrojecidos—, es Raff. Tara fue al pub para su turno pero nadie le abrió cuando llamó a la puerta.

El estómago me da un vuelco.

Cam sacude la cabeza porque el semblante de Brianne ya nos adelanta la siguiente parte de la historia.

—Dolores tiene una llave y cuando entró en el pub lo encontró en la cama frío como el hielo. —Brianne cierra los ojos y las lágrimas resbalan por sus pestañas—. Anoche se fue a dormir y ya no se despertó, el muy cabezota.

—Oh, no —susurro, sentándome pesadamente en el rompeolas, notando que los dedos me tiemblan cuando los aprieto contra los labios.

Cam abraza a Brianne y yo desvío la mirada cuando veo que también él está llorando. Sienta a su mujer en el muro, a mi lado, y se desploma junto a ella con los codos en las rodillas y la cabeza enterrada en las manos.

Paso el brazo por los hombros de Brianne y la estrecho con fuerza.

—Lo siento mucho —digo.

Brianne menea la cabeza.

—Dolores está destrozada, y Delta también.

El corazón se me parte por ellas. Dolores y su hermano eran como la noche y el día, pero se adoraban, y Delta lo quería como a un padre. Raff era una figura demasiado grande para que una comunidad tan pequeña la pierda, su muerte los dejará desolados.

Brianne saca una nota azul de su bolsillo.

—Delta me pidió que te diera esto si te veía.

Me seco las lágrimas y despliego la nota sobre mi rodilla.

Cleo, ¿puedes quedarte un poco más? Probablemente la respuesta sea no, pero si puedes, me vendría muy bien una amiga. Besos,
Delta

A veces en la vida te piden que te arriesgues y hagas algo pese a saber que tendrá repercusiones en otras áreas de tu vida. Das un paso al frente o no lo das. Sé que Delta lo entendería si Brianne regresara sin mí, pero pienso en la manta de *patchwork* y en todo lo que representa. Amistad. Hermandad. Amor. El barco zarpa hoy sin mí.

Diría que todos los habitantes de la isla están esta noche en el Salvation Arms. He pasado casi toda la tarde detrás de la barra con Delta cerca, sentada en un taburete. Cuando entré en el bar rompió a llorar desconsoladamente, y la pobre Dolores parece como ida, una radio que ha perdido la señal. La gente ha llegado con bandejas de sándwiches y de muchas otras cosas; lo hemos dispuesto todo en una mesa de caballete montada deprisa y corriendo en una esquina del local. Carmen vino caminando desde su casa, situada en la otra punta del pueblo, con una enorme tarta de Guinnes haciendo equilibrios sobre las barras de su andador, y me conmovió sobremanera cuando se quitó discretamente su chal gris plomo y lo echó sobre los hombros de Dolores. La lana más caliente de la isla nunca ha sido tan necesaria.

—Tu dinero no tiene nada que hacer aquí hoy —digo cuando alguien intenta pagarme sus bebidas. Fue la única instrucción que recibí cuando me instalé detrás de la barra. Dolores dio órdenes estrictas de abrir las puertas a los isleños y no permitir que nadie pagara un céntimo.

—¿Estás bien? —digo rodeando la barra con una taza de té para Delta poco después de las nueve. Ha aguantado heroicamente toda la tarde, pero debe de estar muerta—. Pareces agotada.

Hay mucho ruido en el bar con tanta gente ansiosa por compartir sus anécdotas sobre Raff. He escuchado historias divertidísimas, sin duda todas ciertas. Raff era un hombre que rebosaba vida. También hay música. Dos de los mejores amigos de Raff se han instalado en un rincón con un acordeón y una flauta irlandesa, y en un momento dado se han sumado Ailsa con la guitarra y Luke, el alto marido de Erin, médico de la isla y violinista dudoso. Si miraras por la ventana empañada del pub, podrías confundirlo fácilmente con una celebración de Fin de Año, muy apropiado para un hombre que vivía la vida como una gran fiesta. «Cuánta alegría», me han dicho unos. «Menudo tunante», me han comentado otros. Y luego están los que me han contado historias más discretas de un hombre que se presentaba en sus casas con zapatos para sus hijos cuando no les llegaba el dinero y que los domingos llevaba la comida a personas que estaban solas o indispuestas. Es como si Salvación hubiera perdido a su padre esta noche.

—Han brindado por él hasta la saciedad —dice Delta justo cuando alguien a su espalda alza el vaso—. Podría matarte por un whisky. —Se agarra a mi brazo para ayudarse a bajar del taburete—. Necesito mear otra vez.

Sonrío mientras la sostengo y luego me detengo desconcertada porque de repente tengo el pie caliente. Cuando bajo la vista entiendo el motivo, y cuando la levanto despacio Delta me agarra las manos con tanta fuerza que me corta la circulación.

—Mierda —susurra—. He roto aguas.

—Raff se habría meado de risa —dice Delta acunando a su hijo recién nacido unas horas después.

Estamos en la acogedora sala de estar de Raff, detrás del pub. Delta está recostada en el gran sofá verde que su tío utilizaba para echar un sueñecito entre el turno de la tarde y el de la noche. El ambiente en el pub dio un pequeño giro cuando corrió la voz de que Delta había roto aguas. Con calma, el doctor Luke dejó su violín a un lado, para alivio de todos, y sacó a su paciente del concurrido local acompañado de Erin, para que le echara una mano, y de Dolores para el apoyo moral. En Londres habría sido un pánico demente de maletitas de hospital y semáforos en rojo ignorados. Aquí, en Salvación, es «Sostenme la cerveza, vuelvo enseguida para brindar por el nacimiento de mi hijo».

—Ya no habrá quien diga palabrotas delante de mi nieto —comenta Dolores.

Volvió a la vida en cuanto se dio cuenta de que su hija la necesitaba. No me extrañaría que Raff, desde arriba, hubiera visto el estado crítico de su hermana y hubiese dado un empujoncito a su sobrina.

Dolores observa detenidamente a la diminuta criatura y acaricia con dulzura la mejilla de su hija. Delta levanta la mirada y asiente en silencio, un reconocimiento agridulce de que hoy su familia ha vivido una enorme pérdida y una dicha infinita. Siento una punzada de añoranza por mi madre. Hace demasiado tiempo que no la veo, que no comparto con ella una taza de té y disfruto de su tranquilizadora compañía. Dolores se gira un momento, buscando algo, y alarga el brazo hasta el respaldo del sofá para coger el chal gris de Carmen. Se lo quitó en el calor del momento, con la frente bañada en sudor, y ahora toma en brazos a su nieto y lo envuelve en él.

—Así. —Se sienta al lado de Delta mirando al nuevo residente de Salvación—. La lana más caliente de la isla.

Sonrío y, apartando la mirada, río al tiempo que contengo las lágrimas. Brianne le pasa a Delta una taza de té y una tostada, y Erin se coloca a mi lado, descansando el trasero contra la mesa, con un whisky en la mano.

—Tu marido es increíble —le digo llena de admiración. Cumplido su deber, el doctor Luke ha subido al cuarto de baño. A decir verdad, recuerda a James Herriot después de un duro día en un granero de los Dales.

—Sí —asiente Erin, orgullosa—. Pero un espanto con el violín.

Y, al oír estas palabras, los presentes en la sala estallan en carcajadas. Me encanta esta isla.

Son más de las tres de la mañana cuando al fin inicio el ascenso por la Colina de los Aullidos. Otter Lodge todavía estará vacía otra semana. No discutí cuando Brianne me dijo que me alojara en ella hasta entonces y Cam trajo de vuelta mis bolsas desde el muelle. La oscuridad ahí abajo es total cuando alcanzo la roca, el contorno de la cabaña perfilado únicamente por la luz de la luna. No me está esperando. Me pregunto si se alegrará de mi regreso o si las viejas paredes de piedra suspirarán resignadas al verme subir fatigosamente los escalones del porche. «Otra vez la reina del drama no, por favor. Esperábamos un ornitólogo o un profesor».

Lamentando ser la portadora de tan inesperada noticia, saco el móvil y empiezo a escribir un mensaje nuevo para Mack:

Uno — Ha sido un día terrible para Salvación, Mack. No imaginas la de veces que he deseado que estuvieras aquí. Debía volver a casa hoy, pero han pasado cosas y no me he ido.

Dos — Tengo una triste noticia que darte. Raff ha muerto. Se durmió y ya nunca despertó. Dolores lo encontró en la cama con una camiseta de «Frankie Says Relax», lo cual le va como anillo al dedo, ¿no crees? La verdad es que no sé qué va a hacer Salvación sin él.

Tres — Una buena noticia, Delta dio a luz un niño hace un par de horas. Imagino que el estrés del día tuvo algo que ver, se puso de parto en el pub, ¡cómo no! Han sido veinticuatro horas inolvidables. Estoy tan cansada, Mack. Estoy mirando Otter Lodge desde la roca de la colina y… en fin, ya sabes, es como estar en casa.

Pulso enviar, llevando noticias de vida y muerte hasta el otro lado del océano. En Boston son las diez y media de la noche, es muy probable que Mack esté despierto y lo vea entrar. Hoy sopla un viento gélido, tengo las mejillas heladas, pero continúo sentada un rato y contemplo las estrellas siguiendo con los ojos las pocas constelaciones que puedo identificar. Osa Mayor. Arado. Júpiter, como siempre. Por la mañana iré al café y me conectaré con Ali, decido. El lunes me esperan en la oficina y evidentemente no voy a estar allí. No tengo la menor idea de lo que voy a decirle. Lo consultaré con la almohada.

Me vibra el móvil, indicándome que ha llegado un mensaje.

> Uno — Parece que necesitas que alguien te abrace esta noche. Ojalá pudiera ser yo.
>
> Dos — Joder, Raff. Qué noticia tan triste. Acabo de ponerme un whisky en su honor.
>
> Tres — Me alegro por Delta, la llegada de un bebé siempre es una alegría. Brindo por el pequeño. Por los comienzos y por los inevitables finales.
>
> Tres A — Y, por último, brindo por ti. Sé siempre feliz, Cleo. Baila con «Thunder Road» y esparce tus bellas palabras por las páginas.

Tras leer el mensaje, apago el móvil y dirijo la vista la mar. «Por los comienzos y por los inevitables finales». No puedo sacarme de encima el presentimiento de que nunca volveré a saber de él.

Cleo
23 de noviembre

Isla Salvación
SI LO ENCUENTRA, DEVUÉLVALO A SLÁNÚ

El barco vuelve hoy, fuera del horario programado, porque alguien ha fallecido de verdad. Me muero de ganas de escribir a Mack, pero no lo hago porque nuestros últimos mensajes cerraban un círculo. Un nacimiento, una muerte, un último consejo. No sé muy bien qué hacer ahora.

Los nubarrones flotan sobre la isla desde la muerte de Raff, una atenuación doliente de las luces por parte de los dioses del tiempo. El bebé de Delta, no obstante, es un destello en la penumbra. Fui a verla esta mañana y después de aterrorizarme con historias posparto y buscar para el pequeño la posición idónea para amamantarlo ayudada por una pila de almohadas y un esquema impreso, me hizo una propuesta que revolucionó todos los engranajes de mi mente. Con el bebé en mis brazos escuché lo que Delta tenía que decirme y luego la dejé para ir al café. Hoy está cerrado, pero me ha dado las llaves.

Con una taza de café en la mano, enciendo el ordenador y espero a que se conecte. Durante el fin de semana le mandé un mensaje a Ali para informarla de mi cambio de planes; sabe lo suficiente para entender por qué no estoy de vuelta en mi mesa de Londres esta mañana. También sabe que el barco vuelve este mediodía, si el tiempo lo permite, por lo que el miércoles debería estar ya en la oficina. Barney Dole se encuentra en el continente esperando cruzar a Salvación, y ha pedido suministros especiales para el funeral de Raff, que tendrá lugar la próxima semana. Barney Dole, propietario de Otter Lodge, el pariente misterioso de Mack. Albergo un resentimiento irracional hacia Barney; espero que ame la cabaña lo suficiente. Siento la necesidad de protegerla tanto como ella me ha protegido a mí. Esta mañana me planteé dejarle una nota con instrucciones sobre cómo encender los caprichosos fogones y el truco para cerrar la ventana de la cocina a fin de que no traquetee con el viento.

Se me hace un nudo en el estómago mientras espero a que Ali aparezca en la pantalla, el tono de llamada amplificado en el silencioso café. Mi equipaje está listo para partir, pero yo no.

—¿Me recibes, mi reportera itinerante? ¿Está encendida esta cosa? —Da unos golpecitos a la pantalla al tiempo que se cierne sobre la webcam.

Sonrío y bebo un sorbo de café.

—Yo también me alegro de verte —digo.

—¡Por Dios, qué pelos! —comenta haciendo amplios gestos con las manos alrededor de mi cara—. Necesitas un día en el spa, muchacha, te lo has ganado. La columna sobre la ceremonia nupcial ha hecho furor en las redes. Guau, las fotos. —Cruza las manos sobre el pecho y asiente como un cura.

A veces lo mejor es ir al grano, decir lo que tengas que decir antes de que puedas echarte atrás. Sé que esta es una de esas veces.

—Ali, presento mi dimisión con efecto inmediato. Estoy escribiendo el que será mi último artículo.

Parpadeando, inclina su rostro impecablemente maquillado hacia la pantalla con las manos todavía sobre el corazón.

—No puedes dimitir. Ponte tu gorro rojo y vuelve aquí, te necesitamos.

—Ali, me gustaría quitarme este peso de encima de una tacada.

—Cleo —dice, pero se interrumpe cuando niego con la cabeza.

—Por favor —suplico—. Lo último que deseo es dejarte en la estacada después de haber apostado por mí. Has hecho por mí más de lo que imaginas y te lo agradeceré eternamente. —Hago una pausa—. Te diste cuenta de que necesitaba desconectar y me enviaste aquí con una misión casi en contra de mi voluntad, y me alegro mucho, Ali, porque me ha cambiado totalmente la vida. Me he enamorado de Isla Salvación, de un hombre y de mí misma, en ese orden. Me da igual cómo tenga los pelos, Ali. —De todas las cosas que he dicho, sé que esta última hará mella—. He estado escribiendo como si estuviera poseída y si vuelvo a Londres ahora se me irá al garete la inspiración. No te estoy pidiendo más tiempo. Sé que necesitas a alguien en mi silla, pero ese alguien no seré yo. Por el momento, mi lugar sigue estando aquí. El barco viene hoy y no voy a subirme a él. Si lo hago, perderé el impulso. Estar aquí es una parte esencial de la ecuación. —Guardo silencio, corta de resuello.

—¿Te has enamorado de él? —me pregunta—. ¿Encontraste tu flamenco? —Para ser una cínica empresaria, está embelesada como una adolescente.

—Oh, Ali —digo—. Sí, me he enamorado de él, y no, no es mi flamenco. Esto no tiene que ver con Mack, tiene que ver conmigo. Él es parte de la historia, por supuesto. Tuvimos una gran aventura de microamor y un hombre como él no es fácil de olvidar. —Robo la frase de Ailsa sobre Mack—. Y, en cualquier caso, no quiero olvidarlo. He interiorizado nuestra hermosa historia y ahora Mack forma parte de mí. No lo tengo a él, pero no me arrepiento de lo nuestro.

Inspira hondo.

—Joder, Cleo, compórtate. Hablas como si estuvieras recitando frases de una comedia romántica de Hollywood.

—Siento como si estuviera viviendo mi propia película —digo—. Aunque no sé si es una comedia romántica. Es más uno de esos dramas de autodescubrimiento.

—¿Le pedimos a Emma Watson que haga de ti?

—Sí, por favor —respondo con una sonrisa—. Esa chica sabe cómo lidiar con los problemas de pelo.

Ali se pone seria.

—¿De verdad no vas a volver?

Niego con la cabeza.

—No.

—No podemos seguir pagándote, ¿lo sabes, verdad?

—Lo sé —digo—. Tengo suficiente para vivir un tiempo.

Me mira con los párpados entornados.

—Más te vale dedicarme ese puto libro.

Y dicho esto, fiel a su estilo, me tira un beso y cierra el portátil. Nada de despedidas interminables. Esa mujer se llevaría bien con las aves marinas que se ven desde la cabaña.

Me quedo sentada en el café cerrado, pensativa. Delta me ha hecho una oferta esta mañana que no he podido rechazar. Raff era el propietario de este café, y también del pub; ambos locales pertenecen ahora a Dolores, quien a su vez se los ha pasado a su hija. Delta me comentó en broma que lo ha hecho para asegurarse de que se quede en la isla, y probablemente haya algo de cierto en eso. Más cierto es, no obstante, que Delta nunca ha tenido intención de marcharse, y esta nueva cartera de propiedades le ha resuelto el futuro.

—Quédate en el piso que hay encima del pub —me dijo—. Ahora está vacío. El personal de Raff llevará el pub, pero no me iría mal algo de ayuda en el café unas pocas horas al día. El bebé da mucho trabajo.

Paseo la mirada por el sencillo café encalado recordando el primer día que entré aquí. Me encantó la forma en que entraba la luz por la vidriera policromada, la radio como sonido de fondo. En los meses más oscuros solo abre de once a dos, sería una entrada de dinero suficiente si soy frugal. No necesito mucho, y aún menos aquí. Así que voy a quedarme una temporada. Me produce un gran alivio no tener que marcharme, como si alguien hubiese levantado las manos de mis hombros. Devuelvo la atención al ordenador y me preparo para decirle a mi madre que, después de todo, no iré a casa por Navidad.

Barney no se parece nada a su pariente lejano. Es enjuto de carnes, con una mata de rizos albinos, el bronceado perpetuo de un viajero y cuentas de madera alrededor de su muñeca tatuada. Acaba de entrar en el pub acarreando una mochila maltrecha en una mano y con el otro brazo vendado sobre el pecho.

—Me mordió un tiburón —dice con una sonrisa, sentándose en un taburete frente a la barra, al lado de Delta—. Yo me acuerdo de ti. La bruja mala en *El mago de Oz* del colegio, mediados de los noventa.

Delta se cambia de brazo el bebé dormido.

—Yo también me acuerdo de ti. Glinda, la bruja buena.

Barney encoge su hombro bueno.

—Qué puedo decir, no había niñas rubias para hacer el papel. —Se bebe de un trago un tercio de la Guinness que le he servido—. Me enteré de lo del viejo Raff en el continente.

Delta suspira y alza su copa —tónica en una copa de gintonic— hacia la foto de Raff encajada en el espejo que hay detrás de la barra. Creo que ningún hombre ha sido objeto de tantos brindis.

—El funeral es el jueves —dice.

—Si me necesitas detrás de la barra, sé servir una pinta como es debido —dice Barney mirando su vaso. Me siento ligeramente ofendida; sé que no soy ninguna crack sirviendo Guinness, pero estoy en ello.

—¿Con un brazo? —le pregunta, escéptica, Delta.

Barney baja del taburete y se escurre detrás de la barra. Agarra un vaso de la rejilla superior y golpea el mango con un aplomo que solo lo da la experiencia. Delta y yo observamos en silencio hasta que deja una pinta, reconozco que perfecta, en el mostrador y hace una reverencia con un pequeño revuelo del brazo bueno.

—Soy un barman internacional —dice—. Santorini, Sídney, Suecia. Estoy casi seguro de que he preparado un mojito en cualquier lugar que se os ocurra.

—¿Aunque no empiece por S? —digo riéndome, porque Barney es contagioso.

—¿Salvación? —sugiere cruzando los dedos. Sus ojos de color azul grisáceo chispean con picardía; creo que encajaría muy bien detrás de esta barra si Delta lo cree necesario.

—No hay mucha demanda de mojitos por aquí —replica Delta, irritada.

—No sabes lo que es un mojito si no has probado uno de los míos —asegura Barney—. ¿Dónde tienes la menta?

—En un frasco dentro de la nevera, con los demás condimentos. —Delta le está poniendo a prueba, pero detrás de su tono seco sé que se está divirtiendo.

—Soy Cleo —me presento.

—Es escritora —dice Delta.

—¿En serio? —Barney me mira—. ¿Y qué escribes?

—Eh, hasta esta mañana artículos para una revista de Londres. Acabo de dejar mi trabajo. —Barney pone los ojos como platos, interesado—. Tenía que volver a casa en el barco en el que viniste, pero he decidido quedarme.

—Para terminar su novela —añade Delta.

—Tienes que contarme más —me dice Barney—. ¿Y quién es este muchacho? —Señala al bebé con el mentón.

La expresión de Delta se suaviza al bajar la mirada. Es un niño precioso, la verdad, con unas mejillas sonrosadas y el pelo negro de su madre.

—Todavía no tiene nombre —dice Delta—. Acaba de llegar. Nació en la sala de estar de Raff hace tres días.

—Y veo que ya estás aguantando la barra —dice Barney—. Bien hecho, me gusta tu estilo.

—El pub es mío —aclara ella a lo Peggy Mitchell.

Barney observa detenidamente al bebé.

—Caray con el tupé que me lleva. Podrías ponerle Elvis.

Delta suelta una carcajada.

—A Raff le encantaría, seguro —dice.

—Casi tanto como lo odiaría tu madre —digo. Delta ya me ha contado que lo más seguro es que le ponga Rafferty, parece lo más indicado.

—Por cierto —digo metiéndome la mano en el bolsillo a regañadientes—, las llaves de tu cabaña.

—¿Has estado alojándote en ella?

—Los últimos dos meses. —Las dejo sobre la barra—. Me encanta, eres muy afortunado.

Se frota la barbilla, pensativo.

—¿No hubo un cruce de reservas y tuviste que compartirla con mi primo? Mi hermana me contó la historia.

—Algo así —digo.

—¿Conoces bien a Mack? —le pregunta Delta.

Arrugo la frente; sabe de sobra que Barney y Mack son prácticamente extraños.

Barney niega con la cabeza.

—En absoluto.

—No os parecéis en nada —dice—. Mack es igualito que Han Solo, mientras que tú me recuerdas más al debilucho, a Luke Skywalker.

—Realmente no me perdonas lo de la bruja buena, ¿eh? —dice Barney.

Delta se coloca el bebé en el hombro.

—No me fío de los recién llegados, qué puedo decir.

—Pero yo no soy un recién llegado —protesta Barney—. Mira, aquí tienes la prueba de mi lealtad.

Se sube la camiseta por el lado ileso del cuerpo para mostrar un tatuaje descolorido en el pecho. Un sello de correos con la frase: «Si lo encuentra, devuélvalo a Slánú».

Delta lo estudia detenidamente y levanta la vista.

—¿Cómo piensas apañártelas en Otter Lodge con un solo brazo? —le pregunta.

—Mal —dice, riendo, Barney.

—Ya que vas a trabajar detrás de la barra, puedes quedarte aquí si quieres. El piso de arriba está vacío.

La miro perpleja.

—¿No iba a ocuparlo yo?

El pequeño refunfuña cuando Delta se encoge de hombros.

—Sí, pero ¿no sería más fácil que tú te quedaras en la cabaña y Barney en el piso?

Barney y yo nos miramos.

—Si a ti te parece bien, a mí también —dice, relajado—. Además, prefiero estar donde está el follón.

Los tres nos tomamos un instante para pasear la mirada por el pub desierto.

—Pero el piso era parte de mi sueldo —le susurro a Delta, un poco cortada—. No puedo permitirme alquilar Otter Lodge.

Barney habla antes de que pueda hacerlo Delta.

—Tranqui —dice empujando las llaves hacia mí—. Tú te quedas en la cabaña y yo me quedo en el piso, el mismo acuerdo. Así me ahorraré subir esa colina infernal y tendré el trabajo a un tiro de piedra. Los dos salimos ganando.

Otter Lodge regresa a mí como un talismán.

—Gracias.

Me vuelvo hacia Delta, que levanta una ceja como diciendo «No lo he hecho mal, ¿eh?». Es una chica curiosa. Por fuera parece despreocupada, pero en el plazo de una mañana ha contratado a dos personas y ha organizado el alojamiento de ambas, y todo ello con un recién nacido dormitando en sus brazos.

—¿En serio te mordió un tiburón? —Señala el hombro de Barney con el mentón.

Barney ladea la cabeza y se quedan unos segundos mirándose fijamente, dos nómadas que han sentido la llamada del hogar.

—Un enorme tiburón blanco. Estaba surfeando en la costa este de Australia.

Impresionada a su pesar, Delta resopla. Me imagino a Raff a mi lado, observando este encuentro y frotándose las manos con regocijo.

Mack
23 de diciembre

Boston
DÉJALA EN PAZ

—Esta será la foto central —dice Phil Henderson, rotundo como siempre.

Estamos en la planta superior de la Galería Henderson, el local de su propiedad donde he exhibido mi trabajo durante los últimos años y donde mostraré la Exposición de Salvación en febrero. Veinte años mayor que yo, Phil es un empresario sagaz y algo parecido a un amigo.

Gira la pantalla sobre la mesa para que yo pueda ver la fotografía que ha ampliado. Raff me devuelve la mirada con el sombrero de fieltro ladeado y alzando su petaca a la cámara. Me lo encontré una tarde sentado en el rompeolas, bebiendo un traguito de whisky mientras esperaba la llegada del barco de suministros.

—¿Por qué esta?

Phil levanta las manos.

—La gente espera que un lugar como Salvación sea frío e inhóspito. Inhabitable. Este tipo hace que parezca el lugar más acojonante del mundo.

Pocos minutos después de regresar al apartamento recibo un paquete envuelto en un papel marrón maltrecho y con etiquetas de compañías aéreas que muestran su periplo a lo largo del globo. Enseguida reconozco la letra de Cleo por la lista de normas de la nevera; me la traje entre las páginas de un libro. Dejo el paquete en la mesa, pero no lo abro. Preparo café y vacío el lavaplatos mientras le echo un vistazo de vez en cuando.

¿Acaso me dejé algo y me lo ha enviado? Cleo no ha mencionado nada en nuestros mensajes, pero tampoco tenemos esa clase de conversaciones. Nuestros mensajes son más... Ni siquiera sé cómo describirlos. Más abstractos. Me cuenta cosas de ella. Que tuvo su única pelea a los trece años con una chica que insultó a su hermano, y yo le cuento que a veces, de adolescente, me ponía una lentilla marrón para que mis ojos fueran del mismo color. Es catártico para los dos, creo, un arco plateado que conecta Salvación con mi apartamento.

No me arrepiento. Ni lo más mínimo. Pero ahora que estoy aquí, en la realidad de mi vida en Boston, sé que no es justo que utilice a Cleo de muleta cada vez que tengo el ánimo bajo. Ante todo soy padre. Me hallo en medio de una separación complicada y sé que a veces el resentimiento y los viejos conflictos me nublan el juicio. No sé cómo hacerlo para que los chicos sean felices y ser feliz yo también. Si se trata de elegir entre su felicidad o la mía, siempre ganarán ellos. Vi a Cleo florecer como un girasol girando el rostro hacia la luz. Y luego se giró hacia mí y me pidió que girara con ella, y durante un tiempo eso hice. Eso hicimos. Fue maravilloso, un auténtico privilegio, luego terminó y me sentí como cuando te bajas de una montaña rusa y las piernas te tiemblan. Ella también, imagino, por lo que es natural que a los dos nos cueste cortar el contacto.

Mis ojos se posan en el paquete. Voy a abrirlo ahora porque lo siento como una bomba de relojería. Dentro hay otro envoltorio, un papel fino blanco, acompañado de una nota prendida con un alfiler.

Me han dicho que tu torre meteorológica está en rojo. Besos, C

Desgarro el papel y encuentro una bufanda de lana de color gris acorazado. «Oh, Cleo», pienso sosteniéndola en las manos.

Es gruesa e irregular, más ancha en unos lugares que en otros, como si la persona que la tejió no estuviera del todo segura de lo que estaba haciendo. Está previsto que nieve en Boston por Navidad. ¿Tiene Cleo intención de volver pronto a Londres? ¿Será absorbida de nuevo por el torbellino de su antigua vida en la ciudad? Miro el móvil y de nuevo la bufanda, y entierro la cabeza en las manos con un suspiro. «Déjala en paz, Mack. Déjala en paz».

Mack
24 de diciembre

Boston

TODO EL MUNDO HA VISTO *GREMLINS*

—¡Papá!

Leo sale disparado cuando detengo el coche en la entrada.

—Cuidado con el hielo —le prevengo antes de plantarle un beso en la coronilla—. No vayas a torcerte otra vez el tobillo.

Esta semana ha habido una ola de frío polar muy apropiada para estas fechas y rumores constantes de posibles nevadas. Hundo el mentón en la bufanda gris y cojo mi petate del asiento de atrás. Susie me ha invitado a quedarme a dormir en lugar de marear a los chicos entre dos casas, lo cual es un alivio en muchos aspectos. No quiero despertarme el día de Navidad solo en el apartamento y decididamente no quiero que los chicos tengan que pasar un solo segundo en él. No me he molestado en adornarlo porque sería como intentar tunear una celda. Mamá me pidió que me sumara a los amigos y familiares que llenan su casa cada año, pero eso habría significado no ver a los chicos, lo que supondría un peligroso precedente que no estoy dispuesto a establecer. Bastante duro me resultó ya no pasar con ellos el día de Acción de Gracias. Mamá, por supuesto, se esforzó por hacerme la velada lo más agradable posible —el pavo con todas sus guarniciones— y fue fantástico enseñarle a mi abuela las fotografías de la isla. Nos tomamos nuestro tiempo, los tres sentados alrededor de la mesa, compartiendo las imágenes y nuestros recuerdos. También logré encontrar música popular irlandesa en mi teléfono, y sentí que había merecido la pena cuando mi abuela cerró los ojos para escucharla con una sonrisa ausente tirándole de las comisuras de los labios. Las adoro por sus esfuerzos, pero las fiestas navideñas son para los niños y necesito estar con mis hijos, de modo que aquí estoy, a punto de pasar la primera noche en prácticamente un año bajo mi propio techo cubierto de luces de Navidad. Es posible que en Halloween no nos esmeráramos lo suficiente, de modo que hace un par de semanas vine para ayudar a Susie a darlo todo con la decoración navideña. Este barrio es un poco competitivo con los adornos de Navidad, pero nos defendemos bien. El borde del tejado está festoneado de luces blancas, y guirnaldas de bastones envuelven los pilares del porche. Unas mallas de luces dan la impresión de que hay polvo de diamantes esparcido sobre los arbustos y en el césped retoza una rutilante familia de renos. También hay un abeto en el porche con luces y con campanitas que convierten el gélido viento en música. Quizá nos hayamos excedido un poco con la decoración, pero es un pequeño esfuerzo extra para asegurarnos de que los chicos no se sientan marginados. Soy consciente de que ni todas las luces de Boston pueden compensar el hecho de que sus padres no estén juntos, pero estamos haciendo cuanto podemos y de algo ha de servir.

—Hola. —Susie aparece en el recibidor cuando Leo entra corriendo para avisar a Nate de que he llegado, con una enorme corona de Navidad en las manos. Adornos plateados en el jersey, carmín tan rojo como las cenefas que rodean del porche.

—No sé quién luce más navideña, si la casa o tú —digo con una sonrisa.

Se ha dejado crecer el pelo lo suficiente para llevarlo recogido en una coleta, y se me forma un nudo en la garganta cuando se da la vuelta para colgar la corona en la puerta porque me recuerda a la adorable estudiante de la que me enamoré perdidamente. La observo un largo instante y carraspeo mientras me recompongo.

—Déjame a mí —me ofrezco, porque le está costando encajarla en el gancho.

Cojo la corona de muérdago y la cuelgo con cuidado en el gancho que clavé hace unos años. Susie y yo nos colocamos el uno junto al otro y examinamos la ancha puerta roja. Una imagen perfecta. Un sólido hogar familiar. Una familia reunida para las fiestas navideñas.

—Me alegro de que hayas venido —dice.

No la miro.

—Yo también.

Los chicos se han acostado, los regalos están envueltos debajo del árbol y Susie y yo estamos sentados en el sofá, cada uno en un extremo, con una botella de vino tinto vacía entre nosotros sobre la mesita de centro. Ha sido un día agridulce; la preparación de la comida de mañana acompañados de una banda sonora de nostálgica música navideña y una película en la sala de estar con los niños embutidos en sus nuevos pijamas navideños y sujetando cuencos de palomitas en las rodillas. Era como si hubiésemos llegado al acuerdo tácito de barrer bajo la mesa el hecho de que estamos separados. Durante la cena los niños tenían los ojos muy brillantes y las voces más agudas de lo normal, dolorosamente esperanzados mientras sus miradas vigilantes saltaban sin cesar entre Susie y yo. ¿Nos hemos equivocado al hacer esto? ¿Los estamos preparando para un bajón posnavideño? Dios, espero que no. Me da pavor tener que dejarlos de nuevo mañana por la tarde, cuando Walt y Marie lleguen para quedarse unos días. De vuelta al apartamento maldito. Me he hecho una promesa de Navidad: pase lo que pase, voy a largarme de ahí.

—He visto esta película un millón de veces —dice Susie desperezándose.

—Todo el mundo ha visto *Gremlins* un millón de veces —digo—. Ahí reside su encanto.

En la pantalla, el cabecilla de los gremlins malos está lidiando una batalla mortal con la madre de la casa en la cocina.

—¿Sabes? Creo que la vimos en nuestra primera Navidad en esta casa —dice.

Lo recuerdo.

—Teníamos aquel televisor de segunda mano con la raya en medio de la pantalla y no disponíamos de dinero para comprar otro.

Nos habíamos gastado hasta el último dólar que pudimos reunir en la entrada de la casa.

Baja la mirada hasta su copa de vino y sonríe.

—Mereció la pena el esfuerzo.

—Ya lo creo que sí —digo—. Es una casa estupenda para los chicos.

Asiente, pensativa.

—Te echan de menos.

—Y yo a ellos —digo—. Cada día.

—Lo sé. —Suspira al tiempo que se inclina hacia delante para dejar la copa en la mesa. El jersey se le sube con el gesto, desvelando la pequeña marca de nacimiento marrón en la base de la columna. Bebo un trago de vino y aparto la mirada—. Te he comprado algo —anuncia sacando de detrás del cojín una caja envuelta con papel de regalo.

—Susie, yo no…

—Es una tontería —dice enseguida, y se acerca para entregármelo.

Yo no le he comprado nada. No porque no lo pensara, sino porque no entiendo eso de comprarle algo a tu exmujer que actualmente está saliendo con su jefe, solo por quedar bien. No existe un manual para eso. Robert tiene una pronunciada veta gris en el pelo; me cuesta no compararlo con el gremlin que en estos momentos está haciendo añicos el televisor.

Dejo la copa en la mesa y acepto el obsequio de Susie.

—Gracias.

Lo abro; es una fotografía en un marco negro. La miro unos segundos y me vuelvo hacia Susie.

—Uno de mis días favoritos —dice.

Hecha hace dos veranos, es una foto en blanco y negro de los cuatro en el lago. Walt la hizo una tarde calurosa; recuerdo tan bien ese día que casi puedo oler la barbacoa y notar el escozor de la cuerda del viejo columpio en las palmas de mis manos. Nate cuelga larguirucho de mi cadera con la cabeza en mi hombro y Leo tiene los brazos alrededor de la cintura de Susie. Estamos desternillándonos por algo.

—Nos reíamos mucho juntos —digo rememorando el momento.

Susie tiene los ojos anegados de gruesas lágrimas cuando vuelvo a mirarla.

—No sé cómo no quererte, Mack —dice.

Durante las últimas semanas he notado un deshielo en Susie. Invitaciones a quedarme para un café cuando vengo a buscar a los chicos, una mano en mi hombro de tanto en tanto, una hornada nueva de las galletas de limón que sabe que me gustan. No solo son gestos. A veces me sostiene la mirada por encima de las cabezas de los chicos, trayéndome a la memoria las veces que esa mirada prolongada me decía lo mucho que estaba deseando que nos quedáramos a solas.

No sé qué significa todo esto, si representa un paso hacia la amistad o si oír lo de Cleo fue una sacudida para ella.

—Oye. —Le paso el brazo por los hombros—. No puedes llorar la víspera de Navidad, va contra las normas.

Se desmorona contra mí y desliza el brazo por mi torso. Cuando bajo la cabeza, su pelo huele al mismo champú que el de los chicos. Nos quedamos así unos minutos, los hombros de Susie tiemblan.

—Yo tampoco quiero no quererte. —Acaricio su pelo sedoso y le doy un beso en la coronilla—. No es malo que sigamos queriéndonos.

Susie levanta el rostro con las pestañas salpicadas de lágrimas en torno a sus ojos azules.

—No creo que pueda querer a Robert, no tanto en cualquier

caso. —Puedo notar el calor de su aliento en mis labios, ver el dolor en sus ojos—. ¿La quieres, Mack? ¿Es lo mismo?

El temblor de su voz me hace trizas.

—Claro que no es lo mismo —respondo con suavidad—. Suze, tú y yo hemos pasado años construyendo nuestro amor, nuestro hogar, nuestros hijos. Nada podrá nunca parecerse a eso.

—Me asusta pensar que nunca voy a poder querer a alguien tanto como a ti.

He pasado incontables noches en vela anhelando que Susie deseara mi regreso. Nuestras vidas han estado entrelazadas cada día desde que yo tenía dieciocho años. Levanta la cabeza y nuestros labios se tocan, quedos, tiernos, y cuando cierro los ojos imágenes de nosotros se superponen formando una especie de caleidoscopio. Nuestro primer beso trémulo contra la pared trasera de la casa de sus padres. El beso del día de nuestra boda, la promesa de para siempre en nuestros labios. La presión cargada de alivio de mi boca contra su boca exhausta tras la llegada de nuestro primer hijo. Y un millón de besos más entre medias; unos lujuriosos, otros necesitados… Cada uno escribiendo una frase nueva en nuestra historia. Susie ha sido mi amor durante casi la mitad de mi vida, pero nunca hemos compartido un beso tan elocuente, o tan triste.

—Sé que pensarás que es por la nostalgia y el vino, y por la conversación sobre las vacaciones, pero no lo es. Siento tanto lo que te he hecho, Mack. Lo que nos he hecho a los dos.

—Susie —susurro quedamente en el calor de nuestra sala de estar familiar, en el confort de nuestro sofá familiar. Todo con respecto a esta situación está bien. Estoy de nuevo en casa y es Nochebuena. Las luces del árbol brillan en el rincón, y en la tele algo increíblemente adorable se transforma de forma inesperada en algo tan violento que podría arrancarte el corazón.

Cleo
31 de diciembre

Isla Salvación
NO HE ECHADO NADA DE MENOS LONDRES

—Lo has conseguido —dice Delta cuando abro la puerta del Salvation Arms a la hora del almuerzo.

—Hace tanto frío que no me siento la cara —digo pateando el suelo mientras me desenrosco la bufanda y cuelgo el abrigo en el perchero.

Carmen me observa desde el sillón que hay junto a la chimenea y alza la mano, como una reina, para llamar mi atención.

—Voy a tejerte un pasamontañas para cruzar esa colina —se ofrece—. Mi lana…

—Es la más caliente de la isla —decimos Delta, Erin y yo a la vez y nos echamos a reír.

El pub se encuentra bastante concurrido esta tarde, por lo visto no soy la única a la que le apetecía un poco de compañía este último día del año. Hay un fuego en el hogar y un sentimiento de camaradería entre los isleños; parece más una reunión de familia que un pub. Pero supongo que eso es lo que es. La comunidad de esta isla constituye una gran familia, nadie es un extraño por mucho tiempo en Salvación. Yo soy, de lejos, la persona más nueva en la isla, sin contar a Barney porque él creció aquí, y todo el mundo sabe cómo me llamo y a lo que me dedico, en buena parte gracias a Delta. La gente me pregunta a menudo cómo va el libro; tal vez ponga una pizarra en el porche de Otter Lodge con mi recuento de palabras diario. No porque la gente vaya a verlo, apenas recibo visitas en la cabaña ahora que arrecia el frío. La verdad es que no me importa; la soledad se adapta perfectamente a mi estado de ánimo ahora mismo. Abro el café unas horas durante la semana y eso es suficiente interacción social para hacer que me peine. De lunes a viernes, por lo menos.

—¿Un viejo cubano, señorita? Es similar al mojito, pero mejor. —Barney se siente tan cómodo detrás de la barra que parece que lleve ahí toda la vida. Todo el mundo extraña terriblemente a Raff, desde luego, pero es como si el universo hubiera sabido que nos lo iban a arrebatar y hubiese convencido a un tiburón para que hincara los dientes en el efervescente Barney Doyle.

—No me iría nada mal —digo—. Aunque has de saber que he estado en las coctelerías más exquisitas de Londres y no me cuelan cualquier cosa.

Barney enarca las cejas, encantado con el reto. Ha ignorado por completo la reticencia de Delta y poco a poco está educando a los residentes de Salvación en los placeres de un buen Tom Collins y del emblemático Cosmopolitan. Creo que nadie olvidará a Dolores sacando la Barbra Streisand que lleva dentro después de un par de Gimlets en Nochebuena. No se avergüenza porque no se acuerda, y ninguno de nosotros tiene el valor de recordárselo.

Observo a Barney en su elemento detrás de la barra, haciendo que parezca fácil con su camiseta marinera y el pequeño pegado al torso en un portabebés.

—Tenemos nuestros momentos de chicos, ¿verdad, Elvis? —Me tiende mi copa mientras frota el pie del bebé con la otra mano.

Delta pone los ojos en blanco.

—Me alegro de que alguien más lo sostenga un rato —dice—. Pasa el noventa por ciento de su vida con la cara hundida en mis malditas tetas.

Me río porque, a juzgar por la cara de Barney, se diría que considera al pequeño Raff un tío con suerte. O Rafferty Elvis, como Delta lo ha registrado oficialmente, un reconocimiento a su tío y un shock para su madre, todo en uno.

—No está mal —digo tras darle un sorbo al viejo cubano.

—De primer orden —me corrige Barney. No lo reconozco, pero tiene razón. No se lo pondría fácil a Tom Cruise.

Delta choca su vaso contra mi copa.

—Por ti, Cleo —dice—. Tengo la sensación de que llevas aquí toda la vida. No me dejes.

—Y por ti —respondo conteniendo unas lágrimas inesperadas, porque Delta es mi alma gemela y una excelente amiga, la razón que me dio el valor para quedarme.

Da unos golpecitos al anillo de Claddagh que luzco en la mano derecha.

—Me alegro de que al anillo de mi tía Bernadette le dé el aire —dice—. Ella fue la rebelde original de la isla, estaba como una chota. De niña le daba la lata a mi madre para que fuera más como ella, más aventurera. —Se ríe—. Yo colocaba sus postales de lugares exóticos alrededor del marco del espejo de mi habitación, decidida a seguir sus pasos en cuanto tuviera edad suficiente para escapar de aquí. —Delta lanza una mirada a Barney y a su hijo dormido—. Supongo que finalmente he madurado y he comprendido lo que importa de verdad.

—Deberías decírselo a tu madre —sugiero, consciente de que a Dolores le encantaría oírlo.

Delta suelta una risotada.

—Lo dices en broma, ¿no? ¡Estas palabras jamás saldrán de mis labios delante de mi madre!

Escondo mi sonrisa en la copa. Delta posee la sed de aventuras de su tía, la vena leal de Raff y una buena dosis de la voluntad férrea de su madre. Me vuelvo hacia la barra cuando el bebé empieza a llorar y me pregunto en qué clase de niño se convertirá, si dará muchos problemas a su madre cuando sea más mayor. Probablemente así sea, si es la mitad de enérgico que Delta.

La puerta se abre y Brianne entra en el pub en un torbellino de pieles y botas de cuero de oveja, seguida de Cameron, que tiene que agachar la cabeza bajo el marco de la puerta. En cuanto cuelga el abrigo viene directa hacia mí.

—Tengo algo para ti —dice bajito para que nadie la oiga—. Un paquete. —Se acerca tanto que prácticamente me está besando la oreja—. De Estados Unidos.

Lo saca con disimulo de su bolsillo y me lo pone en las manos como si fuera droga dura. Tiene el tamaño de una carta con tres o cuatro centímetros de grosor. Vale. Solo conozco a una persona en Estados Unidos.

—Gracias —digo. Miro el paquete y me pregunto qué habrá dentro.

Mack y yo no nos escribimos desde antes de Navidad. En Nochebuena me senté un rato en la Colina de los Aullidos por si se sentía solo y me enviaba un mensaje, pero no lo hizo. Me pregunto si también él se sentó a solas y esperó a ver si yo le escribía, o si está consiguiendo dejarnos atrás. Puede que se haya sentido obligado a enviarme algo porque yo le envié la bufanda. Espero que no. Me alegro de que Brianne haya tenido la delicadeza de ser discreta, sé que Delta estaría muriéndose de ganas de saber qué hay dentro. Yo también, la verdad. Pido otro viejo cubano y cojo en brazos al bebé, pero mi mano baja a cada momento para tocar el paquete que he guardado en el bolso. ¿Se llevó algo mío a Boston por error? No he echado nada en falta, excepto la esquirla de mi corazón. Inducida por el ron, río para mis adentros al imaginarme que abro el regalo y me encuentro un trozo de carne palpitante.

—Caray, están fuertes estos cócteles —digo antes de apurar el segundo.

Delta suspira sobre su taza de té.

—¿Cómo quieres que lo sepa?

—Por lo menos mañana no te dolerá la cabeza.

—Sí me dolerá, pero por falta de sueño. Y por unas tetas doloridas y los bajos de mi cuerpo machacados.

La abrazo y le doy palmaditas en la espalda.

—Pero no lo cambiarías por nada.

Pone los ojos en blanco porque tengo razón. Puede que esté peleando contra los efectos físicos de convertirse en mamá, pero está perdidamente enamorada de ese bebé con el tupé de Elvis.

—Me voy a casa —digo—. Quiero atravesar esa colina antes de que oscurezca.

Me achucha con fuerza.

—Feliz Año Nuevo, Clee —dice—. Estoy muy contenta de que te hayas quedado.

—Menos mal que sé tejer —afirmo—, de lo contrario tu madre me habría echado de la isla.

—Que no se te suban los humos —replica—. Recuerda que vi la bufanda.

Nos reímos y camino de la puerta me despido de la gente con besos y abrazos de Feliz Año Nuevo. Me pongo el abrigo y por último cruzo una mirada con Brianne. Asiente imperceptiblemente, cumplida su misión.

—Hola, mi preciosa cabaña —saludo, contenta de ver el resplandor del fuego todavía vivo en el hogar.

También tengo un abeto adornado; Ailsa y Julia lo arrastraron colina arriba como sorpresa dos días antes de Navidad, junto con una caja que habían colocado en la barra del Salvation Arms para que la gente donara un adorno o dos. Me eché a llorar, naturalmente. A estos isleños les resulta fácil ser seres humanos amables. Dolores me cedió una guirnalda de luces y Carmen había envuelto en papel de periódico una estrella plateada vintage para ponerla en lo alto del árbol.

No he echado nada de menos Londres. La idea de calles comerciales abarrotadas de gente y bares a reventar no me atrae lo más mínimo. Me dio pena no ver a mi familia en estas fechas, sobre todo a mi madre, pero está siendo catártico para mí pasar mis días y mis noches aquí sola.

Mientras espero a que el agua rompa a hervir para prepararme un café, me detengo delante del fregadero a contemplar la playa. Añado al café un chorro de whisky de Nochevieja y me lo llevó al sofá con mi manta de *patchwork* y el paquete marrón procedente de América.

Llevo una hora sin mover un solo músculo. El café se ha enfriado y tengo el rostro bañado en lágrimas. Mack me ha enviado un álbum de nuestro tiempo juntos, un recuerdo íntimo de nosotros. La mesa del desayuno puesta para dos con un jarrón de flores silvestres junto a la jarrita de la leche. Vasos de whisky vacíos sobre la mesita de centro frente a un fuego agonizante. Nuestras botas alineadas junto a la puerta. La infame raya de tiza, su bolsa a un lado, mi maleta al otro. El tejado del porche rodeado de bombillas de colores vintage por mi cumpleaños. Mi vestido blanco colgado de la estantería listo para lucirlo. Y yo. Una imagen tras otra de mí, algunas demasiado personales para enseñarlas. En los escalones del porche con una manta sobre los hombros y un café entre las manos. Una foto en blanco y negro de mí sentada desnuda en la cama con la sábana sobre las caderas. No me considero ninguna belleza, pero él me ha hecho bella en esas fotos. Las miro con calma, deteniéndome a recordar las circunstancias de cada una de ellas, las cosas que nos decíamos. Mack me apuntaba tan a menudo con el objetivo que acabé acostumbrándome a él. Probablemente sabía que algún día vería las fotos, que miraría atrás y recordaría a Mack, nos recordaría a nosotros. Es el regalo más bonito que me han hecho en la vida.

Solo hay dos fotografías de los dos juntos. Mack dirigió la cámara hacia nosotros en una ocasión en la cama con el brazo estirado. Mi cabeza descansa en su hombro, la sábana blanca encajada bajo mi axila, sus dedos curvados sobre mi brazo. En una de las fotos estamos mirando directamente a la cámara, empapados de sexo, y en la otra yo tengo los ojos cerrados y él desvía la mirada del objetivo para darme un beso en la frente. Empapados de amor. Devuelvo el álbum al sobre acolchado. No sé cuándo seré capaz de volver a mirarlo.

El álbum va acompañado de una invitación a su exposición a finales de febrero. Deslizo lentamente los dedos por las letras en negrita de su nombre, pensativa.

Faltan cinco minutos para la medianoche del último día del que ha resultado ser un año determinante en mi vida. Estoy sentada en la roca de la Colina de los Aullidos con varias capas de ropa porque hace un frío glacial y una petaca de whisky en el bolsillo, pero no querría estar en ningún otro lugar. He venido a sentarme aquí con mis pensamientos, a dejar que el año que está a punto de terminar se lo lleve el viento y aspirar el aroma del nuevo cuando llegue desde el este.

Susurro un hola a Júpiter preguntándome si Mack también puede verlo. Esta noche ha estado muy presente en mis pensamientos. Contemplar esas fotos lo ha acercado tanto que casi puedo ver su silueta caminar por la orilla con la cámara colgada del cuello.

—¿Sabes qué? —digo en alto, porque ahora soy una persona que le habla a Júpiter—. No pasa nada. No pasa nada por decirlo. Amé a Mack Sullivan de la manera más repentina, espectacular, sexual, espiritual, protectora, primaria e imaginable, y durante unos días él me amó de igual manera. Fue pura magia.

Bebo un trago de whisky y me estremezco cuando baja por mi garganta.

—Sé muy bien lo que hace esta isla —continúo, charlando con esa soltura que te da el whisky—. Salvación tiene su propio campo magnético y atrae a personas de todo el planeta hasta este diminuto peñón cuando ella quiere. Barney vino porque Raff se fue. Yo llegué en el mismo barco que Mack. ¡Venga ya! ¿Qué probabilidades hay de eso? —Doy otro sorbo a la petaca meneando la cabeza—. Es el universo entrometiéndose a gran escala. ¡Qué osado! —Guardo silencio y pienso en la vida inesperada que me he descubierto viviendo aquí mientras contemplo el vaivén del mar. Un minuto para la medianoche.

Se me ocurre que podría acabar viviendo para siempre en esta isla. Seré para Delta lo que Carmen para Dolores. No es el peor escenario que puedo imaginar para mí. Probablemente no ocurra, pero por el momento soy feliz aquí, lo cual es una gran noticia. Mamá vendrá a pasar unos días en febrero; espero que otras personas hagan también el viaje en algún momento. Es un plan a corto plazo; me quedaré hasta primavera y veré cómo me siento entonces. Qué liberador sentir que no estoy pensando ya qué haré a continuación.

Compruebo la hora en el móvil y mientras miro la pantalla dan las doce. Londres será un derroche de besos ebrios, un bombardeo de fuegos artificiales en el cielo. Aquí, nada ocurre. Estamos Júpiter, el mar y yo, nadie más, y me siento bien así. No quiero ser mi flamenco el resto de mi vida porque me gustó amar a otra persona, pero estoy contenta siendo mi mejor amiga y mi animadora más acérrima por el momento. Soy mi propio flamenco temporal. Choco mi hombro con el hombro imaginario de Emma Watson sentada a mi lado; creo que estaría orgullosa de lo lejos que he llegado. Sobre el horizonte, la luna ilumina las ondeantes velas fantasma del *Pionera*.

—¡Feliz Año Nuevo! —No tenía intención de gritar, pero las palabras salen poderosas de mi garganta cuando me pongo en pie y alzo los brazos con la petaca en una mano y el móvil en la otra—. ¡Por ti, Salvación, por haber hecho de mí una mujer!

Pensaba que esta noche derramaría lágrimas nostálgicas, pero en lugar de eso me río de mi gusto por el melodrama.

Me meto la petaca en el bolsillo y abro un mensaje para Mack.

Uno — El álbum de fotos llegó hoy. ¡Gracias! Me hizo llorar de lo bonito que es. Estoy muy orgullosa de ti. Buena suerte con la exposición.
Dos — ¡Feliz Año Nuevo! De corazón. Haz lo que haga falta para ser feliz, Mack, te lo mereces.
Tres — Un beso.

No escribo que no me arrepiento porque a veces sí me arrepiento. Mack ha puesto el listón increíblemente alto y necesito creer que hay otras personas ahí fuera capaces de alcanzarlo. Puede que con el tiempo el universo lance de nuevo para mí su red del amor y me traiga un amor para siempre, pero no me imagino haciéndolo ahora.

Me guardo el teléfono en el bolsillo y desciendo hacia las luces acogedoras de Otter Lodge. Un año completamente nuevo. La expectación más que el miedo borbotea dentro de mi pecho por lo que me espera en el futuro. El *Pionera* no zarpará sin mí, porque yo soy la pionera.

Mack
17 de enero

Boston
YO SOY SU BOSQUE

—Pide un deseo, Leo —dice Susie mientras lleva en sus manos el enorme pastel de cumpleaños con las velas encendidas.

Trece velas. El mundo cuenta con un nuevo adolescente. ¿Cómo es posible que tenga un hijo adolescente? Pienso en mi propia adolescencia y experimento un miedo muy real. Era bastante rebelde entonces; una tortura para mamá, comprendo ahora. ¿Traspasará Leo constantemente los límites también? Puede que sí, puede que no. Tiene muchas más personas a su alrededor en las que apoyarse de las que tenía yo.

—Será más fácil si te quitas la careta, hijo —digo.

Está feliz con su nuevo equipo de béisbol, no quería esperar a hacerse fotos de cuerpo entero con el último uniforme de los Sox y la equipación de catcher.

—Puedo soplar entre las barras —dice riendo. Se llena los pulmones de aire y apaga todas las velas de una vez.

—Buen trabajo —le felicita Susie dejando el pastel en la mesa mientras Leo va a buscar un cuchillo.

—¿Crees que también pretende comer entre las barras? —le pregunto.

—Sabes que sí —confirma Susie al tiempo que retira del pastel las velas incrustadas de chocolate.

—¡Mamá, papá!

Nate corre hasta la ventana, como siempre a la velocidad del rayo.

—¡Ha venido el abuelo!

Susie me mira y frunce el entrecejo. Sus padres están en Maine, visitando a la hermana de Marie. Me encojo de hombros, dando por hecho que Nate se ha confundido, cuando llaman a la puerta. Miro por la ventana, pero no reconozco el impecable todoterreno negro estacionado en la calle.

—Yo abro —digo.

Recorro el pasillo con un mal presentimiento renegando en mi estómago mientras Nate da saltos a mi alrededor. Preparándome para el viento frío y las malas noticias, abro la puerta.

—Hola, hijo.

Mi padre, como siempre apareciendo sin avisar.

—Papá, ¡qué sorpresa!

Se retoca la bufanda.

—Estaba en la zona por un tema de trabajo y se me ha ocurrido pasar a felicitar a este hombretón. —Es todo sonrisas y buen rollo cuando golpea con el puño el hombro de Nate.

—Te equivocas de hombretón —señalo.

—Te estaba poniendo a prueba. —Papá ríe, restando importancia a su error.

—Hay pastel —dice Nate—. Leo se lo está comiendo con la careta de catcher puesta.

—Eso tengo que verlo.

Papá sonríe y hace ademán de entrar. Reprimo un suspiro y, sintiendo que no tengo otra opción, me hago a un lado con resignación para dejarle pasar.

—Susie —dice en ese tono simpático de «cuánto tiempo» que se le da tan bien, en tanto se desabotona el largo abrigo de lana y se quita la bufanda. Siempre elegante, mi padre, «aficionado a los trajes de buen corte y las mujeres», dijo mi madre en una ocasión.

—Alvin —dice Susie con una sonrisa cauta al tiempo que sus ojos me dirigen una mirada rauda por encima del hombro de mi padre. Me encojo de hombros, desconcertado también—. Llegas justo a tiempo para el pastel.

Lo observo mientras ríe y cautiva a los chicos, una tarjeta con dinero para Leo, un billete de su cartera para la hucha de Nate. Están sentados uno a cada lado de mi padre, pálidos en comparación con su bronceado de la Costa Oeste, disfrutando de sus elogios.

—¿Conque los Red Sox? —dice señalando el uniforme de Leo—. Es mi equipo. De tal palo tal astilla, muchacho.

—También el mío, abuelo —interviene Nate, y se levanta el jersey para enseñarle su camiseta de los Sox favorita.

Veo cómo se esmeran por impresionarle y he de hacer un gran esfuerzo para no meter a mi padre de nuevo en su caro abrigo y enseñarle la puerta. Mis hijos no necesitan impresionarle.

—Deberíais venir todos a California este verano —dice cuando los chicos salen corriendo de la estancia al ver a los hijos de los vecinos en la calle—. Les encantarían las playas.

—Aquí también tenemos playas —digo.

Susie tiene aspecto de que le duela la cara de haber estado sonriendo de manera forzada la última media hora. El hecho de que mi padre no esté al corriente de nuestros problemas maritales dice mucho sobre el escaso contacto que mantiene con nosotros, y el hecho de que yo me haya ocupado de eludirlos desde que cruzó la puerta dice mucho sobre mi relación con él.

—¿Otro trozo de pastel? —le pregunta Susie antes de proceder a recoger la mesa.

Papá levanta la mano, un firme no.

—Suficiente azúcar por hoy.

Así es él, con esa manera santurrona de hacerse el virtuoso a costa de la gente que le rodea. Susie se lleva el pastel a la cocina, probablemente preguntándose si se ha pasado con el glaseado de chocolate.

—¿Qué tal el trabajo, hijo?

Le explico por encima el proyecto de la exposición de Salvación. Cuando menciono la isla, entorna los párpados y, seguidamente, suelta una carcajada, demasiado fuerte y demasiado larga.

—Me sorprende que ese lugar exista siquiera —dice meneando la cabeza—. La manera en que tu madre hablaba de él, que si dragones y piratas, y yo qué sé qué más. —Lo encuentra gracioso, está disfrutando—. Y dime, capitán Mack, ¿encontraste un tesoro?

Se acabó. Ese retintín jocoso, ese levísimo tono de superioridad. Puede que este ya no sea mi hogar, pero es mi casa y no lo quiero aquí. Cojo el abrigo y se lo tiendo.

—Voy a acompañar a mi padre al coche —le digo a Susie.

Asoma la cabeza desde la cocina.

—Adiós, Alvin. Gracias por la visita.

Mi padre me mira un segundo, evaluando la situación, antes de levantarse despacio y seguirme por el pasillo. No miro atrás hasta que estoy en la acera, junto a su coche.

—¿He hecho algo malo? —me pregunta, y podría pensar que no tiene ni idea. El brillo desafiante de sus ojos, sin embargo, dice lo contrario.

Lo miro intentando decidir si merece la pena el esfuerzo.

—¿Hoy o los últimos veinticinco años?

Su gesto de exasperación es tan sutil que a otro podría pasarle desapercibido, pero a mí no.

—Vamos, Mack, ya eres un hombre hecho y derecho, y también padre. Sabes que no es un lecho de rosas.

No es un lecho de rosas. Sus palabras ponen de manifiesto lo diferente que vemos la paternidad. Su permanente mueca de desdén hace que me tiemble el puño.

—Ser padre no tiene que ser un lecho de rosas —digo—. No es algo de lo que disfrutas un tiempo y que desechas cuando ya no te sirve. Un padre es un bosque. Cambia constantemente, crece, evoluciona. Es un refugio, con sus raíces y ramas por las que trepar y sus hojas para amortiguar la caída.

No responde. Puede que mis palabras hayan hecho mella o puede que le traigan sin cuidado. En cualquier caso, en esta conversación tengo la última palabra.

—Es cierto lo que dijiste. Mis hijos hacen bueno el dicho «de tal palo, tal astilla». Pero de mi palo, no del tuyo.

Observo las luces traseras de su todoterreno hasta que se pierden a lo lejos y, respirando de manera entrecortada, me siento pesadamente en los escalones del porche. Descanso la cabeza en el poste, cierro los ojos y escucho las risas y los gritos de los chicos en el jardín del vecino.

Soy el toldo sobre sus cabezas, el suelo bajo sus pies, la blanda pila de hojas sobre la que caer. Soy su bosque. Soy su hogar.

Cleo
12 de febrero

Isla Salvación

KYLIE MINOGUE SIEMPRE APARENTARÁ DIECIOCHO

Mamá ha ordenado al océano que le otorgue una travesía segura y el océano ha obedecido. La veo descender del barco con un estilo mucho más digno del que yo podría soñar jamás y avanzar con paso ligero por la arena, en mi dirección, agitando enloquecidamente un brazo por encima de la cabeza. Corro hacia ella sintiéndome como si tuviera seis años al salir del colegio, desesperada por arrojarme a sus reconfortantes brazos.

—Mamá —susurro meciéndola en un abrazo lo bastante fuerte para cortarle la respiración.

—Un poco movidita la travesía —dice mientras se sacude el rocío marino del pelo cuando la dejo ir.

Me río porque es tan típico de ella. Cuando yo vine aquí en el barco pensé que iba a morir. A mamá le ha parecido una travesía «un poco movidita». Tom suele decir que mamá y Emma Thompson fueron separadas al nacer porque tienen esa misma manera enérgica y eficiente que te hace sentir segura y protegida y al mismo tiempo increíblemente avergonzada. No conozco a nadie a quien no le caiga bien mi madre. Con excepción, quizá, del profesor de física que llamó vaga a mi hermana mayor en una reunión de padres y recibió un rapapolvo delante de todos. Aparte del señor Jenkins, todo el mundo la considera maravillosa.

—Vamos —dice y enlaza su brazo con el mío acarreando su mochila como si apenas pesara—, enséñame la isla.

—¿No prefieres ir primero a la cabaña?

Me clava una mirada por debajo de su flequillo entrecano.

—Ya habrá tiempo para eso.

Miro el reloj. Podemos ir un rato al pueblo antes de que oscurezca.

—¿Qué tal un gin-tonic en el pub? —le propongo.

Se le ilumina la mirada.

—Tú mandas.

—Déjame adivinar —dice mamá desabotonándose el abrigo—. ¿Delta?

—¿Cómo lo sabes? —Delta baja la mirada hasta el mechón de pelo negro que sobresale del bebé acurrucado en sus brazos. Su diminuto perfil de pestañas negras y labios regordetes duerme profundamente—. ¿Por este muchachete?

—Alguien me dijo que era el bebé más bonito del mundo —dice mamá con una sonrisa, mirando al pequeño—. Y veo que no exageraba.

Barney nos observa desde el otro lado de la barra.

—Ahora me toca a mí adivinar. —Martillea con los dedos el canto de la escurridera—. Pareces una mujer necesitada de un… —Ladea la cabeza mientras lo medita—. French 75.

La mayor parte de la gente no estaría familiarizada con el extenso repertorio de cócteles de Barney. Mi madre, sin embargo, no es la mayor parte de la gente.

—Largo de ginebra y corto de limón —acepta.

Barney casi da un puñetazo al aire.

—Naturalmente.

Y en menos que canta un gallo tiene a Delta en el bolsillo y a Barney intuyendo una aliada coctelera. Mamá es una flautista de Hamelin que va recolectando amigos y admiradores a su paso. Se me hace extraño verla aquí, en Salvación, como si mis dos mundos se hubieran acercado y solapado lo justo para que mamá pudiera cruzar de uno a otro.

—¿Sabes tejer, Helen? —pregunta Delta cuando trae la bebida de mamá a nuestra mesa junto al fuego. Es una tarde tranquila en el pub, mecida por la paz postalmuerzo.

—Soy bastante torpe —responde mamá, lo cual es mentira porque teje mucho mejor que yo.

—Deberías traer a tu madre al grupo la semana que viene. —Delta me pasa el bebé y se desploma a mi lado—. Juraría que está engordando por minutos, cada día es como un día de brazos en el gimnasio.

—No tienes nada que envidiarle a Michelle Obama —le aseguro. Brindo con mamá—. Los cócteles de Barney son los mejores de la isla —digo mientras la observo dar su primer sorbo.

Pese a sus intentos por disimular, a Barney se le nota que también la observa mientras aguarda impaciente su veredicto.

—Mmm, está delicioso —declara mamá mirando por encima del hombro a Barney con un asentimiento de cabeza.

No estoy segura, pero creo que Barney Doyle, el barman internacional superenrollado, se está poniendo colorado.

—Otro cóctel que añadir a mi lista para cuando pueda volver a beber —suspira Delta.

—Yo me bebía una copa de champán cada día cuando estaba amamantando a mis cuatro hijos —explica mamá—. Órdenes del médico.

Los ojos verdes de Delta brillan esperanzados.

—Y todos te salieron bien, ¿verdad?

—Fue suspendido años después, así que no te fíes mucho de sus consejos.

—Porras.

Doy unas palmaditas a Delta en la pierna por debajo de la mesa mientras mamá se bebe media copa de un trago y la devuelve a la mesa.

—Para darme valor —declara con un escalofrío—. Cariño, he de contarte una cosa.

Temiendo que sea algo horrible, empiezo a sudar y Delta me coge la mano.

—Tengo novio.

Es lo último que esperaba oír. Estoy tan sorprendida que no sé qué decir. El pequeño Raff acude en mi rescate con un pedo espontáneo que hace saltar a Delta del asiento. Me quita el bebé de los brazos y se marcha riendo para dejarnos hablar a solas.

—Anthony —dice mamá con un nerviosismo inusual en ella mientras me proporciona información que no he pedido—. Por internet, ¿te lo puedes creer?

—La verdad, mamá, no, no puedo —digo estupefacta. Mi madre no tiene ordenador y apenas utiliza el móvil—. Quiero decir que… ¿Cómo?

—Tom me instaló su viejo ordenador en el estudio para que pudiera hablar contigo como es debido. La pantalla de mi móvil es muy pequeña. Quería que tu cabeza tuviera el tamaño real.

Se me escapa una risita porque esta conversación es rara.

—El caso es que recibí un mensaje de Anthony James, un chico con el que fui al colegio. Estaba colada por él, la verdad sea dicha. Todas lo estábamos. Me explicó que quería organizar una reunión de antiguos alumnos y me ofrecí a ayudarle.

Asiento y apuro mi copa. Barney me mira desde la barra, siempre listo para llenar una copa vacía. Se lo agradezco. Voy a necesitar más de una. No porque me moleste, que no me molesta. Es solo que mamá siempre ha sido feliz sola. Es madre. Es abuela. Es fácil olvidar que también es Helen.

—¿Y qué tal reunión? —balbuceo—. ¿Se ha celebrado ya?

—Al final fue solo para dos —responde—. Él también es viudo. Desde hace diez años.

—Ya. —Trago saliva y sonrío agradecida cuando Barney llega con dos French 75.

—Los demás ya lo saben —continúa mamá—. Les pedí que no te lo contaran porque quería hacerlo yo.

Los nervios nublan sus ojos amables y puedo oír el anhelo de aprobación en su voz.

—Mamá, no me importa, si eso es lo que te preocupa —digo—. Me ha sorprendido, eso es todo.

—A mí también me sorprendió —dice con una risita de alivio.

Alzo la copa para brindar. Hay cosas que parecen grabadas en piedra, ¿verdad? La marea siempre subirá, Kylie Minogue siempre aparentará dieciocho y mamá siempre estará soltera. Me sobresalta reconocer que hasta las cosas escritas en piedra pueden cambiar.

—¿Quieres hablarme de él? —me pregunta inesperadamente mamá mientras estamos sentadas en los escalones de Otter Lodge antes de irnos a la cama.

Entre el trajín de presentarla a la gente e instalarla en la cabaña, no hemos mencionado a Mack en todo el día. Estamos llenas de sus espaguetis a la boloñesa, preparados en casa y transportados en una fiambrera dentro de la mochila. No es lo único que ha traído; el pastel de café de mi cumpleaños descansa sobre la encimera con dos porciones menos. Ignoro cómo ha conseguido llegar indemne desde la cocina de mamá hasta Otter Lodge, pero no me sorprende en exceso. Sí me sorprende, en cambio, su pregunta. Solo le he hablado de Mack como el americano inconveniente.

—No hay mucho que contar, mamá. Estuvo unas semanas aquí y ya no está.

Me rodea con el brazo y me ciñe la manta a los hombros.

—¿Cómo es?

Oh.

—Es…

Dios, es tantas cosas.

—Es un fotógrafo fantástico y un padre más fantástico aún. Está un poco deprimido y huele como la brisa del mar por la mañana. —Descanso mi cabeza en su hombro—. Ama a los Red Sox y a Springsteen. Tiene una franja de piel blanca en el cuello por la correa de la cámara. —Me toco el cuello en el mismo lugar—. Lleva un trozo de tiza que le di en el bolsillo y una esquirla de mi corazón en el pecho. —Levanto el pulgar y el índice para mostrarle el pequeño espacio que habito a cinco mil kilómetros de aquí—. Toma el café sin azúcar y no puede sostenerse en una sola pierna tanto tiempo como yo. Tiene los ojos de diferente color y su postre en el corredor de la muerte sería la tarta de queso. —Cierro los ojos, rememorando nuestras listas nocturnas—. Y durante un tiempo me hizo sentir como si hubiese tragado estrellas.

Absorbiendo a Mack a trocitos, mamá me frota el brazo.

—¿Te acuerdas del perro de nuestro vecino cuando eras niña?

Asiento.

—Los mismos ojos —digo.

Guardamos silencio, envueltas por la noche serena de Salvación.

—No mucha gente te hace sentir como si hubieras tragado estrellas —dice al rato.

Paso el índice por la esfera de mi reloj.

—¿Papá te hacía sentir así?

Ríe quedamente, rememorando.

—Han tenido que pasar todos estos años para poder salir siquiera a tomar un café con otro hombre, Cleo. Tu padre me hacía sentir como si me hubiera tragado el sol entero.

Levanto la vista hacia el resplandor de Júpiter.

—Demasiado tiempo sola —digo.

—Sí —reconoce mamá—. Aunque no tenía tiempo de sentirme sola, no con cuatro hijos a mi cargo.

No puedo ni imaginar lo difícil que debieron de ser para ella los primeros años. Mi madre está hecha de un material duro, seguro que encaja en el grupo de tejedoras.

—¿Y Anthony? —pregunto—. ¿Qué lugar ocupa en el estrellómetro?

Me mira.

—Todavía no lo sé. Un pedacito del canto de la luna, quizá.

Sonrío.

—¿De verdad sabe a queso?

Se ríe.

—Por el momento a buen vino y cocina italiana.

Ahora que se me ha pasado el sobresalto, me alegro de la aparición de Anthony. Mamá se merece algo más que vivir su vida a través de sus hijos y sus nietos.

—Mack me ha invitado a la inauguración de su exposición dentro de dos semanas —digo—. En Boston.

—Lo vi en la nevera —dice—. Deberías ir.

La miro, asombrada por su franqueza.

—¿Tú crees?

—¿Por qué no? Ya has enviado tu manuscrito, es un buen momento.

—No se trata solo de que sea un buen momento —digo—. Toda su vida está allí.

—No te habría enviado una invitación si no quisiera que fueras —razona.

—Puede. O a lo mejor la envió en un momento de debilidad y ahora se arrepiente. No respondió a mi mensaje de Fin de Año, aunque alguien tiene que ser el que cuelga por última vez, ¿no? Puede que vuelva a estar bien con su familia y quiera que seamos amigos. O tal vez se sienta solo y le apetezca tenerme cerca, pero ¿a qué precio para mí, mamá? Yo estoy bien aquí. —Extiendo las manos hacia la bahía—. Y también aquí. —Me golpeteo la frente con las yemas de los dedos—. He encontrado un lugar mágico en Salvación. No estoy dispuesta a renunciar a él por la posibilidad remota de un amor.

—Piénsate lo de Boston —dice—. Los arrepentimientos pesan más conforme te haces mayor.

Asiento. He estado dándole vueltas desde que llegó la invitación.

—Venga —digo—, a la cama.

Me pongo en pie, le ofrezco la mano para levantarla y la abrazo.

—Me alegro mucho de que hayas venido —le respondo.

—Y yo también me alegro de que tú hayas venido aquí —dice.

Me satisface que pueda ver lo mucho que me ha cambiado Salvación. Cojo las copas y entro detrás de ella. Mi mirada se detiene en la invitación que cuelga de la nevera antes de apagar las luces.

Mack
26 de febrero

Boston
NOCHE DE INAUGURACIÓN

Son muchas las personas importantes para mí que han hecho el esfuerzo de estar aquí esta noche. Susie y los chicos, Walt y Marie, mi madre y mi abuela, mi mejor amigo, Daryl, y su esposa, Charlotte. Sus rostros son faros de bienvenida entre la multitud que calman mi nerviosismo.

—Estoy muy orgulloso de ti, hijo.

Walt me estrecha la mano al tiempo que noto el peso tranquilizador de la otra en el hombro. No es un tipo de americana y corbata, pero esta noche se ha esmerado y lleva un blazer azul marino, probablemente por insistencia de Marie.

—Tuve un buen maestro —digo.

El brillo en sus ojos me indica que agradece el cumplido. La relación entre nosotros está bien, aunque a veces puede ser un poco incómoda. Sé lo difícil que ha sido para los padres de Susie sobrellevar la ruptura del matrimonio de su única hija; agradezco su presencia esta noche, por mí pero también por los chicos. Es bueno para ellos ver que nuestra familia se mantiene unida; que, aunque la forma de las cosas cambie, los lazos entre nosotros son irrompibles.

—Nate me ha dicho que te mudas —dice Walt.

Asiento.

—A un lugar con jardín para los chicos —respondo.

«Un lugar que no me chupe el alma», pienso.

—Si necesitas reparar algo, ya sabes dónde estoy.

—Te lo agradezco —digo, tratando de que no se me quiebre la voz.

Walt es el hombre que me enseñó a sostener una cámara, pero también el hombre que me enseñó a ser padre. Sigue enseñándome incluso ahora. Los padres de Susie saben lo de Robert, y es probable que Susie les haya contado que yo también he conocido a alguien, pero se han abstenido de juzgar o de dar consejos gratuitos. Son incondicionales, que es seguramente lo mejor que pueden ser cuando todo lo demás patina en un barco escorado. Susie aparece al lado de su padre, preciosa con un sencillo vestido negro.

—Papá, estás monopolizando a la estrella de la exposición. —Se ríe, enlazando su brazo al de Walt mientras me ofrece una sonrisa débil.

Nuestra relación ha sido extraña desde nuestro beso en Nochebuena. Susie terminó con Robert hace unas semanas y sé que le ha decepcionado que yo deje el apartamento para mudarme a un lugar más permanente. Hemos hecho algunas salidas familiares desde Año Nuevo, al cine y al zoo, pero no puedo definir mis sentimientos y no estoy seguro de los de Susie. Cada decisión está condicionada por los chicos; lo que es bueno para mí no es necesariamente bueno para ellos, un rompecabezas cuyas piezas no son fáciles de encajar. Y he de hacerlo bien. Mi padre lo hizo muy mal conmigo cuando yo era niño y acabé sintiéndome como un juguete roto.

—Mack, creo que Phil te está buscando para que digas unas palabras. —Susie se lleva a Walt y mientras se aleja me mira un instante por encima del hombro—. Buena suerte. —Cruza los dedos y reparo en que vuelve a lucir la alianza de bodas. Advierte que me he dado cuenta y sus ojos azules dicen cosas que no puede expresar en esta sala abarrotada y con su padre al lado.

—¿Han venido todos?

Phil asiente.

—La mayoría, más un par de extras que se han colado para beber gratis, como ocurre siempre.

Paseo la mirada por la sala buscando unos rizos morenos y rebeldes y no los veo. No sé por qué pensaba que Cleo podría estar aquí, no me ha dicho que vendría. De hecho, no ha dicho nada desde su mensaje de Año Nuevo. Yo he guardado silencio. Me parece la actitud más honesta.

Daryl permanece a mi lado mientras Phil hace la presentación.

—¿Tienes listo tu discurso?

Me palpo el bolsillo para comprobarlo, pese a saber que está ahí. Eso me trae a la memoria las veces que estuve de pie junto a Daryl que merecían un discurso, en su boda y en la mía. Phil se hace a un lado y doy un paso al frente. Doy gracias a los presentes, mencionando algunos nombres esenciales, y enmudezco cuando detrás de la multitud la puerta se abre y alguien entra con el rostro oculto por un paraguas empapado. Una mujer. Mi pausa insta a la gente a darse la vuelta, un momento detenido en el tiempo hasta que la mujer baja el paraguas. Me aclaro la garganta, turbado. «No es Cleo». Me meso el pelo y bebo un sorbo de agua clavando la mirada en el discurso que he escrito en la hoja de papel que tengo delante. Ya no me parecen las palabras adecuadas, de modo que pliego el papel y lo devuelvo al bolsillo.

—Salvación es una isla diminuta, un peñón inhóspito frente a la costa atlántica de Irlanda que no encontraréis en ninguna ruta turística —digo—. Nadie va allí porque sí, y eso es, en parte, lo que la hace especial. Salvación es la definición de comunidad por antonomasia y la tierra de mis ancestros, de la familia de mi madre, el lugar acerca del cual mi abuela me contaba historias de niño. —Me detengo un instante para mirarlas, sentadas en un lado de la sala. Mi madre recta y orgullosa; mi abuela menuda y serena—. Me hablaba de colinas cubiertas de campos y océanos tempestuosos, de naufragios y tesoros de piratas. Imagino que algunas historias estaban adornadas para saciar los oídos ávidos de un niño, pero por lo demás eran absolutamente precisas, pues siento que allí he encontrado auténtica magia. He intentado capturar la esencia de Salvación con la cámara y estoy sumamente orgulloso de las imágenes que cubren esta noche las paredes que nos rodean. Aun así es imposible capturar el gusto salobre del aire del mar cuando se seca en tus labios; alguien excepcional lo comparó con beber diamantes. Una foto no puede transmitir el olor que se eleva del suelo cuando paseas por los montes, una mezcla única de ozono, turba e historia, de brezo bajo las botas y de tierra enriquecida por el sudor y el esfuerzo de las generaciones de isleños que han trabajado los campos. Nunca he conocido a gente con un sentido de identidad tan firme o con un sentido de la familia tan fuerte. Encarnan la palabra «clan» y caminan entre las sílabas de «hermandad». Las mujeres de Salvación son guerreras y emperatrices. Sería de esperar que gente así fuera tribal, excluyente, que mirara con desconfianza a los forasteros que se acercan a sus costas. Pero no lo son. Fui recibido con los brazos abiertos. Su música me conmovió, y no digamos sus relatos populares, y su whisky, caray, me quemó el cerebro. —Espero a que las risas amainen—. Ese tipo de ahí —señalo la fotografía en tamaño real de Raff sentado en el rompeolas con su sombrero de fieltro caído sobre un ojo— encarnaba todo lo que hace excepcional a Salvación. Cuentista, corazón de león y hombre de familia. La lealtad corre por las venas de todos ellos. Y por las mías y las de mis hijos. —Alzo el mentón, orgulloso de pertenecer al linaje de Salvación. Los chicos, uno a cada lado de Susie, hinchan el pecho—. El tiempo que he pasado en la isla me ha cambiado —continúo—. Dejé Boston en busca de mis raíces y las encontré entre las cruces de piedra del cementerio de la isla. Descubrí el placer de desconectar, el sencillo deleite de conversar, la satisfacción de alimentar un fuego. Es un lugar demasiado pequeño para merecer una mención en la mayoría de los mapas, sin embargo es hercúleo en los corazones de los que tienen la fortuna de conocerlo. —Miro en torno a la sala y alzo mi copa—. Por Salvación. Nunca un lugar ha tenido un nombre tan acertado.

—¿Yo soy excepcional? —me pregunta Susie apoyando la espalda en la pared con una copa de vino casi vacía en la mano.

Walt y Marie se han llevado a los niños a su casa y yo acabo de dejar a mi madre y a mi abuela en un taxi. En la galería solo quedan unos pocos rezagados esperando una última copa gratis.

Trago saliva.

—Eres una madre excepcional.

Lamento no haber sido más generoso con mis palabras cuando parpadea para quitarse el aguijón. Se aparta de la pared para pasear despacio entre mis fotografías. La observo detenerse para examinar a Raff y avanzar hasta quedar frente a una foto en blanco y negro, apaisada, de Otter Lodge. Cleo está sentada en los escalones del porche con un café en las manos y los inicios de una sonrisa curvando sus labios. No he incluido muchas fotos de ella a propósito, solo esta y otra de la noche que se cayó al agua. La tomé mientras hacía el payaso en la orilla con las conchas apiñadas en el dobladillo del jersey, riendo a la cámara con una expresión dichosa y desafiante. La miro ahora, sus ojos en los míos, y caigo en la cuenta, tarde, de que es la instantánea del momento exacto en que me enamoré un poco de ella. Susie la está mirando en silencio, de espaldas a mí para que no pueda leer la expresión de su cara. No hemos vuelto a hablar de Cleo desde que le dije que lo nuestro se había acabado. No hemos hablado de casi nada, a decir verdad, pero no es justo para ninguno de los dos permanecer en este compás de espera.

—Puedo verlo en sus ojos —dice con voz queda—. En la manera en que te mira.

Trago saliva.

—No las incluí para hacerte daño.

—Los dos nos hemos hecho daño. —Se vuelve hacia mí con pesar—. Te aparté de mí, pero no esperaba que te fueras tan lejos como para perderte para siempre.

—Ahora estoy aquí —digo. Ojalá pudiéramos tener esta

conversación en otro lugar. En cualquiera menos este, donde los ojos de Raff me miran por debajo del ala de su sombrero y los isleños brindan por mí en el Salvation Arms. No soporto mirar a Susie con Cleo bailando en la playa detrás de la rigidez de sus hombros. Estos dos mundos no pueden solaparse.

—Pero ¿es aquí donde quieres estar?

A veces sí, a veces no.

—Sabes que siempre estaré aquí para los niños. Y para ti.

—No te he preguntado eso —dice mirando de nuevo a Cleo—. Has conocido a alguien excepcional, Mack. Palabras tuyas. La conexión salta de estas fotos como fuegos artificiales. —Las lágrimas se agolpan en sus pestañas—. Es innegable y doloroso, y desgarradoramente bello.

No logro encontrar palabras que no empeoren la situación.

—Te quiero —dice con la voz quebrada—. Demasiado para intentar retenerte.

—Yo también te quiero. —Le cojo la mano con un nudo de emoción en la garganta—. Eres excepcional, Susie.

Me observa detenidamente, luego alarga el brazo y pasa los dedos por algo que tengo en la mejilla.

—Polvo de tiza —dice.

Cleo
19 de marzo

Isla Salvación
OFICIALMENTE UNA ISLEÑA

—¿Estás sentada?

—En una roca en lo alto de una colina ventosa —digo sacudiendo la pierna con nerviosismo.

Telefoneé a Abbie, mi agente literaria desde hace unas semanas, en cuanto me llegó el mensaje de «llámame». Qué emoción llamarla «mi agente». Lo dejo caer en conversaciones como si fuera una prometida exhibiendo su sortija de brillantes.

—Vale. Como ya sabes, entregué el manuscrito el miércoles.

Me muerdo el labio. He pasado las últimas veinticuatro horas caminando playa arriba, playa abajo, imaginándome a editores de Londres leyendo mi libro. Apenas podía contener el impulso de enviarles el mensaje «espero que le guste» en una botella desde las costas de Salvación hasta la franja gris ballena del Támesis.

—Ha despertado mucho interés, Cleo —prosigue—. Ya he recibido varias ofertas y sé de al menos otras dos editoriales que están interesadas. Finalmente se hará por subasta y la última oportunidad para pujar será al cierre de la jornada del lunes.

—Guau —río atolondradamente—. Ve más despacio, estás diciendo cosas alucinantes y me está costando seguirte.

—Vale, respira hondo. Está ocurriendo, Cleo. Serás una escritora con una obra publicada. —Su voz va ganando entusiasmo. Me encanta que esté tan ilusionada como yo por el giro de los acontecimientos. Siento que tengo a alguien que me apoya al cien por cien.

—¿Quieres conocer las ofertas que han hecho hasta el momento o prefieres esperar a que termine la puja?

Es la clase de pregunta de la que están hechos mis sueños.

—Creo que prefiero esperar.

—Buena elección —dice, y luego suelta—: Pero solo para que te hagas una idea, es una cifra de seis números.

Se me corta la respiración. Consigo contenerme el tiempo justo para compartir una exclamación y quedar para hablar de nuevo el lunes por la tarde, después cuelgo y contemplo la bahía con el corazón latiéndome como un tren desbocado. Mi libro se está vendiendo mediante subasta y hay una guerra de pujas. ¿He entendido correctamente este giro de los acontecimientos? Sí, sé que sí. Me bajo de la roca, separo los pies y planto las manos en mis caderas. Si ha existido alguna vez un momento para la pose de la superheroína, es este. Me siento grandiosa.

A medianoche salgo al porche con mi whisky de antes de ir a dormir y brindo por las estrellas y por mi buena fortuna. Me cuesta creer que casi lleve seis meses aquí.

Soy oficialmente una isleña, alguien que conoce las horas de las mareas y disfruta contemplando el paso de las estaciones. ¿Echo de menos mi vida en Londres? Alguna que otra vez, durante cinco minutos. Internet es un desastre y se me ha acabado el lápiz de ojos Mac, pero aparte de eso, Salvación gana de calle. Abbie, mi agente, piensa que mudarme aquí es lo más loco y fantástico que ha oído en su vida, sobre todo porque he escrito una novela sobre una chica que huye a una isla perdida para autoemparejarse y nunca vuelve a casa. Escuché su gritito ahogado cuando le conté qué la había inspirado; casi podía oírla escribir el texto de lanzamiento.

Hoy ha lucido bastante el sol, pero se espera que esta noche nieve, de modo que me he pertrechado para unos cuantos días de recogimiento. Estoy impaciente como una niña por despertarme y ver mi primera nevada en la isla.

—Buenas noches, Salvación. —Alzo el vaso—. Hasta mañana. —Apuro el whisky y entro en la cabaña.

Algo me despierta justo antes del amanecer, un ruido. «Madera a la deriva en la playa», pienso. Busco mi teléfono en la penumbra y veo que acaban de dar las seis. Estoy atrapada en ese delicioso espacio entre volver a dormirme y levantarme para mirar por la ventana si ya ha empezado a nevar. No puedo combatir la tentación de cerrar los párpados; estoy calentita e increíblemente a gusto en la cama. Un segundo después abro bruscamente los ojos y me quedo muy quieta porque alguien está llamando a la puerta. No es una llamada apremiante. Es más del tipo «¿Estás despierta?». Me incorporo, meto los pies en las botas de pelo y me echo la manta de *patchwork* sobre los hombros mientras camino hasta la puerta y descorro el cerrojo.

—Ya voy —digo.

Apuesto a que es Barney, enviado por Delta para decirme que pase la tormenta de nieve en el pub, o Cameron trayéndome más provisiones por insistencia de Brianne. Me dispongo a abrir la puerta cuando freno en seco y contengo la respiración, porque oigo música. Mis dedos se detienen en el pomo. Bruce Springsteen está tocando la armónica. Cierro los ojos y escucho, descansando la frente en la puerta, apretando con mis dedos temblorosos mientras el inicio de una sonrisa se dibuja en mis labios. Abro despacio la puerta, sabiendo que no es Barney ni Cameron la persona que está en el porche.

—Mack.

—No viniste a la exposición. —Saca un gran álbum de fotos negro del interior de su parka y lo deposita en mis manos—. Así que te la he traído.

—¿Has hecho cinco mil kilómetros para traerme esto?

Sonríe dulcemente con sus preciosos ojos de diferente color.

340

—Tenía problemas para dormir.

Estoy abrumada por su inesperada aparición, por la oleada de puro alivio que corre por mis venas por estar de nuevo en su órbita. Copos de nieve gigantescos caen incesantemente alrededor de la cabaña, derritiéndose sobre los hombros de su absurda parka roja.

—¿Cómo… cuándo…?

No consigo formular la pregunta que aguarda turno detrás de mi inmensa dicha. Quiero arrojarme a sus brazos, llevármelo al calor del lecho, pero no lo hago porque todavía no sé qué está pasando aquí. Dejo el álbum y me arrebujo en la manta de *patchwork* al tiempo que apoyo el hombro en el marco de la puerta.

—¿Por qué no podías dormir?

—Eh —dice pasándose la mano por el pelo cubierto de nieve—. La culpa la tiene mi reloj. Lo mantengo en el huso horario de Salvación para saber qué hora es donde tú estás.

Encajo el pie detrás del tobillo y bajo la mirada. Guau, Mack Sullivan, qué brillante respuesta.

—Cleo, mi vida es complicada, pero gracias al tiempo que pasamos juntos soy un hombre diferente. Susie me besó en Navidad y no pude responder a su beso porque deseaba que fueras tú.

Escucho con atención, dejando que sus palabras abran puertas que he cerrado para proteger mi salud mental. Me he esforzado por convencerme de que no volvería a verlo. De que Mack había encontrado la manera de recuperar la vida que había dejado atrás, de que mi vida necesita seguir adelante sin él.

—Alguien excepcional me dijo hace un tiempo que mi corazón no había aceptado la situación —dice—. Pero ya lo ha hecho.

Asiento, absorbiendo hasta el último centímetro de su rostro porque le he echado de menos más de lo que creía posible.

—¿Y qué siente ahora tu corazón?

—Siente que tenía que recorrer cinco mil kilómetros para pedirte bailar al son de Springsteen en el porche porque te mereces un romance por todo lo alto. —Mira por encima de su hombro—. Si hasta he pedido que nevara, Cleo. ¿Tienes idea de lo difícil que es eso?

Me toma las manos.

—Oye, tengo que estar y quiero estar donde están mis hijos hasta que dejen de necesitarme tanto. Pero vine aquí, te conocí... y me impactaste profundamente. —Me atrae hacia sí—. ¿Estarías dispuesta a venir a Boston? No para quedarte, pero ¿de vez en cuando? Y yo iré donde tú estés cuando pueda. Podemos tener cien romances de vacaciones.

No se imagina lo perfecta que me parece su propuesta. Después de todo lo que he descubierto de mí, si me hubiese pedido que me integrara de lleno en su complicado mundo, creo que no habría sido capaz de hacerlo. Pero no me ha pedido eso porque no es esa clase de hombre. Es un hombre que comprende cuánto he acabado por valorar mi libertad y mi soledad, que mi historia en Salvación todavía tiene capítulos pendientes.

—Creo que me gustaría ver esa torre del tiempo —digo.

El alivio relaja la tensión de su mandíbula y ahora me doy cuenta de lo nervioso que estaba, de que no ha sido fácil para él venir aquí y sincerarse. Nos miramos en silencio unos instantes. Acto seguido, Mack reinicia la canción de Springsteen y me aprieta los dedos.

—¿Bailas?

Contengo las ganas de llorar cuando tira de mí y me envuelve con el calor de su ridícula parka roja, con la familiaridad de sus brazos. Descanso la mejilla en su pecho mientras Bruce toca su melancólica armónica y se me humedecen los ojos al contemplar la playa nevada y recordar la última vez que bailamos así. Ignoro qué nos deparará el futuro a mi americano inconveniente y a mí. Ignoro si será capaz de sostenerse sobre una pierna el tiempo suficiente para ser mi flamenco, y me gusta que haya tantas páginas en blanco aún por llenar. Pero esa será otra historia, porque ahora mismo, este momento bola-de-nieve en Salvación es insuperable.

Dieciocho meses después

Women Today
Articulista invitada: Cleo Wilder

Hola.

¿Te acuerdas de mí, la mujer en busca de su flamenco que se marchó a una isla perdida para casarse consigo misma y no volvió? Han pasado dieciocho meses desde que me despedí y tengo la sensación de que hasta la última célula de mi cuerpo ha sido reprogramada. ¿Encontré a mi flamenco? Lectora, encontré más que eso. Encontré a mi bandada.

Durante mis años como columnista de citas me volqué de lleno en la misión de encontrar el amor. Cada nueva cita era un cóctel de esperanza, expectativa, decepción y desespero. Bebí cientos de cócteles a lo largo de los años y acabé con un bolso lleno de sombrillas de papel y un corazón hastiado. Pensaba que era una cuestión de probabilidades, que si seguía lanzando los dados del amor, algún día ganaría. Me equivocaba. Nunca iba a ganar de ese modo porque si bien a mi vida le faltaba algo esencial, no era un compañero.

Pese a intentar ahogar mi instinto en todos esos cócteles inadecuados, este sabía que llevaba una vida equivocada. Intentaba decírmelo, pero yo no podía oírlo por encima del caos

343

cotidiano del que me había rodeado. Entonces vine a esta isla y, poco a poco, empecé a prestar atención. La queda insinuación de un cambio, una certeza insistente, un alivio liberador. Soy la niña que ayudaba a la bibliotecaria del colegio a desembalar los libros y pasaba rauda las páginas para aspirar su olor. Soy la adolescente que cada noche dormía con su portátil verde lima con forma de concha debajo de la almohada. Y ahora soy una mujer adulta, y novelista, creando mundos con las palabras y llevando exactamente la vida para la que estaba destinada. Todavía en mi isla. Todavía en la cabaña. Ahora es mía, como si siempre hubiera estado esperando aquí a que la encontrara.

¿Qué voy a hacer ahora? Beber un café en el porche y contemplar las estrellas. El americano (¿te acuerdas de él? ¿El de la enorme parka roja y la ridícula linterna frontal?) llegará dentro de unos días, así que estoy disfrutando al máximo del espacio y el silencio antes de que vuelva a sentarse a mi lado en los escalones, sin necesitar una raya de tiza.

¿Qué voy a hacer cuando se vaya? Más de lo mismo, espero, hasta que llegue el momento de levar anclas y girar las velas en otra dirección.

Gracias, Emma Watson. Gracias, Bruce Springsteen. Ambos habéis cambiado mi vida más de lo que imagináis.

Dejé que mi instinto fuera mi brújula y me condujo a casa. Escucha tú el tuyo.

Con cariño,

Cleo

La primera novela de Cleo Wilder, *Mi amada yo*, saldrá a la venta el jueves en todas la librerías.

Agradecimientos

Gracias a mi excepcional editora, Katy Loftus. Gracias también a Vikki Moynes por su generoso apoyo y ayuda editorial. Tengo mucha suerte de estar rodeada de gente brillante: gracias a Harriet Bourton, Georgia Taylor, Ellie Hudson, Leah Boulton, Karen Whitlock y todos en Penguin UK, especialmente el formidable equipo de Derechos de Autor.

Muchas gracias a mi dinámica editora en Estados Unidos, Hilary Teeman, valoro mucho su ayuda, orientación y aliento. Mi agradecimiento también a Caroline Weishuhn y a todos en Ballantine; estoy muy emocionada de continuar este viaje con vosotros.

Gracias a mi maravillosa agente Nelle Andrews por su mano firme en el volante. Brindemos por muchas más aventuras.

Mi familia es mi todo, los quiero a todos por siempre.

A menudo recurro a mis amigos de Facebook si me quedo atascada, así que ¡gracias a todos por seguirme la corriente y responder mis preguntas aleatorias!

Maya y Sally, mis compañeras de escritura y desayunos, os quiero mucho a las dos.

¡Mis hermanas Bobland, casi veinte años juntas! Definitivamente somos el mejor aquelarre de internet que existe.

Por último, pero no menos importante, un millón de gracias a mis lectores, estoy realmente en deuda con vosotros.

Este libro se terminó de imprimir en España
en el mes de noviembre de 2022

«Para viajar lejos no hay mejor nave que un libro».

EMILY DICKINSON

Gracias por tu lectura de este libro.

En **penguinlibros.club** encontrarás las mejores
recomendaciones de lectura.

Únete a nuestra comunidad y viaja con nosotros.

penguinlibros.club

Penguin
Random House
Grupo Editorial

 penguinlibros